SANDER THRILLER

MACHTSPLITTER

Psychothriller

Lena Sander

Impressum

Lena Sander
c/o autorenglück.de
Franz-Mehring-Str. 15
01237 Dresden

Die Tatsachen, die diesem Buch zugrunde liegen, werden im Nachwort erläutert. Alle weiteren Figuren und Ereignisse sind fiktiv. Jegliche Ähnlichkeit mit lebenden oder toten realen Personen ist zufällig und nicht vom Autor beabsichtigt.

Ausgabe Juli 2022
Lektorat und Korrektorat: Alexandra Gentara
Coverdesign: BreisgauART
Bildnachweis: stockadobe – www.stockadobe.com

E-Mail: sander-lena@online.de
Internet: www.lena-sander.de
Newsletter: https://lena-sander.de/newsletter.htm

Prolog

Eine zwanzigprozentige Chance, mehr nicht. Das Zittern hat bereits nachgelassen, allerdings treten in einigen Minuten die Nebenwirkungen des Medikamentes ein. Ich muss mich beeilen, keine Zeit verplempern. Volle Konzentration. Desinfektion, Kittel, Handschuhe, Kopfbedeckung und Mundschutz. Die Beleuchtung genau abgestimmt. Optimale Sichtverhältnisse bei möglichst geringer Blendwirkung. Die Musik läuft, ohne kann ich nicht arbeiten. Ich gehe in den Raum. Alle sind da. Sie warten auf mich, das komplette Team. Einige sind mit den Vitalwerten beschäftigt, andere mit dem Mann, dessen Schädel gerade rasiert wird. Der Kopf ist in der Halterung fixiert. Eine Kraniotomie durchzuführen, seinen knöchernen Schädel zu öffnen, eine runde Knochenplatte auszuheben und den Tumor zu entfernen, ist seine einzige Chance. Mir geht es nicht gut.

Die Nebenwirkungen scheinen früher einzutreten als erwartet, dafür zittern meine Hände nicht. Ich könnte eine Bombe entschärfen, falls ich nicht dabei einschlafe.

Mir ist egal, wie der Mann aussieht, wie er heißt, woher er kommt oder was er beruflich ausübt. Darum mache ich mir schon lange keine Gedanken mehr. Zu Beginn meiner Karriere hatte ich daran Interesse. Mittlerweile sehe ich nur noch die Arbeit. Die geöffneten Gehirnareale. Manchmal sieht es aus, als bestünde ein Gehirn aus einem fetten Bandwurm, der sich aus Platzmangel zusammengezogen hat. Zuweilen kann ich sogar seinen Kopf und die Augen sehen. Dann starrt er mich an und scheint zu sagen, dass ich die Finger vom Alkohol lassen soll. Alkohol ist der Teufel, und der steckt in diesem Wurm.

Die runde Knochenplatte wurde ausgehoben, der Patient ist wach. Eine Logopädin spricht mit ihm. Mit einer Sonde taste ich das Gehirngewebe Millimeter für Millimeter ab. Wie gern würde ich unkontrolliert hineinstechen, diesen Wurm aus dem Schädel reißen und ihn ein für alle Mal töten. Auslöschen. *Reiß dich gefälligst zusammen und konzentrier dich!*
Der Mann reagiert auf die ihm gestellten Fragen, auch Bilder kann er erkennen. Meine Lider fallen immer wieder zu. Die OP-Schwester tupft meine Stirn ab. Es ist heiß hier, furchtbar heiß. Obwohl das Licht optimal eingestellt

ist, blendet es. Je länger ich auf diesen Wurm schaue und ihn abtaste, desto mehr Bewegung kann ich erkennen.
Er dreht sich. Bald wird er wieder starren, mich mit seinem Blick fixieren. Der Patient hat Sprachstörungen. Jetzt weiß ich, welches Areal ich schonen muss. Ich schüttele kurz den Kopf, versuche, die durch den Alkohol implizierten Gedanken beiseitezuschieben. Muss diesem Mann helfen. Muss den Tumor entfernen. Eine zwanzigprozentige Chance. Mehr nicht.

1

Stimmen. Wie hinter vorgehaltener Hand. Sie rufen, andere tuscheln.

»Hallo? Hallo!« Ein Kribbeln geht durch meinen Körper. Ich schlage die Augen auf. Zwischen den verschiedenen Gesichtern, die mir so nah sind, dass mir ihr Mundgeruch in die Nase kriecht, sehe ich die Decke in diesem Raum. Ausgestanzte Styroporplatten, die nicht mehr fest in ihren Schienen verankert sind. Fremde Menschen entfernen sich langsam, fixieren mich weiterhin mit ihren Blicken.

»Besser?«, ruft eine Frau. Meint sie mich? Ein mir unbekannter Mann steht da und hält meine Beine gestreckt nach oben. Urlaubsbräune. Dieses Muskelshirt hatte er während der Sonneneinstrahlung bestimmt selten an, denn die Hälfte seiner Oberarme ist noch weiß. Seine Sonnenbrille ist verspiegelt. Verschwommen kann ich mein schwarzes Shirt und die bunten Bermudas erkennen. War ich ohnmächtig? Überall Regale. Dort stehen

Süßigkeiten, daneben ein Ständer mit Plüschtieren und da vorne Zeitschriften.

»Gehts wieder? Die Ambulance kommt gleich.«
Langsam stemme ich meinen Oberkörper hoch und stütze die Ellbogen auf. Ich nicke, und der Mann lässt meine Beine los.

»Danke.« Der Shop einer Tankstelle. Ich kann mich erinnern. Fünf Stunden und zwanzig Minuten für die Strecke vom Beach-Hotel in Rimini bis zu diesem Rastplatz vor dem St. Gotthard-Tunnel, das war eindeutig Rekord. Gut, dass wir so früh losgefahren sind. Den Tank habe ich befüllt und wollte gerade die Rechnung begleichen. Als hätte mein Gehirn einen Aussetzer gehabt, bin ich stehen geblieben. Warum? Ohne Pause durchgefahren, wahrscheinlich dehydriert. Natürlich, selbst hier hat die Temperaturanzeige noch 39 Grad im Schatten angezeigt. Langsam komme ich auf die Beine. Hände greifen nach mir. Zu wem sie gehören, kann ich nicht erkennen. Wieder bedanke ich mich.

»Ihr Handy«, sagt einer und streckt mir mein Smartphone entgegen. Ich nicke, komme mir dumm vor, ständig Danke zu sagen. Das Mobiltelefon stecke ich in meine Gesäßtasche, taste an die zweite und überprüfe, ob mein Portemonnaie an Ort und Stelle sitzt. Wie oft musste ich zurück zum Auto, weil ich wichtige Dinge einfach vergessen habe? Den Schlüssel stecken gelassen habe oder eben die Geldbörse aus der Tasche gerutscht ist. Ich war auf dem Weg zur Kasse.

Habe mich an den Autos, die an den Tanksäulen standen, vorbeigezwängt und bin an einer Fahrradhalterung hängen geblieben. Jemand hat mir die Tür zum Shop aufgehalten, und die kühle Luft der Klimaanlage ist mir entgegengeschlagen. Ich wollte zwei Flaschen Wasser kaufen. Und genau hier muss es passiert sein. Genau hier wurde ich ohnmächtig. Denn jetzt stehe ich direkt vor diesem Getränkekühlschrank. Ich schaue mich um. Plastikflaschen oder Scherben sind auf dem Boden nicht zu entdecken. Die fremden Menschen entfernen sich von mir. Ich nicke ihnen freundlich zu, öffne den Kühlschrank und nehme, so wie ich es ursprünglich vorhatte, zwei Flaschen Wasser aus dem Regal.

»Geht es wirklich wieder?«, fragt eine zierliche, junge Frau. Sie hat ihre Haare zu einem wilden Dutt nach oben gesteckt. Ihr weißes Kleid ist hauchdünn und fast durchsichtig. Ansehnlich, stelle ich fest, und antworte: »Alles wieder okay, danke. Ich habe wahrscheinlich nur zu wenig getrunken.«

»Flüssigkeit ist wichtig. Seit Wochen diese Hitze. Wir fahren auch gerade aus dem Urlaub wieder zurück nach Zürich. Morgen geht der Ernst des Lebens wieder los. Ich habe die Ambulance angerufen. Die werden bestimmt gleich da sein«, sagt sie in einem versucht gekünstelten Hochdeutsch.

»Danke, diese Hilfe werde ich allerdings nicht mehr benötigen.« Dass ausgerechnet mir so etwas passieren musste, ist mir mehr als peinlich. Flüssigkeitszufuhr ist bei den vorherrschenden Temperaturen das Wichtigste überhaupt. Aber wozu mache ich mir Gedanken? Keiner kennt mich hier und weiß, dass ich Arzt bin. Die letzten zweieinhalb Stunden bis Freiburg werden Nina und ich, falls kein Stau entsteht, schnell hinter uns bringen. Ich atme tief durch, verabschiede mich von der Schweizerin und gehe an den alkoholischen Getränken vorbei. Unterbewusst ist es da, das Verlangen, selbst nach langer Abstinenz. Was sagte der Therapeut? *»Du wirst nie geheilt sein, aber du kannst es schaffen und trocken bleiben. Du hast die Macht.«* Das Gefühl, zugreifen zu müssen, den Zwang, ohne diesen Teufel nicht leben zu können, verdränge ich. Nein, ich bin stark und verzichte. Ich habe mein Leben einmal weggeworfen, das wird mir kein zweites Mal passieren.

An der Kasse hat sich eine Warteschlange gebildet. Ich stelle mich an und greife nach zwei Schokoriegeln. Wenn Nina und ich sie sofort essen, werden sie nicht schmelzen. Ich kann nicht lange ohnmächtig gewesen sein, sonst wäre meine Freundin mir in den Shop gefolgt, um nach dem Rechten zu sehen.

»Ihre Kart?«, fragt der Kassierer in einem gebrochenen Deutsch und hält meine Visa-Platinum-Card demonstrativ in die Luft.

»Ja. Dr. Jan Volkmann«, entgegne ich.

»Die geht nix. Andere?«

Ich ziehe die Elite-Mastercard aus dem Portemonnaie. »Probieren Sie die«, sage ich und hoffe, dass ich schnell aus diesem Shop komme. Links durch die Glasfront sehe ich, dass die Tankstelle gut besucht ist. Hinter meinem schwarzen Audi A6, dessen Front von einer Säule verdeckt in der dritten Reihe steht, haben sich bereits drei Pkws angestellt.

»Die geht au nix«, sagt der Tankstellenmitarbeiter, jetzt ungehaltener.

»Kreditkarten mit VIP-Status, aber keine Kohle haben, das sind mir die Liebsten. Gehts bald weiter da vorne?«, höre ich eine männliche Stimme.

»Carta d'identitá? Ausweis?«, verlangt der Kassierer. Wieder greife ich in meine Geldbörse. Heute ist wohl nicht mein Tag. Wenn etwas schiefgeht, dann ist es nur der Startschuss, um andere Fettnäpfchen zu finden und mit Anlauf hineinzuspringen. Wahrscheinlich ist das Lesegerät defekt. Immerhin habe ich die Hotelrechnung vor ein paar Stunden problemlos mit der Visa Card beglichen. Peinlich. Es liegt mir fern, aufzufallen. Ich möchte nur in Ruhe bezahlen, endlich diesen Rastplatz verlassen und mit Nina nach Hause fahren. Meinen Personalausweis finde ich nicht. Ich kontrolliere alle Fächer zweimal. Nichts. Meine Gedanken kreisen. Sicher hatte ich ihn im Urlaub dabei. Ich schüttele den Kopf. »Liegt bestimmt im Auto«, erkläre ich.

»Habe Sie EC?« Ich nicke, suche verzweifelt die EC-Karte. Sie ist auch nicht da. Ich zähle das Bargeld ab und spüre, wie mir trotz der Klimaanlage Schweiß von der Stirn tropft. Immer noch fünf Euro zu wenig. Ich lege die Schokoriegel zurück.

»Ein Euro zweiundzwanzig fehle«, sagt der Kassierer. Wie aus dem Nichts schiebt sich eine Hand links an mir vorbei und legt einen Fünf-Euro-Schein auf den Tresen. »É un consiglio«, erklärt eine tiefe Männerstimme. Ich habe etwas von Trinkgeld verstanden und drehe mich um. Der Fremde hat in etwa meine Körpergröße, einen Meter fünfundachtzig, dunkle Haare und einen Dreitagebart. So fremd ist er mir nicht, denke ich, als ich mein verschwommenes Spiegelbild in seiner Sonnenbrille erkenne.

»Danke! Wenn Sie mir Ihre Adresse geben, kann ich Ihnen das Geld schicken«, erkläre ich und stecke meine Karten zurück ins Portemonnaie.

»Wirds jetzt bald da vorne?«, ruft ein Herr ungehalten dazwischen.

»Nein, das brauchen Sie nicht. Ist meine gute Tat für heute«, antwortet der Sonnenbrillenträger. dreht sich um, geht zur Glastür und verlässt ohne jedes weitere Wort den Tankstellenshop.

Die brütende Hitze schlägt mir entgegen, als hätte ich die Tür eines Hochofens geöffnet. Ich drehe eine der beiden Flaschen auf und trinke gierig. Noch nie war ich in solch einer skurrilen Situation. Zumindest nicht in einem nüchternen Zustand, korrigiere ich mich.

Nina wird nur darüber lachen. Sie nimmt fast alles mit Humor. Wahrscheinlich hat mir auch ihre Leichtigkeit über meine Alkoholsucht hinweggeholfen. Wieder quetsche ich mich an den Fahrzeugen vorbei, die gerade betankt werden. Mein Blick fällt auf den Beifahrersitz meines A6. Wo ist Nina?

2

Natürlich war mein erster Gedanke, dass Nina aus dem aufgeheizten Auto ausgestiegen ist und sich in den Schatten gerettet hat. Mittlerweile habe ich das Fahrzeug von der Tankstelle auf den Parkplatz gefahren und dort abgestellt. Auf jeder Bank, in dem parkähnlichen Bereich, im Shop der Tankstelle, im angrenzenden Schnellrestaurant, sogar auf der Damentoilette habe ich nach ihr gesucht – nichts. Nina ist verschwunden. Mein Shirt klebt am Rücken, als hätte ich die zweite Flasche Wasser über meinen Körper und nicht in meine trockene Kehle geschüttet. Alle Holzbänke im Schatten sind besetzt, und ich muss mit dieser hier, in der prallen Sonne, vorliebnehmen. Auch wenn das heiße Holz an meinen Oberschenkeln brennt, so ist es mir gerade nicht möglich, aufzustehen. Mein Körper zittert.

Ninas Handtasche liegt nicht im Fahrzeug. Ich ziehe mein iPhone aus der Gesäßtasche, entsichere es und tippe auf Kontakte. Ihre Mobilfunknummer ist unter Favoriten abgespeichert.

Ich scrolle hoch, runter, schließe die Kontakte und öffne sie wieder. Sofort gebe ich ›Nina‹ in die Suchleiste ein. Nichts. Ich greife an meine Stirn, wische den Schweiß weg und zweifle. Ich habe zusammen mit meiner Freundin Nina Stegmüller einen dreiwöchigen Urlaub im Beach-Hotel in Rimini verbracht. Wir haben an diesem Rastplatz vor dem St. Gotthard-Tunnel nur gehalten, um zu tanken. Sie hat im Auto auf mich gewartet, ganz sicher. Ich bin seit einigen Monaten trockener Alkoholiker und habe auch hier keinen Tropfen angerührt. Wieder öffne ich die Kontakte. Der Name Nina ist nicht vorhanden. Ich quäle mich von der Bank, gehe zum Auto und öffne den Kofferraum. Wie erwartet Gepäck, allerdings nur meins. Als hätte mir jemand eine Ohrfeige verpasst, stehe ich perplex vor dem geöffneten Deckel und starre ungläubig auf meinen Koffer. Das ist nicht möglich. Selbst für den unwahrscheinlichen Fall, dass Nina mich verlassen hätte … *an einer Raststätte?* Ich schiebe den Gedanken beiseite. *Blödsinn!* Das hätte sie einfacher haben können. Aber selbst, wenn … Wie kann es dann möglich sein, dass ihre Telefonnummer aus meinen Kontakten gelöscht wurde?

Was nun? Ich habe das Gelände dreimal abgesucht. Wenn ihre Koffer verschwunden sind, kann ich nicht davon ausgehen, dass Nina gefunden werden will. Ihre Handynummer … Das alles ist vollkommen unlogisch, ich komme auf keine einleuchtende Erklärung. Hier in der

brütend heißen Sonne zu sitzen, macht es nicht besser. Was, wenn sie entführt wurde? Das iPhone muss mir während meiner Ohnmacht im Tankstellenshop aus der Gesäßtasche gerutscht sein. Wer hat es aufgehoben und mir überreicht? Zu viele Hände, zu viele Köpfe, kein klares Bild. Polizei? Hier in der italienischen Schweiz? Ich verstehe viele italienische Worte, kann sie vom Lateinischen ableiten, dennoch ist es mir nicht möglich, eine längere Unterhaltung zu führen. Wie sollte ich diese obskure Situation selbst einem deutschen Polizeibeamten erklären? Ich bin die komplette Strecke gefahren, wir haben uns nicht abgewechselt. Habe ich Nina etwa mitsamt ihrem Gepäck im Beach-Hotel in Rimini stehen lassen? *Quatsch!* Wieder frage ich mich, warum ich mich so benebelt fühle. Alkohol? Aber dann könnte ich mich doch daran erinnern, wenn ich etwas Hochprozentiges getrunken hätte?
Es ist und bleibt ein Machtspiel zwischen meinem Geist und diesem lästigen Teufel. *Du hast die Macht über dich selbst, über dein Handeln, deine Gedanken und deinen Willen … Und wenn sie splittert, die Macht? Genau jetzt?*
Wieder entsichere ich das Handy und tippe auf die gespeicherte Rufnummer. Ich habe Glück und der deutschsprechende Rezeptionist des Beach-Hotels ist am Telefon.

»Volkmann hier, hallo.«

»Ah, Dottore Volkmann. Sind Sie schon zu Hause? Haben Sie etwas vergessen?« *Gute Frage.*

»Entschuldigen Sie die Störung, aber hat sich zufällig Nina Stegmüller bei Ihnen gemeldet?«

»Un momento«, sagt er und tippt sofort auf eine Tastatur. »No, tut mir leid. Hätte sich diese Frau bei uns melden sollen?«

»Nein, nein. Es hätte ja sein können, dass …« Egal was ich jetzt sage, alles würde sich total konfus anhören.

»Bestimmt kann sie es nicht abwarten, bis Sie wieder zu Hause sind, nicht wahr, Dottore?« *Zu Hause? Abwarten?*

»Hören Sie, Giovanni. Nina und ich sind doch nach einem dreiwöchigen Urlaub heute Morgen zusammen aus Ihrem Hotel abgereist, nicht wahr?«

»Scusi, Dottore, aber Sie waren nur eine Woche im Beach-Hotel …« Er macht eine bedeutungsvolle Pause und atmet tief durch. »Und Sie waren allein.«

Nach dieser Aussage hätte ich am liebsten das Handy weggeworfen und es so weit wie möglich von mir gepfeffert. Der Teufel steckt auch in diesem Gerät, nichts anderes fällt mir ein. Als hätte ich einen Stromschlag abbekommen, lasse ich das iPhone fallen. Hat sich seit diesem vermaledeiten Stopp an diesem Rastplatz die ganze Welt gegen mich verschworen? Nicht möglich. Unlogisch. Absolut nicht nachvollziehbar. Sofort hebe ich das Handy wieder auf und setze mich in meinen Audi. Das ›Pling‹ ist so laut, dass ich erschrecke und das iPhone auf den Beifahrersitz werfe. Nina, ist mein erster Gedanke. Wie von Sinnen greife ich wieder nach dem Smartphone.

›*Alkohol?*‹ Mehr steht nicht in der SMS eines anonymen Absenders. Was soll das?
Wenn sich Nina, was sie ab und zu gerne macht, einen Scherz mit mir erlaubt, dann ist dieser mehr als makaber und unter der Gürtellinie. Wütend starte ich den A6, fahre zur Ausfahrt und fädle mich in den Verkehr Richtung St. Gotthard ein.

3

Nicht mehr lange, dann habe ich die Deutsche Grenze erreicht. Ich drossele die Geschwindigkeit. Ständig bange ich zwischen Sorge, Verwirrung und Verzweiflung, dann stellt sich Wut ein und das Rad der Gefühle beginnt, sich von vorn zu drehen. Ich habe weder auf die vorbeifliegende Landschaft noch auf den Verkehr geachtet, auch wenn mein Blick stur auf die Fahrbahn gerichtet ist. Selbst das Radio ist aus. Musik und das Geplapper der Moderatoren stören mich beim Denken. Wenn ich die bizarre Situation auf dem Rastplatz logisch betrachte, komme ich nur zu einem Ergebnis. Fake! Nina ist inklusive Gepäck plötzlich verschwunden. Allein diese Tatsache hätte mich dazu veranlasst, sofort die Polizei zu informieren. Ich hätte mich schon irgendwie verständigen können oder einen Dolmetscher engagiert. Wenn allerdings zusätzlich ihre Handynummer wie von Geisterhand aus meinem iPhone verschwindet, ihr Gepäck aus meinem Auto und Giovanni, der Rezeptionist aus dem Beach-Hotel, behauptet, dass ich eine Woche ohne Begleitung dort verbracht hätte, dann muss das ein abgekartetes Spiel sein. Die Polizei würde mich auf meinen geistigen Zustand hin untersuchen lassen. Diese SMS ist eine zusätzliche Bestätigung. Nina ist nicht in Gefahr! Diesen Satz sage ich mir immer und immer wieder. Kilometer für Kilometer. Wahrscheinlich, um mich zu beruhigen. Ich gehe auch mit mir selbst ins Gericht und frage, ob meine Entscheidung richtig war, ins Auto zu steigen und mich allein auf den Heimweg zu machen.

Es ist einerlei, wie ich es drehe und wende, ich komme immer auf dasselbe Resultat. Wenn ich zu Hause bin, wird sich bestimmt alles aufklären. Hoffentlich. Wahrscheinlich wartet Nina schon auf mich. Sitzt da wie ›Julia Roberts‹ in einer Szene aus ›Pretty Woman‹, ihrem Lieblingsfilm. Nackt, auf einem Stuhl, nur meine Krawatte lässig um den Hals gebunden und die Beine auf dem Esstisch übereinandergeschlagen. Schaut mich lasziv an und spielt neckisch mit dem Seidenstoff. Nina hat mich im Griff. Weiß genau, dass ich ihr alles verzeihe und meine Wut nicht lange anhält. Sie liebt ›Pranks‹, liebt es, mir in den unterschiedlichsten Situationen die verrücktesten Streiche zu spielen. Allerdings ist dieses Rastplatz-Szenario mehr als ein Streich. Wenn, dann muss sie Hilfe dabei gehabt haben. Ich erinnere mich, dass sie vor unserer Abfahrt im Hotel telefoniert hat, angeblich mit einer Freundin. Nina wollte auf der langen Fahrt nicht anhalten.

Ich musste sogar darum kämpfen, eine Pinkelpause durchzusetzen. Wenn nun eine Freundin … Wenn Nina also mit einer Bekannten vom Beach-Hotel aus telefoniert hat und diese Freundin von Freiburg aus nur zweieinhalb bis drei Stunden zum Ziel, dem Rastplatz, benötigt hat …? Es konnte allerdings keiner wissen, dass ich ohnmächtig werde, schießt es mir durch den Kopf. War Ninas Nummer womöglich schon bei der Abfahrt vom Hotel aus meinem Handy verschwunden? Machbar. Natürlich! Sie kennt mich und weiß, dass ich mein iPhone altmodisch über einen Pin-Code sperre. In der Klinik muss es manchmal schnell gehen. Oft trage ich Handschuhe. Auch über ›Face ID‹ ist die Entsperrung schwierig, mit meiner Kopfbedeckung und den Schweißausbrüchen erkennt mich die Kamera nicht immer. Nina weiß das, daraus mache ich ihr gegenüber kein Geheimnis, und während ich heute Morgen geduscht habe … Je weiter ich darüber nachdenke, desto mehr schiebt sich die Wut in meinem Emotionschaos in den Vordergrund.

Mir wird heiß und gleich darauf eiskalt. Mein Personalausweis! Kontrollen zwischen der Schweiz und Deutschland sind zwar sporadisch, dennoch könnte es gerade mich erwischen. Schließlich sind die Fettnäpfchen heute extra für mich aufgestellt worden. Ich habe bisher keinen Gedanken an den fehlenden Ausweis verschwendet, wie auch? Es gibt momentan Wichtigeres. Ich drossele die Geschwindigkeit und fahre Schritttempo. Vor mir hat sich eine Autoschlange gebildet, in die ich mich einreihe. Falls mich die Grenzbeamten tatsächlich kontrollieren, wird mein Aufenthalt in der Schweiz mit Sicherheit länger andauern, als geplant. Ich gehe nicht davon aus, dass die Behörden bei einer Personenabfrage heute, an einem Sonntag, schnell reagieren. Ich setze die Sonnenbrille ab und wage einen kurzen Blick in den Rückspiegel. Die dunklen Locken kleben an meinem Kopf. Ab und zu steht eine störrische Strähne nach oben. Macht einen sagenhaften Eindruck, stelle ich ironisch fest. Egal, bei dieser Hitze werden die Beamten selbst schwitzen oder womöglich genau deshalb weniger kontrollieren und lieber in ihren klimatisierten Grenzposten bleiben. Meine Hoffnung zerschlägt sich, als das dritte Auto vor mir angehalten wird. Ich öffne das Handschuhfach. Auf dem Serviceheft liegen ein Päckchen Tempo, ein Kugelschreiber und ein Lippenstift. Kein Ausweis. Ich überlege, wo ich ihn das letzte Mal … im Hotel! Direkt beim Einchecken hatte ich ihn vorgelegt. Womöglich liegt er da immer noch.

Ich versuche, mich zu beruhigen. Jetzt steht noch ein Fahrzeug vor meinem, die Grenzer schauen hinein. *Ganz locker*, versuche ich mir zu sagen und ziehe die Sonnenbrille wieder auf. Trotz Klimaanlage rinnt mir der Schweiß vom Kopf auf den Rücken. Das Auto vor mir fährt weiter. Ich öffne das Fenster und lehne lässig meinen Ellbogen hinaus.

Gerade Sitzposition und entspannter Gesichtsausdruck. Nina würde lachen. Wahrscheinlich würde sie sogar einen Lachflash bekommen, und wir würden aus genau diesem Grund kontrolliert werden. Der Beamte bedeutet mir, dass ich weiterfahren soll. Sofort geht es mir besser und meine Atmung beruhigt sich. Ich stelle den Tempomaten ein und fahre auf der rechten Spur weiter.

Das Thema Alkohol habe ich beiseitegeschoben, auch wenn mich diese SMS schmerzlich daran erinnert hat. Ich bin mir sicher, dass ich nichts getrunken habe. Absolut sicher. Seitdem ich die Therapie gemacht und Nina kennengelernt habe, rühre ich keinen Tropfen mehr an. Ich habe schon einmal eine Ehe, meinen Job und mein Leben weggeworfen. Die Angst davor, nicht allem gerecht werden zu können, davor, meine frühere Jugendliebe und Ehefrau Anne zu verlieren und davor, dass unser gemeinsamer Sohn Max mit erst sechs Jahren an einem Tumor sterben wird. Tränen sammeln sich und verwischen mir die Sicht. Bestimmt die Klimaanlage, kombiniere ich. Sofort verschiebe ich die Regler der Lüftung.

Die einzige Flucht war der Alkohol. Um den Schmerz zu betäuben, alles auszublenden und zu vergessen. Wenn der Rausch allerdings verflogen war, begann das Spiel von Neuem. Nichts hatte sich gebessert, im Gegenteil. Kurz nach dem Tod von Max hat sich Anne von mir getrennt, und ich wurde beurlaubt.

Mit Nina konnte ich ein neues Leben beginnen, ohne Alkohol. Arbeite wieder in der Neurochirurgie und habe ein nettes kleines Häuschen in Kirchzarten auf dem Land gemietet. Ich bin verliebt in diese Frau, und genau deshalb verfliegt meine Wut sofort und weicht der Sorge um sie.

4

Warum passst dieser verflixte Haustürschlüssel nicht? Statt zweieinhalb Stunden habe ich für die Strecke vom St. Gotthard-Tunnel bis nach Kirchzarten über drei Stunden benötigt. Obwohl es mittlerweile Abend ist, hat die Sonne kaum an Kraft verloren und brennt heiß auf meinen Schädel. Meine Hände zittern. Einerseits vor Freude darauf, Nina endlich in meine Arme schließen zu können und diesen unseligen Streich aufzuklären. Auf der anderen Seite haben mich die Fahrt, die Hitze und diese konfuse Situation so mitgenommen, dass ich nur noch unter die Dusche springen möchte, um danach mit Nina den Abend gemütlich auf dem Sofa ausklingen zu lassen. Zumindest ist das mein Wunschgedanke.

Der Schlüssel passt nicht. Auch der vierte Versuch ist aussichtslos. Ich schaue mir den Schlüsselbund genau an. Auto-, Haustür-, Spind-, Geldkassette-, Briefkasten- und ein Schlüssel, den ich im Moment nicht zuordnen kann.

Ich entscheide mich für die Klingel und drücke auf den Knopf. Es dauert einige Zeit, dann höre ich das Klacken von Absätzen. Na endlich! Wie erwartet ist Nina zu Hause. Gleich wird sich alles aufklären. Ich atme auf und warte. Die Tür wird geöffnet. »Herr … Herr Volk…Volk.« Perplex stehe ich da, starre der kleinen, rundlichen, fremden Frau in die Augen und bringe kein Wort heraus. »Volkmann«, ergänze ich nach einer Pause zaghaft die Lücke ihres Namensgedächtnisses und frage mich gleichzeitig, woher sie mich kennt. Sie lächelt. Ihr geblümtes, ärmelloses Kleid bewegt sich ohne ihr Zutun. Ihr Blick ist genauso verunsichert wie meiner, vermutlich. Ich schaue auf das Namensschild neben dem Klingelknopf, ›Familie Winter‹, dann wieder zu ihr, und das Spiel beginnt von vorn. Hin und her.

»Ach ja, Volkmann. Schön, Sie zu sehen. Was kann ich für Sie tun?« *Tun? Schön, Sie zu sehen? Ähm.* Ich trete von einem Fuß auf den anderen. Kann die Situation nicht analysieren. Kein Ergebnis. Mir ist heiß, mein Kopf dreht sich. Ich habe Nina erwartet. Wer ist diese fremde Frau in meinem Haus? Stumm schnappe ich nach Luft. Schließe meinen Mund sofort wieder.

»Herr Volkmann?«, legt sie nach. Ich trete ein paar Schritte zurück und betrachte das Gebäude. Nein, keine Verwechslung. Dies ist unser Haus. Hier wohnen Nina und ich seit zwei Monaten.

Wir sind schon ein paar Wochen, nachdem wir uns kennengelernt haben, zusammen nach Kirchzarten, gut zehn Kilometer von Freiburg entfernt, in genau dieses Domizil gezogen. Im Vorgarten steht die Skulptur, die ich einem hiesigen Bildhauer für Nina abgekauft habe. Links stehen die Blumen, die sie mit viel Liebe eingepflanzt hat. Und hier das Windrad unter dem Vordach, das Nina mit den Worten *»Dann wissen wir gleich, wann bei uns der erste Sturm aufzieht«* befestigt hat.

»Herr Volkmann, geht es Ihnen nicht gut?« Mir ist schwindelig. Eine unerträgliche Hitze, die nichts mit den vorherrschenden Temperaturen zu tun hat, kriecht von den Waden bis in meine Oberschenkel. Ich beuge mich leicht nach vorn, versuche, mich zu halten. Trete zwei Schritte näher ans Haus und lehne mich gegen die Wand.

»Kommen Sie doch rein, Herr Volkmann. Dann können wir uns besser unterhalten.« Wortlos folge ich ihr. Mein Blick hängt starr an den überdimensionalen Orchideenblüten, die sich auf ihrem Allerwertesten bewegen, als würden sie im Zeitraffer neue Knospen treiben. Mir wird übel.

»Setzen Sie sich, bitte.« Frau Winter hebt ihren Arm und deutet auf eine ausladende Sofalandschaft. Ich nicke, versuche vergeblich, meinen Mund zu einem freundlichen Lächeln zu zwingen, und setze mich.

»Ich hole Ihnen ein Glas Wasser. Moment, bin gleich wieder da.« Das ist nicht unsere Wohnzimmereinrichtung. Nicht unser Sofa, nicht unsere Schrankwand, weder der

Esstisch noch die passenden Stühle. Auch der überdimensionale Käfig mit den zwei pfeifenden Nymphensittichen gehört uns nicht. Von den Fotos an der Wand starren mich fremde Menschen an. Was passiert hier? Das kann nichts mehr mit einem Scherz zu tun haben. Solch einen Aufwand würde niemand betreiben, nur um mich zu ärgern. Fragen häufen sich. Wie auf einer stark frequentierten Autobahn rasen sie an mir vorbei und werden, noch bevor ich eine greifen kann, rechts von einer weitaus wichtigeren überholt. Plötzlich stolpert ein kleiner Junge vom Garten kommend über die Schwelle der offenen Terrassentür. Er fängt sich, sagt »Hoppala«, bleibt abrupt stehen und starrt mich an. Er ist zwischen sechs und sieben Jahre alt, schätze ich. Seine bunte Badehose ist klitschnass und die dunklen Haare kleben an seinem Kopf. Mein erster Gedanke: Max! Mein zweiter und weitaus realistischerer schreit: Max ist tot! Ein Krampf in der Magengegend lässt mich zusammenzucken.

»Wer bist du denn?«, fragt der Kleine.

»Jan«, antworte ich ihm. »Und wie heißt du?«

»Friedolin«, sagt er und rennt an mir vorbei auf den Flur.

»Bin gleich bei Ihnen, Herr Volkmann.«

Der letzte Satz, der meinem Sohn kurz vor seinem Tod über die Lippen gekommen ist, hat sich mit glühenden Nadeln bei mir eintätowiert.

In meinen Gedanken, in meiner Brust, in meinem Herzen. Er ist da, allgegenwärtig, und lässt sich nie mehr entfernen.

»Hast du Alkohol lieber als mich, Papa?«

Dieser Satz war wie eine Ohrfeige, die mich für einen Moment wachgerüttelt, aus meinem Rausch aufgeweckt und mein Selbstmitleid für einige Zeit vergraben hat.

»Ich habe nichts auf der Welt so lieb wie dich, Max.«

Ich, Dr. Jan Volkmann, ein bekannter und erfolgreicher Neurochirurg, konnte meinem eigenen Sohn nicht helfen. Der Hirntumor war inoperabel. Ich habe alle namhaften Kollegen, national wie international, um ihre Meinung und ihren Rat gebeten. Habe nächtelang wach gelegen, um eine Lösung, die Rettung für meinen Sohn, zu finden, und war doch machtlos. Was hat der Therapeut gesagt?

»Es gibt Dinge, die nicht in unseren Händen liegen, die wir nicht steuern können. Du hast nur die Macht über dich selbst. Über dein Handeln, deine Gedanken und deinen Willen. Erst wenn diese Macht splittert, bist du schwach und angreifbar.«

»Entschuldigen Sie, Herr Volkmann. Ich musste Friedolin noch beim Umziehen helfen. Der Bub sitzt bei diesem Wetter den ganzen Tag in seinem Planschbecken im Garten. Hier, bitteschön.« Frau Winter stellt ein großes Glas, befüllt mit Eiswürfeln und einer Scheibe Zitrone, auf dem Tisch vor mir ab, nimmt eine Karaffe und schenkt Wasser ein.

»Dankeschön.« Seit dem Rastplatz habe ich nichts mehr zu mir genommen. Gierig trinke ich das Glas in einem Zug leer. Frau Winter schenkt nach und setzt sich dann auf einen Beistellhocker mir gegenüber.

»Besser?«, fragt sie.

Ich nicke. »Viel besser, danke.«

»So, Herr Volkmann. Was kann ich für Sie tun?«

Wie soll ich anfangen? *Dies ist unser Haus. Wo sind unsere Möbel? Nina und ich waren drei Wochen im Urlaub, aber anscheinend doch nur ich allein und auch nur eine Woche. Wo ist Nina?*

»Schön haben Sie es hier«, sage ich und suche nach den richtigen Worten.

»Danke. Wir haben nichts verändert. Nur die Möbel. Sie und Ihre Frau hatten das Haus ja erst renoviert, kurz bevor wir es gekauft haben.«

5

Die Frau

Abrupt schlägt sie die Augen auf. Wach. Sie liegt rücklings auf dem Boden, den Blick starr nach oben gerichtet. Zwischen den Tannenspitzen ist das Grau der Dämmerung zu erkennen. Ihr Körper bewegt sich ohne ihr Zutun. Schmerzen zucken wie heiße Blitze, ausgehend von ihren Füßen, bis in die Oberschenkel. Grobe Fesseln schnüren sich wie Stacheldraht tief in ihre nackten Knöchel. Wie kommt sie hierher? Was ist passiert? Wo ist sie? … Warum? Für diese Fragen ist jetzt keine Zeit. Schnell wird ihr Körper über den unebenen Waldboden geschleift. Schritte von schwerem Schuhwerk, direkt vor ihr. Holz knackt, dann ein Rascheln. Ihr Puls beschleunigt. Das Pochen verstärkt sich und trommelt in ihren Schläfen. Vorbei an vertrockneten Tannenzapfen, Laub, Ästen und Moos. Sie dreht ihre Hände, spreizt die

Finger, um sie in den Boden zu rammen, doch die Erde ist ausgetrocknet und hart. Keine Chance. Dunkel. Tannen, Fichten und Kiefern stehen dicht nebeneinander. Ihr Kopf knallt gegen die Stämme und wird unkontrolliert von einer Vertiefung in die nächste katapultiert. Ihr dünnes Sommerkleid hat sich bis zu den Brüsten hochgeschoben. Scharfkantige Messerspitzen bohren sich in ihr Fleisch, bleiben stecken, hinterlassen tiefe, brennende Furchen. Ein Gefühl, als würde ihr bei lebendigem Leib die Haut vom Rücken abgezogen. Sie kann einen Blick erhaschen. Eine Gestalt, dunkel gekleidet, auf dem Kopf eine Mütze, zieht das Seil. Schmale Silhouette und dennoch eine unbändige Kraft, die es vermag, ihren Körper problemlos in dieser Geschwindigkeit zu bewegen.

»Hilfe!«, hört sie sich selbst schreien. »Hilfe, Stopp, aufhören!«, kreischt sie hinterher. Ihr Peiniger schüttelt fast unmerklich den Kopf und zieht unbeirrt weiter. Demnach hat es keinen Sinn, zu schreien. Niemand kann sie hören. Mit aller Kraft versucht sie, die Beine anzuziehen. Ohne Erfolg. Die Gestalt zieht ruckartig an dem Seil, sodass sie ungebremst mit dem Kopf gegen einen Stein schlägt. Da, ein dünner Baumstamm, ganz nah. Verzweifelt krallt sie sich mit einer Hand fest, dreht sich auf den Bauch, um mit der anderen Hand nachzugreifen. Ihre Fußfesseln beißen sich durch die Verdrehung tiefer ins Fleisch.

Vor Schmerz verschränkt sie ihre Hände ineinander. Er stoppt, lässt das Seil fallen, dreht sich um und kommt auf sie zu.

6

Was hätte ich tun sollen? Frau Winter mitsamt ihrem kleinen, netten Sohn vor die Tür setzen, nur weil ich steif und fest behaupte, dass sie sich in meinem Haus aufhält? Mit mir stimmt etwas nicht, das ist jetzt Fakt. Aber was? Ich könnte schwören, dass ich keinen Tropfen von dem Teufelszeug angerührt habe. Als Facharzt der Neurochirurgie würde ich zwangsläufig zu der Vermutung kommen, dass mein exzessiver Alkoholmissbrauch unter anderem die Nervenzellen in der Peripherie – die die Beinmuskulatur versorgen – angegriffen hat, wofür wiederum die Schwäche im Quadriceps femoris spricht. Zum anderen kann Alkohol Nervenzellen im Gehirn direkt abtöten. Kommen weitere Faktoren wie Vitamin- und Mangelernährung hinzu, so wie es bei mir der Fall war, kann es zu schweren Hirnschädigungen kommen. Wenn sich das Wernicke-Korsakow-Syndrom gebildet hat, könnte dies zu einer dauerhaften Beeinträchtigung der Gedächtnisleistung führen.

Auch neuro-psychiatrische Folgeschäden sind bei Alkoholismus möglich. Blutungen in verschiedenen Gehirnarealen. Oder eine Hirnatrophie .... Könnte ich selbst über diese möglichen Diagnosen nachdenken, wenn eine davon zutreffend wäre? Wenn sich meine Wahrnehmung gegenüber der Realität durch eine dieser Folgeschäden verschoben hat, dann müsste ich sofort in stationäre Behandlung.
Ich bin felsenfest davon überzeugt, dass ich klar denken kann. Aber wahrscheinlich behauptet das jeder Kranke von sich. Nachdem mir Frau Winter den notariell beglaubigten Kaufvertrag gezeigt hat, habe ich mich in einem schockähnlichen Zustand von ihr verabschiedet und sitze jetzt in meinem aufgeheizten A6. Nicht fähig, den Zündschlüssel umzudrehen. Ziellos. Planlos. Dieses Haus hier in Kirchzarten war laut Urkunde gar nicht von mir angemietet worden. Es war noch vor einem halben Jahr Eigentum von meiner Ex-Frau Anne und mir. Familie Winter hat es gekauft. Vor einem halben Jahr war ich von Anne schon lange getrennt. Ja, Anne und ich haben unser Eigenheim veräußert, nachdem Max verstorben war, Anne mich zum Teufel gejagt hat, ich beurlaubt wurde und bevor ich meinen Entzug und die Therapie begonnen habe.

Frau Winter schaut aus dem Fenster und beobachtet mich. Sie muss mich für vollkommen verrückt halten, und momentan kann ich ihr dies nicht einmal verübeln.

Ich drehe den Zündschlüssel und fahre aus dem Wohngebiet. Wohin? Wen kann ich kontaktieren? Wieder rufe ich mir meine Realität ins Gedächtnis. Ich, Dr. Jan Volkmann, bin 42 Jahre alt, Oberarzt im Klinikum für Neurochirurgie in Freiburg und mit Nina Stegmüller, 41 Jahre alt, liiert. Heute vor genau drei Wochen sind wir zusammen in das Beach-Hotel nach Rimini in den Urlaub gefahren. Wir hatten eine wunderschöne Zeit am Strand, in den Klubs, kleinen Cafés. Haben Ausflüge unternommen und uns geliebt, und genau dafür gibt es unzählige Beweise. Die Urlaubsfotos! Ich lenke mein Fahrzeug in eine Seitenstraße und fahre auf einen Parkplatz. Sofort ziehe ich das iPhone aus der Gesäßtasche und öffne die Galerie. Wie gebannt starre ich auf das Display. Mein Finger schiebt ein Foto nach dem anderen zur Seite, zurück, wieder vor. Wie von Sinnen blättere ich die komplette Galerie durch, schließe die Funktion und schalte mein Smartphone aus. Nach drei Sekunden aktiviere ich das System wieder und starte einen erneuten Versuch. Die letzte Aufnahme. Ein weißer Kindersarg, übersät mit Blumen und einem kleinen Teddybär, der in der Friedhofskapelle in Kirchzarten aufgebahrt ist. Max! Meine Hände zittern. Schweiß tropft in meine Augen und auf das Handydisplay. Alles verschwimmt. Genau so muss es in meinem Gehirn aussehen. Verschwommen, ein einziger undurchdringlicher Brei. Ich zweifle an mir, an meinem Verstand. Max! Schmerzen.

Mein Magen dreht sich, verknotet sich, wird herausgerissen, und mein Herz setzt einige Schläge aus.
»Hast du den Alkohol lieber als mich, Papa?«
»Nichts auf der Welt habe ich so lieb wie dich, Max.«
Nichts.
Nichts.
Ich sehe meinen Sohn, der verloren in seinem Bett liegt. Das Gesicht eingefallen. Keine rosigen Wangen, kein Lächeln, und der zuvor wissbegierige Blick ist ausdruckslos. Lichte Momente wechseln sich mit Verwirrtheit und apathischen Phasen ab. Ein kleiner Mensch, der in sich zusammenfällt, und ich stehe machtlos daneben …

»Männer weinen nicht«, höre ich die Stimme meines Vaters und werde von Tränen geschüttelt. Ich beuge mich nach vorn, umfasse das Lenkrad und lege den Kopf auf meine Hände. Das laute Schluchzen stammt von mir, dennoch klingt es weit entfernt und vermischt sich mit einem rhythmischen Klopfen. Ein Tuckern, das von einem defekten Auspuff hätte stammen können. *Tief ein- und wieder ausatmen.* Langsam lehne ich mich zurück und schrecke zusammen. Zuerst sehe ich eine Faust auf die Seitenscheibe zurasen, dann höre ich das Klopfen. Ein älterer Herr, seine Lippen bewegen sich. Ich wende mich ab, nehme einen Zipfel meines Shirts und wische damit über mein Gesicht. Sofort drehe ich den Zündschlüssel und öffne das Seitenfenster.

»… helfen?«, höre ich noch. Anscheinend hat er meine Verzweiflung beobachtet, und der alte Mann fragt nochmals: »Geht es Ihnen nicht gut? Kann ich Ihnen helfen?«

»Danke, alles in Ordnung«, lüge ich mit zittriger Stimme.

»Ach, Jungchen. Ich sehe doch, dass es dir nicht gut geht. Verschmähte Liebe? Jaja, die holde Weiblichkeit. Daran hat sich nichts geändert. Die Damen waren zu meiner Zeit nicht anders als heute. Man kann es ihnen einfach nicht recht machen und verstehen … Ja, verstehen kann sie niemand. Das wird schon wieder. Andere Mütter haben auch schöne Töchter. Das weiß ich gewiss, glaub mir.« Er zwinkert mir zu und tätschelt meine Hand, die aus dem geöffneten Seitenfenster hängt. Gutmütige Augen, umrahmt von unzähligen Falten, schauen mich an, und ich kann mich tatsächlich zu einem Schmunzeln hinreißen lassen.

»Danke«, presse ich über die Lippen und nicke ihm freundlich zu.

»Das wird schon wieder«, wiederholt er und lehnt sich auf seinen Rollator. »Egal was es ist, es gibt für alles eine Lösung. Manchmal dauert es nur seine Zeit, bis sie gefunden wird. Ich spreche aus Erfahrung«, fügt er hinzu und entfernt sich. Ein verständnisvoller Mann, der Gefühle zeigt.

»Männer müssen stark sein«, höre ich meinen verstorbenen Vater sagen.

»Männer zeigen keine Gefühle, das ist Schwäche und das macht dich angreifbar!« Mittlerweile bin ich zu der Erkenntnis gekommen, dass es Schwäche ist, wenn Männer keine Gefühle zeigen können. Doch immer noch, auch nach zehn Jahren, schiebt sich die durchdringende Stimme meines Vaters ins Gedächtnis und vermittelt mir ein schlechtes Gewissen.
Ich spüre, dass ich genau jetzt meinem Drang nach diesem Teufelszeug nachgeben könnte. *Nein, das wirst du nicht! Du hast die Macht! Und … keine alkoholischen Getränke im Auto.*
›Highway to Hell‹ von AC/DC ertönt, mein Handyklingelton. *Wie passend!* Nina? Anonymer Anrufer. Sofort drücke ich auf das grüne Hörersymbol.

»Nina?«, rufe ich aufgeregt. Ein Knistern, ein Rauschen, mehr ist nicht zu hören. Schlechte Verbindung. Diesmal schreie ich. »Nina, sag doch was! Wo bist du?« Ruhe. Ihr ist etwas zugestoßen! Ein Faustschlag landet in meinem Magen. Ich hätte mich niemals vom Rastplatz beim St. Gotthard entfernen dürfen, nicht ohne sie. Ich hätte sofort die Polizei einschalten müssen. Fehler! Großer Fehler. Vollkommen verzweifelt wische ich den Schweiß von meiner Stirn. Was jetzt? Wohin? Wenn Nina tatsächlich etwas zugestoßen ist und sie nur gerade jetzt in diesem Moment, mit einem fremden Handy, anrufen konnte? Ob ich zurückfahren sollte, Richtung St. Gotthard? Was würde das bringen? Die Polizei in Freiburg verständigen?

Wenn ich wahrheitsgemäß von meinem kompletten Tagesablauf berichte und die Beamten meine Aussagen mit denen des Beach-Hotels und von Frau Winter vergleichen… Ninas gelöschte Handynummer, keine Urlaubsfotos … dann kann ich mir einer Einweisung in die psychiatrische Klinik in Emmendingen sicher sein.

7

Anne! Verrückt und trotzdem der einzige Mensch, der mir Glauben schenken könnte. Der einzige Mensch, der mir jetzt helfen kann oder mir zumindest zuhört. Ich suche ihre Nummer aus meinen Kontakten und aktiviere sie.

»Anne?«, sage ich. Keine Antwort. Ich höre sie atmen, wiederhole ihren Namen, dann wird die Verbindung abrupt beendet. Auch der zweite und dritte Versuch meinerseits wird abgeblockt. Das war naiv und dumm von mir. Was habe ich erwartet? Dass Anne immer noch darauf wartet, dass sich ihr Ex-Göttergatte bei ihr meldet? In der schwersten Zeit ihres Lebens habe ich sie allein gelassen. Meine Karriere war wichtiger als die Familie. Dann war ich besessen davon, Max zu retten, habe einen Kollegen nach dem anderen aufgesucht, nächtelang Fachliteratur studiert, anstatt die verbleibende Zeit mit ihr und unserem Sohn zu verbringen. Selbst nach dem Tod von Max habe ich keine tröstenden Worte gefunden oder ihr einfach nur gezeigt, dass ich für sie da bin und wir zusammenhalten. Nein, ich habe meine Trauer in Alkohol ertränkt und nicht die leiseste Ahnung davon, wie ich mich in diesem unsäglichen Zustand verhalten habe. Ich konnte diesen unbegreiflichen Schmerz, den Verlust meines Sohnes, nicht ertragen und habe mich von allem losgesagt. Familie, Freunde, Bekannte und Arbeitskollegen. Also, was kann ich jetzt von meiner Ex-Frau noch erwarten? Nichts! Ihre Reaktion ist vollkommen nachvollziehbar. Anne war die Liebe meines Lebens, die Frau, mit der ich eine Familie gegründet habe und alt werden wollte. Die Frau, die mich unterstützt, mir den Rücken freigehalten und sich liebevoll um unseren Sohn Max gekümmert hat. Wir haben uns blind verstanden, hatten die gleichen Interessen und denselben Humor. Sie war nicht nur meine Geliebte, sondern auch meine beste Freundin, meine Vertraute. Ich komme ins Schwärmen, merke ich, und je länger ich über Anne nachdenke, desto schmerzlicher ist der Verlust. Und genau aus diesem Grund greife ich trotz meiner Bedenken wieder zum Smartphone und starte einen erneuten Versuch, Anne zu erreichen. Wieder legt sie auf.

Steif beuge ich mich zum Handschuhfach und öffne es. Ich nehme die Tempotaschentücher an mich, ziehe eins heraus und schnäuze mir die Nase. Unter der Hülle des Service-Heftes blitzt ein Stück Papier hervor. Ich schiebe den Kugelschreiber und den Lippenstift zur Seite.

Ziehe an dem Zettel und halte einen gefalteten Brief in der Hand. Die Adresse lautet:

Dr. Jan Volkmann
Kartäuserstraße 123
79104 Freiburg

Und der Absender: Autovermietung Unger, Freiburg. Ich falte das Schreiben auf: Mietvertrag über einen Audi A6 mit dem amtlichen Kennzeichen … Die Buchstaben verschwimmen, und ich reibe mir die Augen. Wieder lese ich die Worte. Dann ein Blick auf meine ›Frederique Constant Herrenuhr‹, die mir Nina zum Geburtstag geschenkt hat. Ich vergleiche das Datum. Das Fahrzeug wurde am Sonntag, 15. August gemietet. Heute ist Sonntag, 22. August. Genau vor einer Woche. Der Audi soll nicht mir gehören? So wie dieses Haus in Kirchzarten? Giovanni, der Rezeptionist, sagte: *»Sie waren nur eine Woche im Beach-Hotel und … allein.«* Nein! Ich schüttle den Kopf. Blödsinn! Vollkommen unlogisch! Ich starre wie gebannt auf die Adresse, die laut diesem Vertrag meine sein soll. Kartäuserstraße? Natürlich kenne ich dieses Gebiet in Freiburg. Die Straße liegt zwischen dem Ottilienwald und der Dreisam. Ein kleiner Fluss, der mitten durch Freiburg fließt und zum Frühling hin, wenn die Schneeschmelze im Schwarzwald einsetzt, zu einem reißenden Ungeheuer mutieren kann. Die Kartäuserstraße führt nach Freibug-Ebnet, Richtung Dreisamtal. Allerdings habe ich dort nie gewohnt. Sofort drehe ich den Zündschlüssel und fahre los.

Jetzt stehe ich vor diesem mehrstöckigen Betonbunker, der wie ein Störfaktor inmitten dieser idyllischen Landschaft wirkt. Zweiunddreißig Namensschilder, zweiunddreißig Klingelknöpfe. Ich könnte schwören, dass ich noch nie vor geschweige denn *in* diesem Haus war. Meine Oberschenkelmuskulatur zittert. Am liebsten würde ich mit dem Auto zu einem kühlen Waldparkplatz fahren, mich ausruhen und meine Gedanken ordnen. Dazu ist keine Zeit. Ich muss Nina suchen und eine logische Erklärung für dieses unbegreifliche Konstrukt, das seit heute Morgen eine surreale Realität für mich darstellt, finden. Mein Zeigefinger fliegt über die Namensschilder und bleibt schwebend über den schwarzen Buchstaben ›Volkmann‹ stehen. Ich zucke ungläubig zusammen und betrachte diesen rechteckigen Schnipsel Papier genauer. Da steht nicht Dr. Jan Volkmann, sondern ›B. Volkmann‹. B wie Benjamin, mein jüngerer Bruder. Wieder wird mir heiß, und gleich darauf kalt. Seit der Beerdigung meines Sohnes hatte ich auch zu meinem fünf Jahre jüngeren Bruder keinen Kontakt, aber soweit ich mich erinnern kann, hatte Benjamin eine kleine Wohnung in Freiburg-Merzhausen. Selbst wenn er zwischenzeitlich umgezogen ist, warum steht seine Adresse mit meinem Namen auf dem Vertrag der Autovermietung?

Herr Dr. Jan Volkmann, sage ich streng in Gedanken zu mir und versuche, mich zu konzentrieren. Bisher bin ich davon ausgegangen, dass ich ein durchschnittlich intelligent denkender Mensch wäre. Wieder eruiere ich die von mir zuvor gestellten, möglichen Diagnosen. Ich schüttele den Kopf, löse damit eine Schwindelattacke aus und halte mich an der Haustür fest, die im gleichen Moment mit einem Summen geöffnet wird. Sofort stolpere ich ins Treppenhaus und kralle mich am Geländer fest. Habe ich geklingelt?
Natürlich besteht die Möglichkeit, dass es sich bei B. Volkmann nicht um meinen Bruder handelt. Bestimmt ist dieser Nachname mehrfach in Freiburg vertreten, und bei dem Buchstaben B könnte es sich auch um Bertram, Barbara oder Bruno handeln. Aber welchen Bezug hätte ich zu diesen mir fremden Personen? Fakt ist, dass mein Name in Verbindung mit dieser Adresse auf dem Vertrag der Autovermietung steht … oder? Ich zweifle und ziehe zur Sicherheit den Brief aus meiner Hosentasche.

»Hallo?«, hallt eine weibliche Stimme durch das Treppenhaus. »Zweiter Stock«, legt sie nach. Es nutzt nichts, ich muss der Sache auf den Grund gehen, greife nach dem Geländer und steige die Stufen nach oben. Ein wabernder Geruchsbrei von Zigarettenrauch, Knoblauch, Holzkohle und einem süßlichen Parfüm steigt mir in die Nase. Im zweiten Obergeschoss angekommen, schaue ich nach links, dann nach rechts. Auf jeder Seite befinden sich zwei geschlossene Wohnungstüren. Demnach vier in jeder Etage, und bei insgesamt zweiunddreißig Wohnungen ergibt das acht Etagen. Habe ich mir gemerkt, in welchem Stockwerk ›B.Volkmann‹ wohnt? Nein.

»Freund erschlagen!«, schreit jemand zornig. Ich stutze irritiert.

»Du oder ich!«, höre ich eine drohende Stimme, bevor eine der Wohnungstüren ruckartig aufgerissen wird.

8

Die Frau

Jemand musste Bassboxen in ihren Kopf implantiert haben. Durch den permanenten Schlag auf die Base-Drum droht ihre Schädeldecke zu explodieren. Sie ist an keinem ihr bekannten Ort. Doch nicht die Frage, wo sie sich befindet, hat Priorität, sondern wer sie ist. Jegliche Erinnerungen – sollte sie welche gehabt haben – sind ausgelöscht. Ein schwarzes Loch, und diese Erkenntnis versetzt sie jetzt in eine weitaus größere Panik als der Anblick dieses Raumes. Sie liegt in einem Sessel, ein Fernsehsessel. Ihre Hände sind an dessen Lehnen fixiert. Nein, es handelt sich eher um so etwas wie einen Zahnarztstuhl, verbessert sie ihre Assoziation – mit Hydraulik und dadurch beweglichen Elementen. Auch ihre Beine sind wie der Rest ihres Körpers hochgelagert. Fesselspuren an ihren Knöcheln, rote Striemen. Die Base-Drum schlägt zu. Kein Zahnarztstuhl! Sie hebt den Kopf und sieht zwischen ihre nackten Beine. Das Fußteil ist in zwei Hälften unterteilt, rechts und links unabhängig voneinander steuerbar. Ein Gynäkologen-Stuhl. Der Rock an ihrem geblümten Sommerkleid ist weit nach oben gerutscht. Ihr Herzschlag beschleunigt sich und passt sich dem Rhythmus der Base-Drum in ihrem Schädel an. Ein Strahler ist direkt auf sie gerichtet. Sie dreht den Kopf nach links. Weiße Wände, eine Liege, wie sie in Arzt- oder Physiotherapie-Praxen stehen, daneben ein Stuhl. Auf dem Edelstahl-Rollwagen, der an der gegenüberliegenden Wand platziert ist, liegen medizinische Instrumente, fein säuberlich sortiert. Daneben ein Regal. Ein Krankenhaus? Eine Arztpraxis? Ist sie eine Patientin, die gerade aus der Narkose erwacht ist, und ihre Erinnerungen kehren im nächsten Moment zurück? Möglich. Warum sind ihre Hände aber an diesen Stuhl gefesselt? Ihre Füße sind frei, doch woher stammen diese tiefen Fesselspuren? Womöglich handelt es sich um einen ambulanten Eingriff, und damit sie in ihrem sedierten Zustand nicht um sich schlägt, wurden ihre Hände an diese Lehnen gebunden? Möglich. Bestimmt musste sie sich nur etwas ausruhen, ist von der Narkose noch benebelt. Eventuell würde gleich der Arzt oder eine Assistentin den Raum durch die dick gepolsterte Tür betreten und diese kuriose Situation aufklären. Sie versucht, ruhiger zu atmen. Wie ist ihr Name, und was ihre letzte Erinnerung? Nichts. Absolute Leere. Eine künstliche Befruchtung? Wäre sie dann fixiert, und müsste dieser Eingriff überhaupt unter Narkose durchgeführt werden?

Je verzweifelter sie nach den Antworten auf ihre Fragen sucht, desto durchdringender wird das Dröhnen unter ihrer Schädeldecke.

9

»Ja, bitte?«, sind die Worte einer zierlichen jungen Frau. Sie steht nur mit einem Bademantel umhüllt und mit einem Handtuchturban um ihren Kopf vor der geöffneten Wohnungstür. Große, dunkle Augen starren mich an. Mein Blick schweift zu ihrer Hand, die krampfhaft den Bademantel zusammenhält. Ihre blau-pink gestreiften Fingernägel sind so lang, dass sie als Waffe eingesetzt werden könnten.

»Was wollen Sie?«, legt sie ungehaltener nach und geht wieder einen Schritt zurück in ihre Wohnung. Noch bevor sie mir die Tür vor der Nase zuknallen kann, habe ich mich wieder gefangen und gehe mit einem angedeuteten Lächeln auf sie zu.

»Entschuldigen Sie, bitte«, fange ich meine Erklärung an.

»Du oder ich!«, höre ich die bedrohliche Stimme aus ihrer Wohnung.

Ich vergesse meine Einleitung und frage stattdessen: »Brauchen Sie Hilfe?«
Sie lacht, kommt wieder einen Schritt näher und flüstert: »Romeo und Julia. Mein Freund probt.«
Beruhigt atme ich auf. »Entschuldigen Sie die Störung, aber bin ich hier richtig bei Volkmann?«

»Wer möchte das wissen?«, fragt sie und legt ihren Kopf zur Seite.

»Ich bin Jan Volkmann«, antworte ich, ohne zu wissen, bei wessen theatralischer Theaterprobe ich gerade Zaungast sein darf.

»Jan? Der Alkoho.. Ähm, der Arzt?« Sie scheint von mir gehört zu haben und bestätigt damit, dass es sich bei B. Volkmann tatsächlich um meinen Bruder Benjamin handelt. Dass dieser allerdings Theater spielt, ist mir neu. Mein Herz schlägt schneller. Ich fühle mich unwohl und fremd. Möchte aus dieser Situation ausbrechen. Auf dem Absatz kehrtmachen, das Treppenhaus hinunter und aus der Tür rennen und diesem Haus ohne jeglichen Charme den Rücken kehren. Wie soll ich mich meinem Bruder gegenüber verhalten? Wir hatten nie ein enges Verhältnis, und meine Alkoholsucht hat bestimmt nicht zur Besserung beigetragen. Ich muss eine Zeit lang unbeweglich dagestanden haben. Die Frau kommt auf mich zu, packt meinen Arm und zieht mich in die Wohnung.

»Ich bin Lotta.« Die Tür fällt mit einem lauten Krachen hinter mir ins Schloss. »Na, komm schon, nicht so schüchtern«, sagt sie und schubst mich ins Wohnzimmer.

Zuerst fällt mir die Fensterfront, die sich über die komplette Breite des Wohnzimmers zieht, auf. Die Rollläden sind bis zur Hälfte heruntergelassen, wahrscheinlich wegen der Hitze. Südseite, denke ich. Mitten im Raum steht mein jüngerer Bruder in weißen Leggings und dreht mir den Rücken zu. Das überlange Jackett mit seinen goldenen Verzierungen hätte tatsächlich aus dem sechzehnten Jahrhundert stammen können. Benjamin hält ein Plastikschwert drohend über seinen Kopf.

»Du oder ich!«, schreit er abermals bühnengerecht.

»Du, oh, Romeo«, sage ich und gehe auf ihn zu. Er zuckt zusammen, dreht sich blitzschnell um und wirft das Plastikschwert nach mir.

»Ach du Schei… Mensch, erschreck mich doch nicht so! Wie kommst du denn ...? Also, was machst du denn …? Scheiße noch mal«, schimpft er aufgeregt.

»Sorry«, sage ich kleinlaut.

Wenn der heutige Tag und meine Mission nicht so surreal wären, könnte ich über diese Szenerie lachen. In diesem Moment hätte ich meinen kleinen Bruder umarmen können, ihm auf die Schulter klopfen und sagen: *»Lass uns alles vergessen, was war.«* Doch ich stehe so wie er angewurzelt da und bekomme keinen Ton über die Lippen. Wie zwei Fremde, die sich nichts zu sagen haben, weil sie nichts voneinander wissen wollen. Ich bin fehl am Platz, ein Störenfried, und das lässt er mich zwar ohne Worte, dafür aber mit aussagekräftigen Blicken spüren.

»Willst du was trinken?«, fragt Lotta. Ich habe nicht bemerkt, dass sie neben mir steht, und zucke zusammen.

»Schreckhaft, was?«

»Ein Wasser wäre nett«, beantworte ich ihre Frage.

»Du auch?«, fragt sie zu Benjamin gewandt. Er nickt und ringt vermutlich immer noch um Fassung.

»Was willst du?«, fragt er und hebt das Schwert vom Boden auf.

»Tut mir leid, dass ich dich so überfalle.«

»Überfall ist genau der richtige Ausdruck.«

»Können wir uns unterhalten?«, frage ich vorsichtig.

»Machen wir doch gerade«, zischt er zurück. Benjamin sieht älter aus als 37. Seine ehemals strahlend blauen Augen sind grau, und die Falten um seine Augen stammen gewiss nicht von zu viel Lachen. Nur der dunkle Lockenkopf mit den störrischen Strähnen könnte eine verwandtschaftliche Beziehung zwischen uns vermuten lassen.

Lotta betritt das Wohnzimmer. In der Hand ein Tablett mit einer großen Karaffe Wasser und zwei Gläsern. »Setz dich doch«, sagt sie. Den Turban hat sie mittlerweile ausgezogen. Ihre schulterlangen Haare sind auf einer Seite blau – farblich auf ihre Fingernägel abgestimmt – und auf der anderen pink gefärbt. Den Bademantel hat sie gegen ein kurzes, schwarzes Sommerkleid getauscht. Gut proportionierte Figur, denke ich. Lotta weist mit dem Kopf in Richtung Sitzecke, die aus Paletten und mit einigen drapierten Kissen darauf nicht sehr bequem wirkt. Sie stellt das Tablett auf den selbst gebastelten Tisch, eine Apfelsinenkiste mit Brett.

»Nun setz dich schon«, sagt Benjamin, zieht einen Sitzsack aus der Ecke und lässt sich hineinfallen.

Ich lasse mich vorsichtig auf den Paletten nieder. »Seit wann wohnst du hier?«, beginne ich vorsichtig.

»Wäre der Herr Doktor irgendwann Teil meines Lebens gewesen, dann wüsstest du das«, erwidert Benjamin zynisch.

Lotta schenkt die Gläser ein und reicht mir eines.

»Danke.« Sie nickt mir zu, gibt dann meinem Bruder ein Glas und verlässt wortlos den Raum.

»Sorry, ich weiß, zwischen uns ist einiges schiefgelaufen.«

»Ja, so kann man es auch nennen … Also, was willst du von mir?« Er ist mir gegenüber feindselig eingestellt, und ich würde liebend gern unverrichteter Dinge diese Wohnung wieder verlassen. Aber hier geht es nicht allein um mich, sondern um Nina. Seine Adresse, verknüpft mit meinem Namen, ist mein einziger Hinweis, also reiße ich mich zusammen und versuche, ruhig und freundlich zu wirken.

»Das ist eine lange Geschichte«, erwidere ich.

»Die Kurzform, ich habe zu tun.«

Ich ziehe den Mietvertrag aus der Gesäßtasche und reiche ihm den Brief. »Hier, schau selbst.«

»Was soll das? Warum steht dein Name mit meiner Adresse auf diesem Schreiben?«, fragt er nach langem, wortlosem Studieren des Briefes.

»Keine Ahnung, erklär du es mir«, ist meine Antwort.

»Soll ich jetzt auch noch die Rechnung für deinen Mietwagen bezahlen, oder was?«, echauffiert er sich.

»Benjamin, hör mal …«, möchte ich ihn besänftigen.

»Nix Benjamin, ich heiße Benny, merk dir das endlich! … Bist du schon wieder besoffen, oder was soll diese Scheiße?« Er steht auf und wirft mir den Brief vor die Füße. Im selben Augenblick höre ich meinen Handyklingelton und greife sofort in meine Gesäßtasche.

10

Nachdem wieder nur ein Rauschen und Knacken in der Leitung zu hören war, wurde der anonyme Anruf beendet. Rückruf nicht möglich. Benny muss meine Verzweiflung bemerkt haben. Er hat sich beruhigt und danach meinen Ausführungen gelauscht. Ich habe nichts ausgelassen. Von Ninas Verschwinden am St. Gotthard Rastplatz über das Haus in Kirchzarten bis hin zu seiner Adresse auf dem Mietvertrag, den ich mittlerweile aufgehoben und auf den Tisch gelegt habe.

»Weißt du…«, fängt Benny in einem ruhigeren Ton als zuvor an, »als kleiner Junge habe ich immer zu dir aufgesehen. Du warst mein Vorbild. Warst gut in der Schule, hattest viele Freunde, warst beliebt und hast später die hübschesten Mädels abbekommen. Ich war das krasse Gegenteil. Ein dicker, pickeliger Junge, ein Außenseiter, ein Nerd, der nichts auf die Reihe bekommen hat. Weder Schule noch Freunde.

Habe unzählige Praktika und Ausbildungen geschmissen, und bei den Mädels hatte ich auch keinen Stich. Aber dann hab ich mitbekommen, wie Vater dich drangsaliert hat. Du musstest Abi mit einem Einser-Durchschnitt machen, musstest Medizin studieren, um in seine Fußstapfen zu treten, und irgendwann war ich froh, dass ich das schwarze Schaf der Familie war. Ich hatte Narrenfreiheit und konnte tun und lassen, was ich wollte. Es tut mir leid, dass Max so früh sterben musste und deine Ehe auseinandergegangen ist, aber dass ausgerechnet du mich hängen gelassen hast, als ich dringend deine Hilfe gebraucht hätte, kann ich nicht vergessen. Und jetzt … jetzt fragst ausgerechnet DU mich nach Rat?«

Ich trinke einen Schluck Wasser. Seine Worte beschämen mich. Noch nie hat er sich mir gegenüber so geäußert. Ich hatte keine Ahnung, dass ausgerechnet ich sein Vorbild gewesen sein soll. Der Altersunterschied von fünf Jahren war gewiss schuld daran, dass Benny für mich als Jugendlicher ständig nur ein Klotz am Bein war, ein Störenfried, der mir immer und überall hinterhergelaufen ist, wenn ich verabredet war. Dennoch … Wann hat er mich je um Hilfe gebeten?

»Ich kann mich nicht erinnern«, sage ich betreten.

»Natürlich nicht. Du warst ja auch ständig besoffen, du Arsch! Ich habe durch meine Bandscheibenvorfälle den Job als Lagerist verloren, konnte die Wohnung in Merzhausen und die Raten für meine Möbel nicht mehr bezahlen. Ich habe dich nur ein einziges Mal in meinem Leben um Hilfe gebeten. Du hattest die Kohle, es wäre ein Leichtes gewesen, mir etwas zu leihen oder mir mit deinen Kontakten zu helfen, eine Wohnung oder einen neuen Job zu finden. Stattdessen hast du mich ausgelacht und gesagt, dass ich alt genug wäre, um mir selbst zu helfen. Anne, deine Frau, war es, die mir geholfen hat, nicht du!« Bennys Augen werden glasig.

Alkohol ist der Teufel. Sobald er Besitz von einem Trinker ergreift, verändert sich dessen Wesen. Er wird zu einem anderen Menschen, verliert Empathie, Verständnis und die Liebe zu seinen Mitmenschen. Ich schüttele den Kopf, schäme mich, könnte mich in einem Loch verkriechen. Wer weiß, wie ich mich damals Anne gegenüber verhalten habe. Mir wird übel und ich spüre, wie Gallenflüssigkeit langsam die Speiseröhre emporsteigt.

»Entschuldige, Benny, dann hast du recht und ich war tatsächlich ein Arsch. Aber einer, der dir niemals bewusst schaden wollte. Ich bin trocken, habe eine Therapie gemacht und rühre dieses Teufelszeug nie mehr an.« Wie sollte ich mich erklären? Dafür gibt es keine Rechtfertigung oder Freisprechung.

»Klär das mit der Autovermietung. Ich zahle die Rechnung jedenfalls nicht, dass das klar ist. Sag mal … wenn das auf dem Vertrag meine Adresse ist und deine Erinnerung dich zu eurem verkauften Haus nach

Kirchzarten geführt hat … Wo wohnst du denn jetzt tatsächlich?«

Ich zucke mit den Schultern. »Ich habe keinen Plan.«

»Welche Adresse steht denn in deinem Ausweis?«, fragt Benny.

»Der ist verschwunden, so wie Nina mitsamt ihrem Gepäck und der gespeicherten Handynummer, meiner EC-Karte und den Urlaubsfotos.« Laut ausgesprochen, hören sich diese Dinge noch befremdlicher an. So als wäre ich gefangen in einem anderen Dasein, in einem Paralleluniversum. *Blödsinn!*

»Ziemlich durchgeknallte Story. Und du bist sicher, dass du nichts getrunken hast?« Diese Frage ist legitim, trotzdem trifft sie mich, als hätte er mir gerade dieses Plastikschwert an den Kopf geschlagen.

»Merkst du nicht, dass ich vollkommen nüchtern bin?« Mein Ton ist strenger als gewollt. Ich muss mich zügeln.

»Ist ja gut«, beschwichtigt Benny. »Ruf doch mal in diesem Hotel in Rimini an. Die müssen deine Adresse doch in ihrem System eingetragen haben, und vielleicht liegt dort auch dein Personalausweis.«

Bennys Idee war gut, allerdings nutzlos. Fünf Minuten und einen Anruf später bin ich nicht schlauer als zuvor. Giovanni, der mir bekannte Rezeptionist im Beach-Hotel, hat Feierabend und seine Kollegin berief sich auf den Datenschutz. Sie dürfe telefonisch keine Adressen von Hotelgästen preisgeben, auch nicht von den bereits abgereisten. Davon abgesehen war mein Personalausweis auch nicht an der Rezeption abgegeben worden.

»Okay«, sagt Benny. »Polizei?«

»Wie würde sich diese Geschichte für einen Fremden anhören?«

»Nicht nur für Fremde«, erwidert Benny leise. »Schluckst du irgendwelche Pillen? So ein Zeug, damit du vom Alkohol wegkommst?«

Ich stütze meine Ellbogen auf den Knien ab und lege die Stirn in meine Hand. Verzweifelt und verwirrt. Wahrscheinlich würde ich mir selbst nicht glauben, daher kann ich es ihm nicht verübeln. Wie also sollte ich das einem Fremden erklären? Je länger ich überlege …

»Okay, okay«, holt mich Benny aus meinen Gedanken. »Ich glaube nicht wirklich, dass du einen an der Klatsche hast … Obwohl … Also ich habe mal gehört, dass exzessiver Alkoholmissbrauch das Gehirn schädigt.«

Ich sehe ihn an. Er zwinkert mir zu und lächelt. »Also pass auf. Du bist zwar ein Arsch, aber der gehört eben zu meinem Bruder. Du kannst für eine Nacht hier pennen. Eine, hörst du? Hol deinen Koffer aus dem Auto.«

Es ist mittlerweile später Abend. Die Erlebnisse, die lange Fahrt gepaart mit der Hitze, haben mir alles abverlangt. Heute könnte ich nichts mehr in Erfahrung bringen, und davon abgesehen wüsste ich momentan nicht einmal, wo ich mit meiner Suche nach Nina weitermachen sollte.

Mein Kopf brummt, meine Muskeln schmerzen und meine Gedanken kreisen. Am Auto angekommen, öffne ich den Kofferraum und hebe meinen Koffer raus. Als hätte mich ein Blitz getroffen, lasse ich den Griff abrupt wieder los und stehe eine gefühlte Ewigkeit unbeweglich da. Dann schaue ich mich auf dem Parkplatz um. Nach links, rechts, drehe mich um meine eigene Achse, vergewissere mich, dass mich niemand beobachtet, und hieve meinen Trolley aus dem Kofferraum. Blut. Viel Blut. Ganz sicher.

11

Die Frau

Sie muss eingeschlafen sein, kurz weggenickt. Bestimmt Nachwirkungen der Narkose. In diesem Raum hat sich nichts verändert. Allein. Ihre Hände sind an den Gynäkologenstuhl gefesselt, die medizinischen Instrumente liegen unberührt auf dem Edelstahl-Rollwagen.

»Hallo?«, ruft sie zögerlich. Ob sie vergessen wurde? Ob die Ärzte immer noch davon ausgehen, dass sie sediert ist? Müssten ihre Vitalwerte dann nicht in regelmäßigen Abständen kontrolliert werden? Woher weiß sie so was?

Ein Schlüssel, ganz deutlich. Es ist, als könnte sie jeden einzelnen Zahn, der tiefer und tiefer in den Zylinder gleitet, spüren. Gänsehaut. Warum ist die Tür verschlossen? Keine OP, keine medizinische Untersuchung. Ihr Puls beschleunigt sich.

Mit starrem Blick fixiert sie die Tür, die unter dem weißen Leder dick gepolstert ist. Das Klacken signalisiert, dass der Schlüssel sein Ziel erreicht hat. Die Klinke bewegt sich. Schnell versucht sie, mit schlangenartigen Körperbewegungen ihren Rock nach unten über ihren Po zu schieben. Vergebens. Sie zerrt an ihren Fesseln, doch was sollte das bringen? Die Tür geht auf. Ein Mann? Eine Frau? Schmale Silhouette. Weiße Hose, weißer Kittel, weiße Kopfbedeckung und über Mund und Nase eine OP-Maske. Doch ein Arzt, eine Ärztin? Abermals zieht sie an ihren Fesseln, weiß nicht, wie sie reagieren soll. Die Person wirkt bedrohlich, sagt kein Wort, schließt die Tür hinter sich und schaut sich im Raum um. Mit wenigen Schritten steht der Unbekannte neben dem Gynäkologenstuhl. Er lässt sie nicht aus den Augen und schiebt den Strahler zur Seite. Kein Ton, kein einziges Wort. Die Stille ist unerträglich. Nur diese Augen, groß und dunkel, von denen sie gemustert wird.

»Wo bin ich?«, fragt sie vorsichtig. Keine Regung. Nicht mal ein Blinzeln. Der Fremde bewegt sich, dreht ihr den Rücken zu und geht in Richtung Rollwagen an die gegenüberliegende Wand. Als wäre sie Luft, nicht vorhanden.

»Was passiert hier?«, fragt sie ungehaltener. Wieder keine Reaktion. »Hallo!«, schreit sie. »Binden Sie mich sofort los!« Ist er taub? »Losbinden, sofort!!«, kreischt sie aus Leibeskräften. Er zuckt nicht, dreht sich um und schiebt den Edelstahlwagen mit einem lauten Scheppern über den Boden. Panisch starrt sie in seine Augen, achtet akribisch auf jede seiner Bewegungen. Dann schieben sich die medizinischen Instrumente in ihr Blickfeld.

12

Schweißgebadet, verzweifelt, verwirrt. Nicht nur aufgrund dieser unerträglichen Hitze, die in diesem Wohnzimmer – auch mitten in der Nacht – trotz geöffneter Fenster herrscht. Gefühlt jede Minute starre ich auf mein Handydisplay und warte auf die nächste SMS.

›*Alkohol?*‹

›*Alkohol?*‹

›*Alkohol?*‹

Immer und immer wieder. Ich höre das Signal, das den Eingang einer Nachricht signalisiert. Öffne die SMS und stiere auf dieses eine Wort: ›*Alkohol?*‹. Kein Absender, doch die Tatsache, dass jede Nachricht nach dem Öffnen wie von Geisterhand wieder verschwindet, ist schlimmer als die Ungewissheit darüber, wer mir diese Mitteilungen schickt. Mit zittrigen Händen lege ich mein Smartphone auf den Apfelsinenkisten-Tisch, erhebe mich ungelenk von diesen unbequemen Paletten, steige über das angeschlossene Ladekabel und gehe auf den angrenzenden Balkon. Vollmond. Ein klarer Sternenhimmel, der einen weiteren sonnigen und bestimmt heißen Tag ankündigt. Trotz der Nähe zum Schlossberg und damit zu einem großen Waldgebiet keine Abkühlung. Die Luft steht, und der Fliesenboden brennt die tagsüber gespeicherte Hitze direkt in meine Fußsohlen. Ich drücke eine ›Gabapentin‹ aus dem Blister und schlucke sie ohne Wasser hinunter. Die zweite heute Nacht.

»Wir haben sehr gute Erfahrungen mit diesem Antiepileptikum gemacht«, höre ich den Therapeuten sagen. *»Gabapentin wird zwar bei Anfallsleiden wie Epilepsie oder auch bei Nervenschmerzen angewandt, doch die Langzeitstudien ergaben, dass dieses Arzneimittel auch Alkoholiker bei der Entwöhnung sehr gut unterstützt.«* Was der Therapeut allerdings nicht erwähnt hat, ist, dass Gabapentin eine euphorisierende Wirkung, ähnlich wie bei einem Opiatrausch, hervorrufen und abhängig machen kann. Ich habe diese Medikamente schon vor meiner Therapie eingenommen. Ohne dieses Mittel hätte ich nicht operieren können, und ohne diese Tabletten wäre den Kollegen meine Sucht schon viel früher aufgefallen. Wahrscheinlich wäre das sogar besser gewesen.

›Pling‹ höre ich aus dem Wohnzimmer. Ich ignoriere das Signal der eingehenden SMS und setze mich auf einen der zwei Klappstühle.

Jedes Mal die aufkeimende Hoffnung, dass sich Nina meldet, stattdessen immer nur dieses leidige Wort ›Alkohol‹, das sofort nach dem Lesen wieder verschwindet.

Benny und Lotta habe ich nichts von meiner Entdeckung, dem Blut im Kofferraum, berichtet. Völlig perplex habe ich meinen Trolley sofort wieder auf den Fleck gestellt und nur das Waschzeug und frische Kleidung für den morgigen Tag herausgenommen. Um wessen Blut handelt es sich? Und wie kommt das Blut in meinen Kofferraum? Dann mein schlimmster Gedanke: Was habe ich getan? Diese Fragen verfolgen mich seit Stunden und brennen sich in meinen Schädel ein. Kopfkino! Ich stelle mir die makabersten Szenen vor. Nina! Was habe ich getan? Zweimal musste ich mich übergeben, bis nur noch bittere Galle zu schmecken war. Habe ich mir tatsächlich und im wahrsten Sinne des Wortes den Verstand weggesoffen? Ausgelöscht. *»Du hast die Macht über dich selbst, über dein Handeln, deine Gedanken und deinen Willen … Und wenn sie splittert, die Macht?«*

Spätestens morgen, wenn ich den Mietwagen zurückbringe und ein Mitarbeiter der Autovermietung den A6 kontrolliert, wird dieser die Polizei verständigen. Sicher hätte ich selbst sofort die Beamten anrufen müssen, doch ich wollte diese eine Nacht dafür nutzen, um nachzudenken. Mein Gefühlschaos zu ordnen. Körperliche

Schmerzen, wie bei einem Entzug, und das Zittern wird nur kurzzeitig von der Arznei unterdrückt. Bestimmt hat sich mein Organismus mittlerweile an ›Gabapentin‹ gewöhnt und verlangt immer mehr, in immer kürzeren Abständen. Vernünftig wäre es, mich zu stellen und darauf zu pochen, in eine psychiatrische Klinik eingewiesen zu werden. Diese Vernunft würde mich allerdings daran hindern, diesem kleinen Funken Hoffnung – der tief in mir keimt – nachzugehen. Die Hoffnung darauf, dass jemand – warum auch immer – ein makabres Spiel begonnen hat, dessen Regeln ich begreifen muss, um an mein Ziel *›Nina‹* zu gelangen.

Tatsächlich habe ich kurz mit dem Gedanken gespielt, hier in Bennys Wohnzimmer nach Alkohol zu suchen, so wie es mir diese SMS ständig suggeriert. Alkohol macht das Leben erträglicher. Alkohol lässt Sorgen vergessen. Plötzlich ist alles ganz leicht. Man nimmt sich und seine Mitmenschen nicht mehr so ernst. Doch der Rausch verfliegt und der Schmerz, die Sorgen und das Leid kommen zurück, brechen wie ein Tsunami über den Süchtigen herein, sodass er keinen anderen Ausweg mehr sieht, als wieder mit Alkohol gegenzusteuern. Ein Teufelskreis, dem nur schwer zu entkommen ist. Der körperliche Entzug dauert nur wenige Tage, bis hin zu einer Woche. Um allerdings die psychische Abhängigkeit zu bekämpfen, ist eine längere Therapie erforderlich, und die Rückfallquote beträgt über 50 Prozent.

Ich werde nicht rückfällig, befehle ich mir und kann mich gerade noch davon abhalten, erneut nach einer ›Gabapentin‹ zu greifen.

Das Blut im Kofferraum muss bereits getrocknet gewesen sein, bevor ich meinen Trolley darauf abgestellt habe, zumindest sind an dem dunklen Leder keine roten Spuren zu erkennen.

»Kannst du nicht schlafen?« Ich zucke zusammen und drehe mich zur Balkontür um. Lotta! Ein hauchdünnes, weißes Negligé klebt an ihrer Haut. Sie lehnt am Türrahmen und zündet sich eine Zigarette an. »Verdammt heiß heute Nacht.«

Ich nicke stumm und habe eine Assoziation zu dem Stripclub, den ich bei meinem Junggesellenabschied besucht habe. »Brauchst du mein Ladegerät noch?«, fragt sie weiter.

Ihr Anblick irritiert mich. Sie weiß genau, dass dieses Negligé kaum etwas von ihrer Nacktheit verbirgt. Sie ist jung, nicht älter als 25 Jahre, schätze ich.

»Nein, ich glaube, der Akku dürfte geladen sein. Danke«, flüstere ich zurück. »Wie lange bist du schon mit meinem Bruder liiert?«

»Wir haben uns vor ein paar Monaten bei der Theaterprobe kennengelernt. Ich bin Visagistin und kümmere mich in meiner Freizeit um die Laienspielgruppe. Aber etwas anderes, könntest du mich morgen mit in die Stadt nehmen? Ich muss mein Auto holen. Hab ich gestern dort stehen lassen.«

13

»Sie hätten den A6 gestern schon abgeben müssen.«

»Ja, tut mir leid. Hat länger gedauert, war nicht abzusehen.«

»Sie hätten anrufen können«, erklärt der junge Mann weiter, nimmt den Autoschlüssel und geht aus dem Büro Richtung Parkplatz. Ich folge dem Angestellten still. Warte, bis er das Blut entdeckt. Warte darauf, dass er die Polizei informiert, und werde mich meinem Schicksal ergeben. Vermutlich ist es tatsächlich besser so. Eventuell kann ich die Beamten von meiner Realität überzeugen, schließlich bin ich ein unbescholtener Bürger, ein Arzt, ein Neurochirurg, der sich noch nie etwas hat zuschulden kommen lassen.

»Den Koffer nehmen Sie bitte noch aus dem Fahrzeug, ja?«, sagt der Angestellte der Autovermietung. »Ansonsten ist alles okay.« Er wartet, bleibt vor dem geöffneten Kofferraumdeckel stehen und beobachtet mich. Eine Sekunde, die über meine Freiheit entscheidet.

Ich überlege kurz, ob ich den jungen Mann ablenken könnte. So akribisch, wie er das Fahrzeug in Augenschein genommen hat, wird er sich allerdings schwer davon abbringen lassen.

»Kennen wir uns nicht?« Lotta hat die Beifahrertür geöffnet, steigt aus und geht auf den Angestellten zu. Sie greift in ihre pink-blauen Haare und lächelt ihn an. Laszive Bewegungen. Lotta spielt alle Karten einer selbstsicheren Schönheit aus. Ich kann den überraschten Blick des jungen Mannes erkennen. Er ist auf sie fixiert. Ich nutze die Zeit, greife meinen Koffer und hieve ihn hoch. Dann stutze ich, trete einen Schritt zurück und stelle die Tasche auf dem Asphalt ab.

»Nicht, dass ich wüsste«, höre ich den jungen Mann sagen. Wieder trete ich näher an das Fahrzeug und suche den Teppich, mit dem der Kofferraum ausgekleidet ist, ab. Nichts. Kein Fleck, kein Blut mehr. Wie ist das möglich?

»Sie müssen diesen einen Tag Verlängerung noch bezahlen, Herr Dr. Volkmann«, wendet sich der Angestellte wieder an mich. »Kommen Sie bitte mit.«

»Die geht nicht, haben Sie noch eine andere Karte?« Ein Déjà-vu, nur einige Darsteller wurden ausgetauscht. Ich reiche ihm meine Elite-Mastercard und weiß, was er sagen wird.

»Auch nicht. EC-Karte?« Ich schüttele den Kopf. »Und meinen Personalausweis habe ich auch nicht dabei«, nehme ich seine nächste Frage vorweg. »Können Sie mir eine Rechnung schicken?«

»Kartäuserstraße, richtig?«, fragt der Angestellte. Es ist zum Verzweifeln, und wäre das nicht genug, höre ich das Signal einer eingehenden SMS. Kein Auto, keine Wohnung, kein Geld, keine Identifikation und Wahnvorstellungen. ›Alkohol?‹, lese ich auf dem Display des iPhones. Ich stecke es wie mein Portemonnaie zurück in meine Gesäßtaschen.

»Was bekommen Sie denn?«, fragt Lotta.

»125 EUR.«

Sie legt ihre EC-Karte auf den Tresen. »Hier.«

»Du bekommst es so schnell wie möglich zurück«, flüstere ich Lotta zu.

Meine Atmung beschleunigt sich und Schweiß tropft von meiner Stirn. Ich wende mich von dieser Szenerie ab und sehe durch die große Fensterfront auf den Parkplatz. Das Déjà-vu nimmt kein Ende und ich entdecke einen Mann, der gerade in einen Mercedes einsteigt. Geschätzt hat er meine Größe, dunkles volles Haar und trägt eine verspiegelte Sonnenbrille. Dies allein würde mich noch nicht stutzen lassen. Die Tatsache, dass seine Bräunungsstreifen identisch sind mit denen des Fremden, der mir auf dem St. Gotthard Rastplatz freundlicherweise aus meiner finanziellen Misere geholfen hat, schon. Der Mercedes fährt zügig vom Parkplatz und fädelt sich in den Verkehr ein.

Egal, was ich sehe, egal, was ich denke oder was gerade passiert. Ich kann mir und meinen Sinnen nicht mehr trauen. Vielleicht bin ich immer noch in der Rehaklinik für Suchtkranke und unterziehe mich gerade einer therapeutischen Behandlung. Möglich wäre auch, dass ich alkoholisiert bin, Wahnvorstellungen oder Psychosen entwickelt habe. Was ist schon sicher? Momentan dreht sich die Welt ohne mich, so jedenfalls mein Gefühl. Ich stehe abseits, beobachte, bin von den Handlungen anderer Menschen überrascht und lasse mich durch abstruse Konstrukte meines Gehirns lenken.

»Hörst du mich nicht? Jan, hallo?« Lotta zieht an meinem T-Shirt, will mich aus dem Büro der Autovermietung dirigieren, doch ich stehe gedankenverloren, wie angeschweißt, da.

»Sorry«, bringe ich gequält über meine Lippen und setze mich in Bewegung.

»Ich habe gestern unfreiwillig dein Gespräch mit Benny belauscht. Entschuldige, aber die Wohnung ist klein und hellhörig.« Lotta grinst. Wir gehen nebeneinander über den weitläufigen Parkplatz Richtung Stadtmitte. »Wohin willst du jetzt?«, fragt sie.

»Ich habe keine Ahnung. Wahrscheinlich wäre es sinnvoll, wenn ich zuerst zu meiner Bank gehe. Dann kann ich dir gleich das Geld zurückgeben. So wie es aussieht, funktionieren meine Karten nicht, und die verschwundene EC-Karte sollte ich auch sperren lassen. Vielleicht erfahre ich dabei auch meine aktuelle Adresse«, sage ich mit einem Automatismus, der an einen Roboter erinnert.

»Da vorne ist der Saal, den die Theater-Laienspielgruppe nutzen darf, dort steht auch mein Auto. Benny kommt nachher auch in die Stadt, er hat noch etwas zu erledigen. Wenn du willst, fahre ich dich zu deiner Bank.«, schlägt sie vor. Auch wenn Lotta eine Fremde für mich ist, so scheint sie momentan der einzige Mensch zu sein, der keine dummen Fragen stellt und mich allein durch ihre Anwesenheit moralisch unterstützt … oder einfach nur das geliehene Geld zurückhaben möchte.

Nach einer kurzen Fahrt kommen wir auf dem Parkplatz der Bankfiliale an. Vorsichtig öffne ich die laut quietschende Beifahrertür.

»Du musst sie leicht anheben, sonst schließt sie nicht«, sagt Lotta lachend. »Der Golf ist zwar schon 23 Jahre alt, hat mich aber noch nie im Stich gelassen.« Momentan kann ich mich auch mit Lottas altem Gefährt anfreunden. Immerhin besser, als mit dem Koffer durch die – schon am frühen Morgen – herrschende Hitze zu laufen. Lotta steigt aus und begleitet mich wie selbstverständlich in die Filiale.

»Ihren Personalausweis, bitte.« Wieder dieser eine Satz, wieder die fehlende Identifikation. Anscheinend ist ein Mensch ohne Ausweis nicht existent.

»Den habe ich verloren«, sage ich genervt.

»Führerschein?«, fragt die Bankerin. Darüber habe ich noch nicht nachgedacht. Ich bin nicht einmal auf die Idee gekommen, meinen Führerschein zu kontrollieren. Sofort greife ich in meine Geldbörse und suche die Fächer durch. Tatsächlich!

»Sie haben alle Karten sperren lassen, Herr Dr. Volkmann. Zudem sind Ihre Konten leer und Ihr Dispo ist ausgereizt.« Ich schaue zu Lotta, dann wieder zu der Bankangestellten. Hin und her. Betrachte den Führerschein. Eine unerträgliche Hitze breitet sich von meinen Beinen aus, zieht in meinen Bauch und in die Oberschenkel. Ich knicke weg, halte mich am Tresen fest. Lotta packt zu. Die Bankerin sagt etwas Unverständliches. Ich höre klackende Absätze auf einem harten Boden. Kralle mich an Lotta fest, lasse los und sinke zu Boden.

»Jan?«, höre ich noch, dann wird alles schwarz um mich herum.

14

Diese ständigen Kreislaufschwächen sollten mir als Arzt zu denken geben. Doch dafür ist keine Zeit. Der Filialleiter hat – da ich seit vielen Jahren ein guter Kunde bin – meinen Dispo erhöht, sonst stünde ich jetzt ohne einen Cent da. 200.000 Euro, mein Anteil des Hausverkaufs, erklärte die Bankerin – weg. Über 10.000 EUR auf dem Girokonto – weg. Und als wäre das noch nicht genug, wurde der Dispositionskredit bis auf das Limit ausgereizt. Es ist, als hätte sich die Realität nach meinem Urlaub komplett verändert. So als wäre ich vor dem St. Gotthardt-Tunnel falsch abgebogen und in einer anderen Welt gelandet. Umleitung!

»Geht es dir wirklich wieder besser?«, fragt Lotta. Ich ziehe die Schultern hoch und lasse sie sofort wieder kraftlos hängen. »Ich hätte doch einen Rettungswagen verständigen müssen«, fügt sie hinzu.

»Nein, es geht. Nach dem Füße hochlagern, dem nassen Lappen und einem Glas Wasser ist alles wieder in Ordnung. Danke für deine Hilfe.«

»Was passiert denn hier für eine Scheiße? Ich hab gehört, was du Benny gestern erzählt hast, und jetzt ist auch noch deine ganze Kohle weg? Entweder, du wirst mal so richtig verarscht, oder …« Lotta stockt.

»Ich weiß, entweder Polizei oder Psychiatrie«, ergänze ich laut ihre Gedanken.

Wir stehen auf dem Parkplatz vor der Bankfiliale am Fahnenbergplatz, mitten in Freiburg. Geschäftiges Treiben um uns herum, und die Sonne brennt erbarmungslos vom Himmel. Ich habe einen Punkt erreicht, auf dem das Schild ›Sackgasse‹ prangt. Endstation. Planlos, orientierungslos und machtlos … *Und wenn sie splittert, die Macht?* Wo soll ich nach Nina suchen? Langsam komme ich zu einem Gedanken, der mir mittlerweile nicht mehr abwegig erscheint. Gab es Nina überhaupt? Ich überlege, ob ich sie einem meiner Freunde, Familienmitgliedern oder Arbeitskollegen vorgestellt habe. *Dr. Jan Volkmann, DU hast dich von allen abgewandt, schon vergessen?* Lotta sagt etwas, aber ich bin mit meinen Gedanken so beschäftigt, dass ich nur den Ton ihrer Stimme wahrnehme und nicht das, was sie sagt.

Da vorne rennt ein Mann, Designeranzug, Krawatte und einen Aktenkoffer in der Hand. Bestimmt kommt er zu

spät zu einem Meeting. Auf der gegenüberliegenden Straße steht eine Frau, hochschwanger schiebt sie einen Kinderwagen. Hinter ihr sehe ich einen alten Mann, der im Rollstuhl sitzt und sich die Stirn abtupft. Viele unterschiedliche Menschen, mannigfache Lebensumstände. Jeder hat seine Sorgen und Nöte, jeder sein Päckchen zu tragen, aber doch auch schöne Momente, die das Leben lebenswert machen. Ich komme mir ausgeschlossen vor und muss an einen Song von ›Wolfgang Ambros‹ denken, einem österreichischen Liedermacher: »Und de Leut kommen, ma entgegn, wie a Mauer kommens auf mi zua. I bin da anzige der ihr entgegen geht Kummt ma vua - Oba i reiß mi zamm und mach beim ersten Schritt de Augn zua.«
Zwischen Straßenbahn-Gebimmel, hupenden Autos und schreienden Kindern dringt eine bekannte Stimme an mein Ohr.

»Jan, verflixt … Jan, hallo? Hörst du mich denn nicht? Wie oft soll ich denn noch rufen? Wir fahren jetzt sofort in eine Klinik, du bist ja nicht ganz klar im Kopf!«, sagt Lotta so laut, dass sich einige Passanten umdrehen. Plötzlich bleibt mein Blick an einer Person haften. Etwa zwanzig Meter entfernt, den Rücken zu uns gewandt. Mein Herz schlägt ein schnelles Stakkato, mein Magen zieht sich zusammen, nein, mein kompletter Körper steht plötzlich unter Spannung, als hätte ich in eine ungesicherte Steckdose gefasst. Sie ist es, ganz sicher.

Die kurzen, blonden Haare, der Gang, ihre weiblichen Rundungen und vor allem ihre stattliche Größe von einem Meter achtundsiebzig. Sie läuft in Richtung Kaiser-Joseph-Straße, in die Fußgängerzone. Ich sehe nur noch Lottas verdutzten Gesichtsausdruck, als ich wortlos lossprinte und schreie: »Nina!«
Rote ärmellose Bluse und eine schwarze, kurze Hose. Selbst die Klamotten sind mir bekannt. Richtung Siegesdenkmal, vorbei an den Schaufenstern, springe über die Freiburger ›Bächle‹ und muss darauf achten, dass ich nicht an einem der hochstehenden Pflastermosaike hängen bleibe. Nina! Mein Gott, ich habe sie gefunden, muss hinterher, muss sie einholen. Der Adrenalinschub verleiht mir die nötige Kraft, ich fühle mich stark, gefestigt und schnell. Ich beschleunige und rufe erneut: »Nina, warte!« Sie muss mich doch hören, meine Stimme ist laut, übertönt das Lachen der Jugendlichen. Da vorne am Straßenrand. Warum dreht sie sich nicht um? Meine Oberschenkel zittern, Schweiß tropft auf mein T-Shirt. Da vorne ist sie, endlich habe ich sie gefunden, gleich wird sich alles aufklären. Sie biegt ab, gerät damit aus meinem Blickfeld. In der Fußgängerzone angekommen, stoppe ich abrupt, halte mich an einer Hauswand fest und starre auf die Menschenmenge. Im Sekundentakt ändere ich meine Blickrichtung und keuche, als hätte ich gerade einen Fünftausendmeterlauf absolviert. Eine japanische Reisegruppe schlendert am Kaufhaus ›Karstadt‹ vorbei. Ich schaue nach rechts. Einige laut lachende junge

Frauen. Keine Nina. Menschen hasten eilig über die Pflastersteine, einige stehen an der Straßenbahnhaltestelle. Wo ist sie? Wieder schaue ich nach links. Ich spurte los, remple eine Passantin an und entschuldige mich im Vorbeirennen. Nina betritt inmitten einer Menschentraube das Kaufhaus.

Die Glastüren öffnen sich automatisch und mir schlägt sofort die kühle Luft der Klimaanlage entgegen. Handtaschen und Koffer, rechts Kosmetik, weiter hinten stehen Regale mit der neuesten Schuhmode und in der Mitte des Raumes sind zwei Rolltreppen, eine fährt in den ersten Stock, die andere nach unten. Menschen. Groß, klein, jung, alt, alle Nationalitäten und Figurtypen, keine Nina. In der ersten Etage steigt eine Frau von der Rolltreppe. Ich trete näher, versuche einen besseren Blick nach oben zu erhaschen. Ewig lange Beine und die kurze schwarze Hose kann ich noch erkennen.

Im ersten Stock angekommen. Rechts Unterwäsche, links Damenoberbekleidung. Überall wuseln Kunden zwischen den Regalen und Ständern umher. Sie kramen an den Wühltischen, unterhalten sich mit Verkäufern oder tragen Kleidungsstücke über ihre Armbeugen durch den Raum Richtung Kabine. Dazwischen kleine Kinder, manche schreien, andere lachen. Mütter rufen, indes höre ich die Durchsage einer blechernen Männerstimme: *»Heute im Angebot …«*

Süßliches Parfüm und ranziger, säuerlicher Schweißgeruch vermischen sich mit dem Duft von frisch gebackenem Brot. Mir wird übel. Ich habe sie aus den Augen verloren. Renne in der ersten Etage vor und zurück, kann sie nicht finden und halte mich an einem Ständer für Dessous fest.

»Kann ich Ihnen helfen?«, höre ich eine trällernde Stimme, die in meinem Gehörgang schmerzt. Ich schüttele den Kopf. »Vielleicht ein Geschenk für Ihre Frau? Welche Größe hat sie denn?«, flötet die Verkäuferin weiter. Ich reiße mich zusammen und gehe wortlos weiter.

Während ich auf der Rolltreppe in den zweiten Stock nach blonden Haaren oder einer roten Bluse Ausschau halte, höre ich ihre Stimme und drehe mich schlagartig um. Sie steht auf der Rolltreppe, die nach unten ins Erdgeschoss fährt, und unterhält sich mit einer Frau. Ich dränge mich an den vor mir stehenden Menschen vorbei, ernte dabei wüste Beschimpfungen, und spurte nach oben. Im zweiten Obergeschoss angekommen, entscheide ich mich für die Treppe, halte mich am Geländer fest und renne so schnell, wie mich meine Beinmuskulatur trägt, die Stufen nach unten.

15

Die Frau

Wieder eine Sedierung? Sie weiß es nicht. Der Fremde ist da, in diesem Raum, der an ein Untersuchungszimmer erinnert. Allerdings hat sich seit ihrer letzten Wachphase einiges verändert. Ihre Beine sind mittlerweile am Gynäkologenstuhl fixiert und ein Klebestreifen haftet auf ihrem Mund. Der Unbekannte hantiert mit einem langen, metallischen Stab direkt vor ihren Füßen. Sie zieht die Luft tief durch die Nase. Er lässt von dem Stab ab und schaut sie an. Dunkle, kastanienförmige Augen. Er nähert sich, kommt auf sie zu, lässt den Stab auf den Boden gleiten. Jetzt steht er direkt neben ihr und tastet nach ihrem Puls. Ihr Handgelenk pocht, als säße ein Specht darin, der unnachgiebig mit seinem Schnabel hämmert, um ein Insekt zu finden. Der Fremde schiebt einen Kasten in ihr Blickfeld. Zahlen und Linien verändern und bewegen sich. Ein unregelmäßiger Piepton.

Sie starrt auf die Kabel an ihrem Arm und sieht ein Blutdruckmessgerät. In der anderen Armbeuge steckt eine Nadel, daneben steht ein Infusionsständer. Was hat er vor? Luft wird in das Messgerät gepumpt, mehr und mehr. Dann hört die Pumpe auf und wird von einem Zischen abgelöst. Der Fremde starrt auf den Kasten. Wortlos, tonlos. Regungslos, nicht mal ein Blinzeln ist zu erkennen. Wie ein Roboter, ferngesteuert ohne Leben. Er geht um den Stuhl herum und betätigt sich an dem Infusionsständer. Welche Substanz tropft gerade in ihre Adern? Wenn sie sich doch nur erinnern könnte, einen Anhaltspunkt hätte, aber da ist nur eine erschreckende Leere. Weder Kindheit, Eltern, Verwandte oder Freunde, nichts. So als wäre sie gerade erst geboren worden. Ein Leben definiert sich aus Erleben. Menschen, Situationen, Anerkennung, Lob, Liebe, Zärtlichkeit oder Streit. Doch da ist nichts. Nur eine schreckliche Angst und ein großes, schwarzes Loch.

Der Tremor fängt in ihren Händen an, zieht sich von da durch ihre komplette Muskulatur. Schüttelfrost, im Gegensatz dazu spürt sie allerdings eine unerträgliche Hitze. Sie stöhnt, wirft den Kopf hin und her und versucht, an ihren Fesseln zu reißen. Wieder starrt er sie an, wieder keine Regung. Eine Spritze, direkt in seiner Hand. Er sticht zu. Die Flüssigkeit vermischt sich mit der Substanz im Infusionsbeutel. Ihre Atmung beruhigt sich, die Hitze weicht aus ihrem Körper und das Zittern lässt nach. Erneut blickt er auf das Vitalmessgerät, wirkt zufrieden und dreht den Bildschirm aus ihrem Blickfeld. Sofort hebt er die Metallstange auf, entfernt sich und bleibt vor ihren Füßen stehen.

16

Weg, verschwunden und in der Menschenmasse untergetaucht. So akribisch ich auch nach der roten Bluse, der schwarzen kurzen Hose oder der blonden, frechen Kurzhaarfrisur suche, Nina bleibt verschollen. Verzweifelt setze ich mich neben eine alte Frau auf die Parkbank vor dem Kaufhaus. Ich kann es nicht fassen. Nur ein paar Meter bis zu meinem Ziel, ein paar lausige Meter, und ich hätte Nina in meine Arme schließen können. Meine Atmung beruhigt sich, gleichzeitig mit meinem Gedankenwirrwarr. Wenn die Frau in der roten Bluse tatsächlich Nina war … Wenn Nina ohne ein Wort, mitsamt ihrem Gepäck, vom Rastplatz verschwunden ist …Wenn sie einen gemütlichen Stadtbummel unternimmt, während ich … . Denkfehler! Für so abgebrüht halte ich sie nicht. Die logische Schlussfolgerung wäre, dass ich diese Frau in der roten Bluse verwechselt habe, ganz einfach. Konnte ich ihr Gesicht eindeutig erkennen? Nein. War diese Frau nah genug,

dass ich sie zu 100 Prozent hätte identifizieren können? Nein. Wahrscheinlich ein Wunschgedanke. Zugegeben, die Ähnlichkeit war verblüffend, und dennoch … Irgendwo habe ich einmal gelesen, dass jeder Mensch weltweit sieben Doppelgänger hat. Beängstigend. Bei einer Weltbevölkerung von circa 7,3 Milliarden Menschen rein statistisch gesehen allerdings möglich. Trotzdem kann ich nicht glauben, dass ich mich so getäuscht haben soll. *Du kannst deinen Sinnen nicht mehr vertrauen, und dazu gehören auch deine Augen. Logisch, oder?*
Ich muss an ihr strahlendes Lächeln denken, an ihre grünen Augen, wie sie mich damals zum ersten Mal begrüßt hat, in ihrer Physiotherapie-Praxis. Wie sie mich mit ihrer leichten, unkonventionellen Art wieder zum Leben erweckt hat. Mich meine Sorgen, Trauer und Probleme für zwanzig Minuten hat vergessen lassen. Mich bei meinem Entzug unterstützt hat, nicht nur durch ihre feinfühligen Hände, die jeden verkrampften Muskel meines Körpers lösen konnten. Durch Nina habe ich gelernt, die Welt mit anderen Augen zu sehen. Schöne Dinge zu erkennen, und irgendwann mein Lächeln wiederzufinden. *Nina!*

»Die Hitze nimmt gar kein Ende«, sagt die alte Frau neben mir, zupft an ihrer Brezel und wirft die Krümel auf die Pflastersteine. Erst jetzt fällt mir auf, dass wir von Tauben umringt sind, die gierig nach den Bröseln picken.

»Kein Wasser, sogar die Bächle sind ausgetrocknet«, ergänzt sie und würdigt mich dabei keines Blickes. Sie stellt eine kleine Plastikschüssel auf den Boden und befüllt sie mit Wasser aus ihrer Plastikflasche. »Einer muss sich doch um diese Geschöpfe kümmern. Sie sind keine Ratten der Lüfte. Es sind Lebewesen, wie du und ich, da macht unser Herrgott keinen Unterschied. Diese Brezel ist mein Frühstück, die kann ich mir nur jeden zweiten Tag leisten. Ein Euro ist viel Geld, aber ich verzichte gern, wenn ich damit anderen helfen kann«, erklärt sie, ohne ihren Kopf dabei zu drehen. Sie achtet nur auf die Tauben, die offenbar dankbar gurrend nah um ihre Füße herumlaufen.

Luxusprobleme, denke ich. So viele Menschen rennen nur dem schnöden Mammon hinterher. Haus, Auto, Urlaub. Dabei vergessen sie das Wesentliche. Weil sie keine Zeit haben, darüber nachzudenken, oder weil ihnen der Blick dafür abhandengekommen ist. Genauso war auch ich, die Arbeit stand an erster Stelle, die Karriereleiter musste erklommen werden. Mit Scheuklappen durchs Leben gegangen, nur das Streben nach Geld, Anerkennung und in gewisser Weise auch nach Macht war wichtig. Vater hat Benny und mir lediglich den Pflichtteil vermacht, denn er war der Meinung, dass nur selbst verdientes Geld angemessen gewürdigt wird. Den Rest hat er seiner zweiten Frau vererbt, die damit ihren Lebensabend auf den Malediven genießt. Demnach habe ich mir Haus,

Auto, Urlaube und so manche Annehmlichkeit selbst erarbeitet. Aber zu welchem Preis?
Wie dumm. Ich muss an Anne und Max denken und an die verlorene Zeit. Morgen, habe ich mir immer gesagt. Morgen werde ich mir freinehmen und mich nur um meine Lieben kümmern. Dann kam ein Anruf aus der Klinik, ein Notfall und das ›Morgen‹ wurde immer wieder verschoben, so lange, bis Max tot war und es kein ›Morgen‹ mehr gab. Morgen …
Die alte Frau packt die leere Wasserflasche und die Schüssel zurück in ihre Tasche, steht auf, stützt sich auf ihren Gehstock und entfernt sich ohne ein Wort des Abschieds. Ich starre ihr voller Hochachtung eine Weile hinterher, bis sie in der Menschenmenge verschwindet. Die Tauben fliegen davon, nicht elegant, eher schwerfällig.
Ich muss mich bewegen, muss Nina finden, mich aufrappeln, etwas unternehmen …

Eine Hand, direkt auf meiner Schulter. Nina! Ich erschrecke und drehe mich sofort um.

»Hast du sie gefunden?« Statt Nina steht Benny hinter mir.

»Wie kommst du denn …? Was ..?«, stottere ich.

»Ich war mit Lotta in der Stadt verabredet. Sie hat mich angefunkt, dass du wie eine wildgewordene Hyäne durch die Innenstadt rast und sie dich nicht finden kann.

Ich rufe Lotta gleich an, dass sie hierherkommt und die Suche nach dir beenden kann. Sie ist bestimmt in der Nähe.«
Während Benny telefoniert, schaue ich auf mein Handy. Drei SMS und ein Anruf. Das Smartphone zittert in meiner Hand. Ich greife in meine Hosentasche, ziehe den Blister heraus, drücke eine Tablette in meinen Mund und schlucke sie.

»Was nimmst du da?«, fragt Benny und steckt sein Handy weg.

»Kopfschmerztablette«, lüge ich. Für die Wahrheit und die damit verbundene Moralpredigt habe ich keine Kraft.

»Was hat die Autovermietung gesagt? Warum stand meine Adresse auf dem Mietvertrag?«

»Ich habe nicht danach gefragt.«

»Du hast nicht gefragt? Bist du dumm oder was?« Benny steht vor mir, wie der kleine Junge von damals, der mit einem Bein auf den Boden stampft, wenn er seinen Willen nicht bekommt.

»Keine Ahnung. Hätte ich das erwähnt, dann hätte man mich womöglich noch wegen Betrug, Urkundenfälschung oder was weiß ich belangt. Warum soll ich schlafende Hunde wecken? Die Schuld ist beglichen, also keine Angst. Du bekommst keine Rechnung.«

»Ist ja gut. Sag mal … Wo hat Nina Stegmüller eigentlich gewohnt, bevor ihr in Kirchzarten zusammengezogen seid?«, fragt Benny unvermittelt. Ich überlege, komme aber auf keine Antwort. Kraftlos ziehe ich die Schultern hoch.

»Wie jetzt, das weißt du nicht?«

»Keine Ahnung«, sage ich wieder und merke dabei selbst, dass meine Glaubwürdigkeit damit weiter bröckelt. Benny setzt sich zu mir auf die Bank.

»Hör mal, großer Bruder. Nina, Gepäck, Handynummer und Fotos verschwunden. Die Aussage von dem Rezeptionisten im Beach-Hotel ... Gut, es gibt zwar viele Dinge zwischen Himmel und Erde, die wir nicht immer rational erklären können, aber ... Ich glaube, du brauchst fachmännische Hilfe.«

»Nina Stegmüller sagtest du, richtig?« Ich drehe mich um und sehe Lotta, die auf ihr Handydisplay tippt. »Ich glaube nicht, dass es diesen Namen so oft in Freiburg gibt.«

Bei dieser konfusen Konstellation, die sich neuerdings meine Realität nennt, bin ich nicht einmal auf den Gedanken gekommen, nach Nina zu googeln. Warum auch? In meiner Erinnerung wohnen wir seit einigen Monaten gemeinsam in Kirchzarten.

»Na ja, es muss sich ja nicht jeder eintragen lassen. Ich bin zum Beispiel im gesamten Netz nicht auffindbar. Weder in elektronischen Telefonbüchern noch in den sozialen Medien«, erklärt Benny.

»Ha! Wetten, dass ich dich finde?«

»Lotta ist so ein PC-Internet-Technik-Freak, musst du wissen«, wendet sich Benny an mich.

»Ich habe keinen Plan davon und bin froh, wenn ich mit meinem Handy telefonieren kann. Selbst Nachrichten über WhatsApp zu schreiben, ist mir schon zu blöd. Da brauche ich für ein Wort eine geschlagene halbe Stunde.«

»Hier«, sagt Lotta auf einmal und zeigt triumphierend auf ihr Handy-Display. Ein Foto der Laienspielgruppe, darunter stehen die Namen. Und was steht da? Hä? Guck! ›Benjamin Volkmann‹, so!«

»Püh«, antwortet Benny und zieht eine Schnute.

Anscheinend verstehen sich die beiden. Klar, sie stehen am Anfang ihrer Beziehung, necken sich und kosten die anfängliche Verliebtheit aus. Wenn sie Glück haben, wird es Liebe. Wer weiß?

Lotta schiebt mir ihr Handy vor die Nase. »Jan, schau dir das mal an.«

17

Natürlich sollte ich jeder Spur nachgehen, also lenke ich das Fahrzeug am Stadtgarten vorbei in Richtung Herdern, dem Freiburger Nobelviertel. Ein lauter Knall lässt mich zusammenzucken. Der Auspuff. Lottas alter Golf hat seine Macken, dennoch bin ich froh, dass sie ihn mir ausgeliehen hat und Benny sie zur Arbeit fährt. Stadtstraße, hat Lotta gesagt. A. Stegmüller wohnt in der Stadtstraße Nummer 62. Warum habe ich keine Erinnerung daran, wo Nina gewohnt hat, bevor wir zusammengezogen sind? Sollte man nicht alles von der Frau, die man liebt, wissen? Vergessen, wie kann ich so etwas Grundlegendes einfach vergessen?

Das Wohngebiet liegt am Fuße des circa 450 Meter hohen, bewaldeten Schlossbergs und grenzt an die Innenstadt. Die alten Villen sind von großzügigen Grünanlagen umgeben. Ein ruhiger und beschaulicher Bezirk.

Die Richtung stimmt, allerdings kenne ich mich in diesem Stadtteil nicht sonderlich gut aus, und das Auto hat kein Navi. Ich fahre langsamer als die vorgegebenen dreißig Stundenkilometer und suche die Hausnummern. Links gerade, rechts ungerade. Die teilweise von Efeu zugewachsenen, schmiedeeisernen Zahlen sind schwer auszumachen. Einige Villen schmücken Erker, Türmchen, alte Sprossenfenster und spitze Dachgiebel. Ein Gefühl, als würde man in eine andere, längst vergangene Zeit eintauchen. Ich fahre die schmal zulaufende Straße nach oben, Richtung Wald. Mindestens zwölf Prozent Steigung, schätze ich. Die Häuser sind hier eng nebeneinander gebaut, die Grundstücksgrößen überschaubar.

Beim Aussteigen atme ich tief durch. Direkt am Waldrand ist ein kühlender Luftzug zu spüren. Hecken, Sträucher und Bäume wuchern zwischen den hohen schmiedeeisernen Gartenzäunen. Von den Häusern in dieser Straße sind nur noch die Dächer zu erkennen. Jetzt stehe ich vor der Nummer 62. Keine Klingel, kein Namensschild. Das zwei Meter hohe Gartentor ist einen Spalt weit geöffnet. Als ich es nach innen aufdrücke, quietscht es laut. Der Kiesweg, der vermutlich zum Eingang führt, ist von der üppigen Bepflanzung aus den Rabatten zugewuchert. Für meine Begriffe sieht das Haus nicht bewohnt aus. Der angrenzende Berg und dieser Urwald schlucken das Licht. Ein Namensschild ist auch hier, direkt am Hauseingang, nicht zu finden. Ich drücke auf den Klingelknopf. Es bleibt still. Kein Summen, kein Klacken von Absätzen. Auch das zweite und dritte Klingeln bringen keinen Erfolg. Kurz spiele ich mit dem Gedanken, über ein Fenster in die Villa zu gelangen, verwerfe ihn aber sofort wieder. Hausfriedensbruch, denke ich und entferne mich einen Schritt.

Als mein iPhone plötzlich klingelt, zucke ich dermaßen zusammen, dass ich mit den Armen in der Luft rudere und unkontrolliert gegen die Hauswand knalle. Natürlich, anonymer Anruf, so wie die vorherigen auch. Ich betätige das grüne Hörersymbol. Ein Rauschen, ein Knacken.

»Wer sind Sie und was wollen Sie von mir?«, sage ich genervt. Das Rauschen wird lauter, und der auf einmal einsetzende Piepton sprengt fast mein Trommelfell. Das Smartphone rutscht mir aus der Hand. Der Boden fängt an, sich zu drehen. Nein, er schwankt. Ich stütze mich an der Wand ab, will das Handy aufheben, schaffe es nicht und lande auf dem Kies. Düsenjets rasen durch meinen Kopf. Sie durchbrechen mit Schallgeschwindigkeit die Gehirnareale. Ich schließe die Augen, öffne sie wieder. Die Umgebung wirkt heller. Nicht möglich. Mir wird übel. Mein Magen zieht sich zusammen. Ich zwinge mich, gleichmäßig zu atmen, ein und wieder aus, wiederhole dieses Prozedere und drücke dabei eine Hand auf meinen Bauch. Gegen einen Widerstand atmen, ein und wieder aus. An nichts denken.

Vorsichtig stütze ich mich am Boden ab, dann an der Wand und komme auf die zittrigen Beine.

Mein einziger Gedanke: Ich muss in dieses Haus, muss Nina finden. Mir bleibt nichts anderes übrig. ›A. Stegmüller‹. Wer auch immer A. ist, es war der einzige Eintrag in Freiburg. Selbst ein Nachbar – falls es Nachbarn gibt – würde bestimmt nicht bemerken, wenn ich hier einsteige, wie auch immer. Ich gehe um das Haus herum und betrachte die Fenster. Alle verschlossen. Schwankend bücke ich mich und suche das Gestrüpp ab. *Ich muss Nina finden, die Villa ist mein einziger Anhaltspunkt. Die einzige Spur.* Der Stein in meiner Hand zittert. Ich hebe ihn hoch, ziele auf das Fenster und senke meinen Arm sofort wieder.
Was für ein Blödsinn! Einbruch, du spinnst doch!
Nina, denk an Nina!
Die ist nicht in diesem Haus. Da ist niemand.
Vielleicht findest du eine Spur, einen Hinweis. Du musst da rein!
Wieder hebe ich meinen Arm, ziele und werfe. Das Klirren ist nicht zu überhören. Falls es Nachbarn gibt, sind sie spätestens jetzt alarmiert. Vorsichtig greife ich durch das entstandene Loch im Glas und schiebe den Fenstergriff nach oben. Überall Splitter.
Behutsam versuche ich, die Scherben, so gut es möglich ist, von der Fensterbank zu entfernen. Dann ziehe ich mich hoch. Wie ein Zitteraal, denke ich, als ich das Zucken in meiner Muskulatur spüre, und schwinge ein

Bein über den Fenstersims. Mein Fuß knallt an einen Widerstand, ein Möbelstück oder etwas anderes.
Jetzt bist du vollkommen durchgedreht, Herr Dr. Volkmann. Hau ab und lass Geld für das zerschlagene Fenster da!
Nina! Du musst da rein!
Verwirrt über mein eigenes Handeln und meine zwiespältigen Gedanken reiße ich mich zusammen, greife nach und ziehe mich hoch. Ich sehe eine Küche oder das, was von ihr aus längst vergangenen Tagen übrig geblieben ist. Unbewohnt. Mein schlechtes Gewissen beruhigt sich und ich klettere über das Hindernis – ein ausladendes Spülbecken aus Stein – in den Raum. Rechts ein Herd, der mit Holz oder Kohle befeuert werden muss, die Front ist weiß mit Klappen und Schubfächern. Der schwarzweiße Mosaikfußboden ist übersät mit Putz, Farbe und Dreck. Es riecht muffig. Keine Lampen, nur lose Kabel hängen von der Decke.
Eine abgetrennte Wohnung im Erdgeschoss, drei Räume, Küche Bad. Die Deckenhöhe misst bestimmt vier Meter, und am Stuck hat sich stellenweise schwarzer Schimmel gebildet. Nichts, alles leer. Kein Hinweis auf Nina oder eine andere Person. Ich öffne die Wohnungstür. Ein schmales, dunkles Treppenhaus, keine Lampe, keine Glühbirne, wieder nur lose Kabel. Eine steile Treppe nach oben und eine, die nach unten führt. Geradeaus die geschlossene Haustür.

Im ersten Stock bietet sich ein ähnliches Bild. Eine Dreizimmerwohnung, Küche, Bad. Alle Räume sind, abgesehen von dem herumliegenden Müll, leer. Sackgasse! Ich gehe wieder ins Erdgeschoss. Kurz vor der Haustür fällt mein Blick nach links, zu der steilen Treppe, die in den Keller führt. Ich zücke mein Handy und schalte die Taschenlampenfunktion ein. Stufe für Stufe hinab. Das Holz knarrt bei jedem Schritt. Ich muss an den Keller in unserem Bungalow, meinem Elternhaus denken. Da unten, wo Vaters Büro und somit sein Heiligtum war. Keiner durfte diese Räume betreten, weder Mutter oder Benny noch ich. Da unten, wo der Herr Professor Dr. Erwin Volkmann stundenlang über seinen Studien sinniert hat. Mutter hatte ihn nur einmal gestört, ein wichtiger Anruf aus der Klinik, ein Notfall … Gestürzt, hieß es. Mutter sei die Treppen hinuntergestürzt, als sie wieder nach oben geeilt ist … Sie war sofort tot, hieß es. Benny war zwei und ich sieben Jahre alt. Auch Mutter war von heute auf morgen weg, nicht mehr existent, so wie Nina. Ich muss mich zusammenreißen und in diesen Keller runtergehen. Jetzt.

Ich stolpere, kann mich gerade noch am Handlauf festhalten, dabei rutscht mir das Smartphone aus den Fingern. Was war das? Ich kann den Gegenstand, über den ich gestolpert bin, nicht ausmachen und versuche, an mein iPhone zu gelangen. Zwei Stufen unter mir ist es zum Liegen gekommen. Mit einer Hand am Geländer bücke ich mich, taste die Stufe ab, erwische eine Ecke vom Gehäuse. Dann rutscht das Handy weg, durch die Streben hindurch, und knallt unten auf den Kellerboden. Dunkel. Die Taschenlampe ist ausgegangen. Vorsichtig betaste ich die Stolperfalle. Holz, ein Stab, lang und schmal. Ich gehe vorsichtig weiter, bis ich plötzlich zwei rote Augen sehe, die mir in der Dunkelheit entgegenkommen.

18

Die Frau

Ein Stativ, nicht nur eine Metallstange, wie angenommen. Die drei Beine sind erst jetzt, nachdem der Unbekannte die Stange auseinandergezogen hat, zu erkennen. Er platziert das Gestell direkt zu ihren Füßen, prüft die Höhe und dreht die Flügelschrauben fest. Konzentration! Sie muss ihn genau beobachten, darf ihn nicht aus den Augen lassen. Jede seiner Bewegungen abspeichern. Es ist wichtig, es könnte wichtig sein. Später, wenn sie freikommen und eine Aussage bei der Polizei machen würde, bestimmt. *Freikommen*, hallt es in ihrem Kopf nach. Frei, um was zu tun? Frei, um wohin zu gehen? Ein Leben, das sie nicht kennt? Eventuell hat sie eine Familie, Kinder, kleine fremde Wesen und einen Ehemann, der sie anfassen und liebkosen würde, mit seinen Händen betatschen, nur weil es sein gutes Recht ist. Sie bekommt eine Gänsehaut,

Ekel steigt bei dieser Vorstellung auf. Tränen sammeln sich und verwischen ihre Sicht. Wahrscheinlich macht sie sich unnütze Gedanken, denn der Unbekannte schiebt gerade den Edelstahl-Rollwagen wieder neben das Stativ und somit in ihr Blickfeld. Medizinische Instrumente, die akribisch angeordnet auf einem grünen Tuch liegen. Knocheninstrumente, wie Stanzen oder Küretten und eine Säge. Spreizer, für ein barrierefreies Arbeiten und Hypophysen-Instrumente, die auch für Eingriffe an der Schädelbasis benötigt werden. Mikroinstrumentarium, für Eingriffe unter dem Mikroskop, mit höchster Präzision. Natürlich dürfen die Grundinstrumente, wie Skalpell, Schere, Pinzette nicht fehlen. *Woher weiß ich so genau, wie dieses Zeug heißt?* Erschreckend ist, dass sie die Instrumente nicht nur betiteln kann, sondern ganz genau weiß, wie und für was diese angewandt werden. Für eine Kraniotomie, eine Operation am Gehirn. Dies ist kein klinisch reiner OP-Saal, hier ist kein OP-Team, nur dieser Roboter, der aussieht, als wäre er ein Mensch. Und sie. Aber sie ist keine Patientin. Ihr wird übel. Bilder tauchen auf. Zuerst wird die Kopfhaut mit einem Skalpell gelöst, dann die Kopfschwarte, bis die Schädeldecke mit der Knochensäge … Nein! Sie windet sich, zieht an ihren Fesseln, gibt Laute von sich, die an ein Tier erinnern, das in der Falle sitzt. In der Falle, genau wie sie. Der Unbekannte dreht ihr den Rücken zu. Er zuckt nicht mal und arbeitet unbeirrt weiter. Jetzt nimmt er die Kamera vom Wagen, eine Videokamera.

Klein, handlich und mit einem ausklappbaren Display versehen. ›Panasonic‹ kann sie lesen, während der Fremde damit beschäftigt ist, das Gehäuse mittels einer Schraube am Stativ zu befestigen.

Sie blinzelt, wird müde. *Nicht einschlafen, um Gottes Willen nicht schlafen.* Immer wieder fallen ihre Lider zu. Welche Substanz befindet sich in diesem Infusionsbeutel? Sie sieht nach rechts und überprüft den Schlauch, der bis zur Nadel in ihrer Armbeuge führt. *Mit der Rollenklemme oder dem Durchflussregler des Infusionsbestecks wird die Menge, die Tropfgeschwindigkeit der Flüssigkeit, durch vorsichtiges Auf- beziehungsweise Zudrehen geregelt.*

Sie blinzelt noch ein paar Mal, dann wird es dunkel.

19

»Papa, gibt es Tiere mit roten Augen?«

»Ja, Max, für uns sieht es so aus, als hätten zum Beispiel weiße Ratten rote Augen. Aber wenn es sich um Albinos handelt, dann ist das eine Sinnestäuschung, denn die wirken für uns nur rot, weil sie farblos sind und wir die darunterliegenden Äderchen sehen können.«

»Was sind Albi… dings?«

»Albinismus ist eine Störung im Organismus. Hier wird die Produktion des Melanins blockiert. Dann entstehen nur sehr wenige oder gar keine Pigmente.«

»WAS?«

»Entschuldige, Max. Albinos fehlt etwas, das Melanin heißt und für die Farbbildung der Haut, Haare und Augen zuständig ist.«

»Aha. Denen fehlt was und ich habe etwas zu viel. Also da oben in meinem Kopf, diese Haselnuss. Kannst du die wegmachen, Papa? Vielleicht mit dem Melamim?«

Ich schüttele den Kopf, als könnte ich die Erinnerungen damit auslöschen. Doch sind es nicht die Erinnerungen, die unsere geliebten Verstorbenen am Leben halten?

»Papa, gibt es Tiere mit roten Augen?«

Vorsichtig steige ich im Dunkel die letzte Stufe hinab und nähere mich diesen zwei *›roten Augen‹*. Zuerst muss ich mein iPhone finden. Es ist mir vermutlich auf der Hälfte der Kellertreppe aus den Fingern gerutscht. Ich lasse das Geländer nicht los, gehe um die Ecke und bücke mich. Dann lege ich den Gegenstand, über den ich gestolpert bin und den ich mitgenommen habe, auf den Boden und suche mein Handy. Gefunden. Zum Glück lässt sich die Taschenlampenfunktion wieder aktivieren.

Schmutz auf dem Kellerboden und mit Schimmel überzogene Wände. Unter der Treppe liegt ein alter Sessel auf der Rückenlehne und streckt drei Beine in die Luft. Sein Inneres quillt hervor, und da, in der Mitte des Lochs, sehe ich eine Bewegung. Eine Ratte. Bestimmt ein Nest, denke ich und leuchte in die andere Richtung. Zwei verstaubte Flaschen Whiskey. Daneben, zwischen alten Zeitungen, mit Farbe beschmierter Pappe und Plastikflaschen liegt etwas. Der Gegenstand, über den ich auf der Treppe gestolpert bin. Kein Stock oder Stab, wie angenommen. Ich bücke mich, hebe es auf. Der Griff ist aus Holz, mit metallischen Elementen. Ich drücke den Hebel nach oben. Sofort schnellt der Stahl hervor. Wie gebannt starre ich auf die Messerklinge. Das Blut ist getrocknet. Ein verlassenes Haus, voller Müll und

Schimmel, im Garten kaum ein Durchkommen. Kein Mensch weit und breit, vermutlich auch verstummte Nachbarn, und ausgerechnet hier auf der Kellertreppe liegt ein Springmesser mit Blutspuren? Ich zweifle. Wahrscheinlich halte ich nur einen Stock oder einen Pinsel in der Hand, der zuvor in rote Farbe getunkt wurde, mehr nicht. Oder ich bin überhaupt nicht in dieser alten Villa, sondern in der Entzugsklinik, und dort im Keller, in einem der Therapieräume. Alkohol. Das Verlangen verstärkt sich, ich schaue auf die verstaubten Whiskyflaschen, und die plötzlich eingehende SMS bestätigt direkt, was ich brauchen würde, um endlich aus diesem Albtraum aufzuwachen.
›Alkohol?‹
Paranoia, ganz sicher. Eine gestörte Wahrnehmung, Verfolgungswahn. Das häufigste Symptom, das im Rahmen einer Psychose auftritt. Ich lasse das Springmesser fallen und greife in meine Hosentasche. Nur noch zwei ›Gabapentin‹, mehr nicht. Sofort drücke ich eine aus dem Blister und schlucke sie. Nein, ich werde nicht rückfällig. Ich habe dem Alkohol abgeschworen.

Die zwei roten Lichter, die mich aus einem der Kellerräume anstarren, erregen erneut meine Aufmerksamkeit. Ich schiebe meine Gedanken beiseite und gehe auf diese Signale zu. Eventuell ein Stromkasten, ein Boiler, wer weiß? *›Oder die roten Augen einer Ratte.‹*

Natürlich gibt es auch hier unten kein Licht, das hätte mir auch klar sein können, bevor ich fünf Mal auf diesen Lichtschalter an der feuchten Wand gehämmert habe. Ich hebe das Smartphone wieder und leuchte den Raum aus. Auf einem Regal steht ein schwarzer Kasten, mittig blinken die zwei roten Lichter, Signalleuchten. Da steht ein Stuhl, hydraulisch beweglich. *Was zum …?* Dahinter ein Stativ und an der gegenüberliegenden Wand ein Rollwagen mit medizinischen Instrumenten, ein wildes Durcheinander. Farbeimer, Pinsel und alte Zeitungen und Müll. Ich gehe hinein, höre ein Klirren und zucke zusammen. Ein Skalpell, auf das ich getreten bin. Dort hinten eine Knochensäge. Und ich stehe mitten in einer Blutlache.

Ruf die Polizei, sofort!

Und wenn das alles nicht real ist?

Du kannst nicht wie angewurzelt stehen bleiben! Hier ist etwas Schreckliches passiert, vielleicht sogar mit Nina. Ruf die Polizei, jetzt!

Du bist in die Villa eingebrochen, du bist auf der Suche nach deiner verschwundenen Freundin, deine Realität ist nicht nachvollziehbar, du stehst mitten in einer Blutlache, diese Instrumente sind für Neurochirurgen. Du hast den Verstand verloren, und jetzt hau einfach ab!

Wie ferngesteuert drehe ich mich um, gehe auf den schwarzen Kasten zu und nehme den Camcorder in die Hand. Wie von Sinnen renne ich die Kellertreppe nach oben Richtung Haustür. Verschlossen. *Fingerabdrücke, das*

Messer! Soll ich Benny anrufen? Oder doch die Polizei? Mein Kopf dreht sich. Was ist hier vorgefallen? Und vor allen Dingen – was hat das alles mit mir zu tun? Wo ist Nina? A. Stegmüller, dröhnt es in meinem Schädel. A. Stegmüller wohnt hier oder hat hier gewohnt, zumindest belegt dies der Eintrag im elektronischen Telefonbuch. Ich stelle die Kamera ab, drehe mich zur Treppe um und möchte gerade noch mal nach unten eilen, das Messer holen, doch da höre ich von weitem ein Martinshorn.

20

Falls die sich nähernde Sirene tatsächlich bedeutet, dass der Einbruch wider Erwarten einem Nachbarn oder Spaziergänger aufgefallen ist, könnte ich auch stehen bleiben, mich nicht mehr bewegen und abwarten. Müsste nicht über dieses ausladende Spülbecken hier im Erdgeschoss in der Küche klettern und mir den Unterarm an den Scherben auf der Fensterbank aufschlitzen. Es spielt keine Rolle. Meine Fingerabdrücke sind sowieso im ganzen Haus verteilt, der Abdruck meiner Schuhsohle prangt in der Blutlache, und das Springmesser liegt direkt unterhalb der Kellertreppe. Ungelenk springe ich mit dem Camcorder in der Hand aus dem Küchenfenster. Vier Schritte bis zur Hausecke, dann schaue ich vorsichtig in den zugewucherten Garten. Das Martinshorn ist deutlicher zu hören. Ich gehe zurück, am Küchenfenster vorbei, schlage mich in die Büsche und suche den Zaun zum Nachbargrundstück. Sackgasse! Anscheinend ist nicht nur das Eingangstor zwei Meter hoch, sondern der gesamte schmiedeeiserne Zaun um das komplette Grundstück herum. In meiner momentanen körperlichen Verfassung muss ich nicht einmal einen Versuch unternehmen, darüber zu klettern. Ich würde mir an den goldenen Spitzen, die oben am Zaun prangen, die Haut aufschlitzen oder daran hängen bleiben, wie ein aufgespießtes Tier. Mein Herz setzt einige Schläge aus. Der Schweiß rinnt in Bächen von meiner Kopfhaut, und mein T-Shirt ist klitschnass. Sofort drehe ich mich um. Keine andere Möglichkeit, kein anderer Ausweg. Die Polizei muss bereits in die Stadtstraße gebogen sein, das ohrenbetäubende Signal schmerzt in meinem Gehörgang. Ich renne durch den Garten, wieder am Küchenfenster vorbei, biege um die Ecke, schlage das Gestrüpp zur Seite und sprinte über den Kies. Am Tor angekommen, stoppe ich, schaue auf die Straße, nach links, nach rechts. Da ist niemand. Ich schließe das Tor hinter mir, und gerade, als ich mich ein paar Schritte von der Villa entfernt habe, höre ich den Polizeiwagen. *Langsam. Nicht auffallen, nicht rennen. Nicht umdrehen.* Mein Atem übertönt die Sirenen. Den Camcorder nehme ich nach vorn, drücke ihn gegen meinen Bauch und gehe ruhigen Schrittes den Berg hinauf, dorthin, wo ich Lottas Golf geparkt habe. Das Martinshorn verstummt. Autotüren schlagen zu, schnelle Schritte. Nicht lange, und einer wird *»Stehen bleiben!«* rufen. Nicht lange, und ich werde eine Hand auf meiner Schulter spüren.

Nicht lange, und ich werde diesen kühlenden Luftzug, der mir gerade wieder aus dem Wald entgegenweht, nie mehr empfinden können. Meine Muskulatur fühlt sich an, als wäre sie aus wabernder Götterspeise. Immer wieder knicke ich ein, sacke seitlich weg. Spätestens jetzt werde ich auffallen. Besoffen, werden die Beamten denken. Ein Betrunkener, der in die Villa eingebrochen ist und dort jemanden grausam misshandelt oder gar getötet hat.

Nichts von alledem passiert, stattdessen gelange ich unbehelligt zum Fahrzeug, steige ein und lege den Camcorder in den Fußraum der Beifahrerseite. Meine Hände zittern, Blut tropft von meinem Unterarm. Nach dem vierten Versuch gelingt es mir, den Schlüssel in das Schloss zu stecken. Diese Straße ist tatsächlich eine Sackgasse, ich muss also an der Villa vorbeifahren, um hier wegzukommen. Vorbei an den Beamten, vorbei an einem mutmaßlichen Tatort. Sie werden in das Wageninnere starren, werden mich sehen, meinen verstörten Blick, und mich stoppen. Bisher habe ich es nicht gewagt, meinen Kopf in Richtung der Polizisten zu drehen. Natürlich würden sie mir mein schlechtes Gewissen auch aus hundert Metern Entfernung ansehen. Sitzen bleiben oder fahren? Was ist auffälliger? *Ein Mann, allein in einem Auto, der am Waldrand parkt, logisch.* Ich starte den Golf, fahre ein Stück zurück, drehe das Lenkrad nach links und lege den ersten Gang ein. Jetzt werde ich direkt mit dem Blaulicht konfrontiert und mit den am Heck offenstehenden Türen. Mein Herzschlag stolpert. Ich fahre den Berg hinab, langsam an dem rot-weiß lackierten Transporter vorbei, und kann noch die 112 erkennen. Ein Rettungswagen, keine Polizei. Im Rückspiegel sehe ich zwei Sanitäter, die aus einem der gegenüberliegenden Häuser kommen.

»Sind wir bald da, Papa?«
»Papa, brauchen wir noch lange?«
»Papa, wie lange müssen wir noch fahren?«
»Papa?«

Ausnüchterungszelle, denke ich. Wie aus einem Rausch erwacht, ganz plötzlich, ohne jegliches Vorgeplänkel. Ich schaue in den Rückspiegel, der Sitz ist leer, natürlich. Es dämmert bereits, die Sonne verschwindet hinter dem Berg. Ich schaue auf meinen Unterarm. Das Blut ist getrocknet. Kein Traum, keine Halluzination. Ich war in dieser Villa in Herdern. Schmerzen in der Muskulatur, im kompletten Körper, wie bei einem Entzug. Ich muss mich zusammenreißen, damit ich die Fahrbahnbegrenzung beachte und nicht von der Straße abkomme. Wo will ich hin, was ist mein Ziel? Verwirrt. Völlig zerstört, mein Leben. Die Vergangenheit, die Gegenwart, und über die Zukunft kann ich nicht nachdenken. Gibt es eine? Ohne das Hier und Jetzt? Seit Stunden muss ich in der Gegend herumgefahren sein, mechanisch. Ich befinde mich auf einer Landstraße im Nirgendwo. Stimmt nicht, verbessere ich mich.

Einige Kilometer entfernt kann ich einen Ort erkennen. Die Lichter sind gebündelt und erhellen den dunkler werdenden Himmel. Als ich die Villa verlassen habe, war es Mittag. Was ist in den letzten Stunden passiert? Ich kurbele das Fenster herunter. Immer noch diese unerträgliche Hitze. Der Fahrtwind bläst mir ins Gesicht, wie ein Ventilator, der nur die heiße, abgestandene Luft herumwirbelt. ›Kirchzarten‹ steht auf dem Ortsschild, das ich gerade passiere. Ohne darüber nachzudenken, biege ich links in die Freiburger Straße ab, sehe die Tankstelle, überprüfe sofort die Anzeige am Armaturenbrett und setze den Blinker. Lotta fällt mir ein. Sie macht sich bestimmt Gedanken, weil ich so lange mit ihrem Auto unterwegs bin, ohne mich zu melden. Ich fahre an eine der Zapfsäulen, denke dabei an den St. Gotthard-Rastplatz und schüttele den Kopf. Noch bevor ich aussteige, zücke ich das Handy und überprüfe, ob in der Zwischenzeit Nachrichten eingegangen sind. Nichts. Weder Anrufe noch SMS.

Nach dem Tanken betrete ich den Shop, gehe nicht direkt zur Kasse, sondern biege rechts ab und steuere auf die mit Alkohol bestückten Regale zu. Als könnte ich mich selbst beobachten, sehe ich, wie meine Hand Richtung Wodka greift. Es ist, als würde mein Geist komplett von meinem Körper abgekoppelt eigenständig handeln. Meine Finger umfassen die Glasflasche mit der durchsichtigen

Flüssigkeit. *»Du hast die Macht über deinen Körper, dein Handeln und dein Denken … Und wenn sie splittert, die Macht?«*
Nimm jetzt die Flasche und stell dich nicht so an!
Nein! Ich werde nicht schwach, lass mich in Ruhe!
Du brauchst das jetzt, du kannst nicht verkraften, was alles passiert ist. Der Alkohol ist gut, er beruhigt dich, alles wird leichter. Nimm den Wodka und geh zur Kasse. Jetzt!
Die Flasche zittert in meiner Hand, doch mein Arm bewegt sich nicht. Weder stelle ich den Wodka zurück in das Regal, noch nehme ich ihn mit.

»Kann ich Ihnen helfen?«, höre ich eine junge Frauenstimme neben mir. Nicht einen Ton bekomme ich heraus, kann mich nicht von der Stelle bewegen oder den Kopf schütteln, nichts. Wie das Standbild in einem Videofilm, bei dem der Pausenknopf gedrückt wurde.

»Wir haben auch noch eine andere Marke, die ist heute im Angebot«, gibt sie meiner zweiten inneren Stimme Auftrieb. Ich kämpfe, alles in mir sträubt sich. Meine Beine geben nach. Die Flasche muss zurück ins Regal. Der Boden kommt näher. Das Gesicht der jungen Frau schwebt wie in Zeitlupe an mir vorbei, und das Neonlicht wird plötzlich gedimmt.

21

Obwohl ich genau weiß, dass der Kerl mir gegenüber im Spiegel erst 42 Jahre alt ist, würde ich ihn momentan auf Mitte 60 schätzen. Die dunklen, lockigen Haare stehen störrisch vom Kopf ab, und wenn ich meine Lider zusammenkneife, kann ich einige graue Strähnen erkennen. Seine Tränensäcke machen ihrem Namen alle Ehre, und durch die dunklen Ränder scheint es so, als hätten sich seine Augen in ihre Höhlen verkrochen. Die Zornesfalte ist ausgeprägt und wirkt wie unauslöschlich eingestanzt. Er stützt beide Ellbogen auf dem Tresen ab und hält ein Glas mit einer durchsichtigen Flüssigkeit in der Hand. Ich nicke und proste dem Typen im Spiegel zu. Der Barhocker ist unbequem, und die Musik, ein alter Hardrock-Song von AC/DC, dröhnt in meinen Ohren. Stammgast. Irgendwann in meinem früheren Leben war ich das. Irgendwann in einer anderen Zeit, in der ich mich hier in der Bar auch mit Kollegen und Freunden getroffen habe.

Die Tankstellenmitarbeiterin konnte mir die Wodkaflasche vorhin gerade noch aus der Hand nehmen, als sich wieder einmal ein Schwächeanfall ankündigte. Doch diesmal wurde ich nicht ohnmächtig, konnte mich aufrappeln, meine Tankrechnung begleichen und mit Lottas altem Golf weiterfahren. Bis zu diesem Schild, bis zu diesen leuchtenden Lettern, die mir regelrecht in die Augäpfel stachen: *›Heute Happy Hour, alles zum halben Preis‹*. Und da war sie wieder, diese innere Stimme, die mich dahin gebracht hat, wo ich jetzt sitze. In diese Bar. Gegenüber von diesem alt aussehenden Typen, der mir gerade im Spiegel zwischen Whiskyflaschen und Weinbrand zuprostet. Zu dieser altbekannten Musik, die in einer Endlosschleife abgespielt wird.

Ich würde behaupten, dass jeder Mensch diese innere Stimme in sich trägt. Ob er sie nun sein schlechtes Gewissen, Bauchgefühl oder den siebten Sinn nennt, spielt keine Rolle. Nur bei Suchtkranken sind die Stimmen ausgeprägter. Sie sind immer da, allgegenwärtig. Nach dem Entzug verstummen sie, verkriechen sich tief im Inneren, wie eine Königskobra in eine Höhle. Doch wenn sich diese Schlange einmal eingenistet hat, wird sie für immer bleiben. Wenn es Probleme gibt, wenn der Süchtige sich sorgt oder verunsichert ist, dann kommt die Kobra wieder zum Vorschein, mit ihrer zischenden Stimme.

Sie züngelt ganz leise, wie ein Flüstern, doch sie wird lauter, bis sie ihre Giftzähne tief ins Fleisch des Suchtkranken stößt und ihn damit willenlos macht.

Meine Kobra war verschwunden, tief in ihrer Höhle versteckt, bis sie heute vor der Villa in Freiburg-Herdern herausgekrochen kam. Bis sie mir suggerierte, dass ich das Küchenfenster zerschmettern, in die Villa einbrechen, alles durchsuchen und in diesen Keller gehen sollte. Ein blutverschmiertes Messer, neurochirurgische Instrumente, ein medizinischer Stuhl und eine Blutlache. Ich bin fertig, ausgelaugt und habe keine Kraft mehr. Seit gestern Mittag, seitdem Nina verschwunden ist, seitdem ich einen Realitätsschock nach dem anderen verkraften muss, habe ich kaum geschlafen. Außer einem halben Brötchen heute Morgen habe ich nichts gegessen und nur einige ›Gabapentin‹ geschluckt, von denen ich die letzte gerade in der Hand halte.

»Jan?«, höre ich eine viel zu hohe und dennoch männliche Stimme. »Ja, was machst denn du hier? Das ist aber schön, dich zu sehen.« Ein Schlag auf meinen Rücken. Ich stelle das überschwappende Glas sofort auf den Tresen und umschließe die Tablette mit meinen Fingern. Ich drehe mich um. Ein kleiner, quirliger, rundlicher Typ zeigt mir seine Rückansicht und schiebt einen Barhocker direkt neben meinen. Er dreht sich um und klettert auf den Hocker, der anscheinend nicht seine Komforthöhe hat.

»Ja, Mensch, alter Junge, schon lange nicht mehr gesehen«, sagt mein pausbackiger, glatzköpfiger Kollege aus der Neurochirurgie.

»Hallo, Nils«, begrüße ich ihn.

»Erzähl doch mal, wie geht es dir?«

»Alles okay«, lüge ich. Soll ich ihm die Wahrheit sagen? Einem Kerl, für den das Leben nur Leichtigkeit und Spaß bedeutet? Einem Typen, der seine Ohren überall hat und über jeden Kollegen besser Bescheid weiß als derjenige selbst? Nein, gewiss nicht.

»Wer kommt, wenn der Tag geht? Na?«, fragt er und zeigt auf mein Glas. Ich ziehe die Schultern hoch und habe keinen Nerv für seine Späße.

»Johnnie Walker natürlich.« Nils lacht, sein Bauch bewegt sich dabei wie die Kugel in einem Flipperautomaten, die in einer Vertiefung sitzt, eingeklemmt. Error. Beim besten Willen kann ich mich zu keinem Lächeln zwingen und sehe ihn nur stumm an. »Ach, Jan, war doch nur ein Spaß.« Wieder klopft er mir auf den Rücken, als wären wir die besten Kumpels seit Kindertagen. Er ruft den Barkeeper und bestellt ein Bier und zwei Kurze.

»Ein Bierchen am Abend ist erquickend und labend. Ein Bierchen am Morgen vertreibt Kummer und Sorgen. Und mit dem Kurzen dazwischen, können wir das Bierchen mischen. Nicht wahr, Jan?«

Mir ist schon klar, worauf er anspielt. Natürlich musste meine Alkoholsucht irgendwann in der Klinik auffallen. Natürlich hat mich der Chefarzt daraufhin freigestellt.

Ich bin ihm heute noch dankbar, dass er nicht die Kündigung ausgesprochen, sondern mir die Möglichkeit gegeben hat – nach einem erfolgreichen Entzug und der Therapie –, weiterzuarbeiten. Mit den Sprüchen der Kollegen muss ich nun leben, mich damit arrangieren. Unauffällig stopfe ich meine letzte Gabapentin, die ich immer noch in der Faust halte, zurück in meine Hosentasche.

»Ich dachte, du wohnst nicht mehr hier in Kirchzarten. Habt ihr euer Haus nicht verkauft, deine Ex-Frau und du?« Wie erwartet, ist Nils mal wieder im Bilde. »Oder bist du mit deiner neuen Freundin wieder hierhergezogen? Wie heißt sie noch mal?«

»Du kennst Nina?«, frage ich perplex. Nils wendet sich ab, lässt mich mit offenem Mund sitzen und hält nach dem Barkeeper Ausschau.

»Snickers, wenn's mal wieder länger dauert«, sagt er, ohne auf meine Frage einzugehen.

»Du kennst Nina?«, schreie ich gegen den Gitarristen von AC/DC an, der gerade sein Können bei dem Song ›Thunderstruck‹ unter Beweis stellt.

»Na klar. Ich hab euch doch mal in der Stadt getroffen. Lass mich überlegen, wann war das noch mal …? Na ja, vor ein paar Wochen, glaube ich.«

»Nina?«, wiederhole ich und weiß sofort, dass Nils glauben muss, ich wäre betrunken.

»Ja, Mensch. Die Blonde mit den ewig langen Beinen.« Keine Einbildung. Nina existiert.

»Guten Durst«, wünscht der Barkeeper, stellt ein Bier und zwei Kurze vor Nils ab. Mein Kollege schiebt eins der Schnapsgläser in meine Richtung.

»Na denn, auf dein Wohl, Jan.« Ich erhebe mein Glas, stoße mit ihm an und trinke einen großen Schluck.

»In welcher Klinik arbeitest du denn jetzt?«, ist seine nächste Frage, die mir erneut den Boden unter den Füßen wegzieht.

22

Die Frau

Wach. Nicht langsam, nicht dämmernd, sondern schlagartig. Panisch schaut sie sich im Raum um. Zu ihren Füßen das Stativ, obenauf die Videokamera. An der Wand dahinter ein Regal. Der Rollwagen mit den medizinischen Instrumenten zu ihrer Linken. Rechts der Infusionsständer, an dem nun ein zweiter Beutel mit einer nicht beschrifteten, durchsichtigen Flüssigkeit hängt, die über den Schlauch in ihren Arm transferiert wird. Wo ist der Fremde? Sie versucht, ihren Hals nach hinten zu überstrecken. Nicht möglich. Fixiert. Jetzt kann sie das Metall an ihrer Stirn spüren. Kalt, unnachgiebig, genauso wie er, dieser Unbekannte. Tatsache, er wird ihren Schädel aufsägen. Wenn sie eine Patientin wäre mit einem Hirntumor und sich einer Kraniotomie unterziehen müsste, dann wäre dies eine eventuelle Erklärung für ihre Amnesie. Läge sie in einem akzeptablen OP-Raum und wäre ein Team um sie herum

versammelt, würde eine operationstechnische Assistentin beruhigend auf sie einwirken, dann könnte sie dies zumindest akzeptieren.
Sie zermartert sich das Gehirn, muss eine Erklärung finden, um sich zu beruhigen. Der Piepton aus dem Kasten hinter ihr wird lauter. Er beschleunigt, synchron mit ihrem Herzschlag. Angenommen, dieser Tumor wäre so groß, dass er nicht nur ihre Erinnerungen trüben, sondern auch Halluzinationen hervorrufen würde. Die Verbindung zwischen ihren Sinnen und dem Gehirn stören. Bestünde dann die Möglichkeit, dass dieses Szenario nicht der Realität entspräche?
Die dick gepolsterte Tür öffnet sich. Sie kann hören, wie sich quietschende Gummisohlen auf einem glatten Boden nähern. Sein vermummtes Gesicht schiebt sich in ihr Blickfeld. Ganz nah. Dunkle, große Augen. Die OP-Maske ist weit über die Nasenwurzel geschoben, die Kopfbedeckung verdeckt seine Brauen. Keine Atmung. Nicht die kleinste Bewegung ist unter der Maske zu erkennen. Sie gibt Laute von sich, zerrt an den Fesseln und reißt die nassen Augen panisch auf. Von ihrem Gegenüber kommt keine Regung, nicht mal ein Blinzeln. Er entfernt sich, bleibt in ihrem Sichtfeld und dreht sich um. Eine Spritze, wahrscheinlich will er sie wieder narkotisieren oder ihr ein starkes Beruhigungsmittel spritzen. Doch wider Erwarten geht er nicht zu dem Infusionsständer, sondern verschwindet hinter ihr.

Örtliche Betäubung, denkt sie, und spürt, wie der Fremde eine Nadel in ihre Kopfhaut stößt. Nicht feinfühlig oder vorsichtig, nein. Er rammt die Nadel mehrmals in unterschiedlichen Abständen tief in ihre Haut. Feuer! Als hätte er eine brennende Flüssigkeit verschüttet, die ihre Haare und die Kopfhaut verätzt ...

23

Eine unerträgliche Schwüle schlägt mir entgegen. Wahrscheinlich bringt ein Gewitter bald Abkühlung. Mein komplettes Leben ist ein einziger Konjunktiv: *Unter Umständen* wäre es möglich gewesen, mehr von meinem Kollegen Nils zu erfahren; *eventuell* täusche ich mich und mein Chef in der Neurochirurgie hat mir tatsächlich gekündigt; *vielleicht* ist alles nur ein böser Albtraum; *womöglich* habe ich meine letzten Gehirnzellen – falls da noch irgendwelche waren – versoffen. Den Indikativ, das Reale, Tatsächliche, habe ich am St. Gotthard Rastplatz liegen lassen. Weg, seither nicht mehr auffindbar. Wird *wahrscheinlich* auch nicht mehr geliefert. Ich schlage genervt die Tür der Bar hinter mir zu und gehe unter den gedämpften Klängen von AC/DC zum Parkplatz.

Nils war nicht damit einverstanden, dass ich lediglich mit meinem Mineralwasser angestoßen habe.

Er hat mir einen Schnaps ausgegeben, also sollte ich den auch gefälligst trinken. Aber ich habe mich nicht bedrängen lassen, habe nur bezahlt und wortlos die Bar verlassen.

»Papa, hast du den Alkohol lieber als mich?« Nein, verdammte Hacke. *»Ich liebe nichts mehr auf dieser Welt als dich, Max.«* Ehrlich und wahrhaftig. Was ist mein Leben ohne ihn wert? Nichts. Wie soll ich ohne diesen kleinen Kerl weitermachen? Was hat das Leben noch für einen Sinn? *»Jammerlappen!«*, höre ich meinen Vater, schiebe diesen Gedanken beiseite und setze mich wütend in den Golf.

Morgen. Ich werde das morgen mit meinem Chef in der Klinik klären, beschließe ich und kann mir wieder nicht erklären, warum Nils von Kündigung gesprochen hat. Ich zücke mein iPhone, tippe auf Kontakte und klicke auf ›Lotta‹. Nichts. Nicht einmal die Mailbox springt an. Bennys Nummer habe ich nicht gespeichert. Wenn sich Lotta bis jetzt nicht bei mir gemeldet hat, dann werden sich die beiden auch keine Sorgen um mich oder das Auto machen. Sie werden beschäftigt sein oder schlafen. Mittlerweile ist es dunkel, ich schaue auf mein Handy. ›22:20 Uhr‹. Wo soll ich hin? Benny hatte nur von einer Übernachtung gesprochen, und um diese Uhrzeit möchte ich nicht mehr stören. Ich beschließe, in eine Pension oder ein Hotel zu fahren. Immerhin kann ich mir das im Gegensatz zu gestern, nach der Erhöhung meines Dispokredits, wieder leisten.

Ich suche das Hotel ›Löwen‹, bin falsch abgebogen und befinde mich auf einer schmalen Straße, umringt von Feldern. Mein Magen zieht sich zusammen. Ich weiß, wo mich dieser Weg hinführt. Nasse Spuren auf dem Lenkrad. Ich wische mir die Hände an meiner Hose ab. Unbeirrt fahre ich weiter. Langsam, fast im Schritttempo. Schaue auf den Giersberg hinauf. Zwölf Prozent Steigung. Ich sehe die Terrassenbeleuchtung der Pilgergaststätte St. Laurentius. Dahinter der Mond, unwirklich voluminös. Das Ausflugslokal ist nicht mein Ziel. Magnetisch angezogen, fahre ich vor dem Berg auf den Parkplatz. Ich stelle das Auto ab, ziehe den Schlüssel und steige aus. Pflastersteine. Ich gehe gebeugt, einhundert Kilo lasten auf meinen Schultern. Es ist ruhig, still. Totenstille. Ich bin diesen Weg nur einmal gegangen. An der kleinen Kapelle vorbei. Über den Schotterweg, links den Hang hinauf. Musste stark sein für Anne. Die sich an mich lehnte, die ich halten musste, damit sie nicht zusammenbricht. Hinter dem kleinen, weißen Kindersarg, bestückt mit Blumen und einem Teddy. Seinem Teddy. Musste mich zusammenreißen, keine Schwäche zeigen. *»Männer weinen nicht.«* Das Gesicht bewahren. Vor den Verwandten, Nachbarn und Kollegen. Ich wollte schreien, Max aus dieser dunklen Kiste befreien. *»Papa, lässt du bitte das Licht im Flur an und die Tür auf?«* Ihn in den Arm nehmen. *»Alles wird wieder gut, Max.«*

Links flackern vereinzelt rote Kerzen. Weisen den Seelen den Weg. *»Männer müssen Stärke zeigen. Sentimentalität ist weibisch.«* Vater. Ich laufe langsam, fast andächtig. Gehe den Hang hinauf, betrachte die Grabsteine und bleibe stehen. Kindergräber, liebevoll geschmückt. Bunte Windräder, Engel und Spielzeug. Dort hinten, unter einer großen Kastanie, ganz am Ende dieser Reihe, liegt mein Ziel. Direkt neben einer Parkbank, mit dem goldenen Schild *›Gespendet von Familie Volkmann‹. Gespendet.* Ich hätte alles gegeben, Haus, Auto, mein komplettes Hab und Gut, ja, mein ganzes Leben. Für Max. Keiner hat mir diesen Tausch angeboten. Keiner einen Handel vorgeschlagen. Warum muss ein Kind sterben, das sein Leben noch nicht gelebt hat? »Warum?«, rufe ich in die Nacht. Der Schmerz frisst mich auf, und es ist kein Ende in Sicht. *›Die Zeit heilt alle Wunden?‹* Nein, das tut sie nicht. Man lernt nur, mit dem Schmerz zu leben. Man kann ihn betäuben, mit Alkohol, Tabletten, anderen Drogen, mehr nicht. Er ist da, allgegenwärtig. Ich krame nach der letzten Gabapentin in meiner Hosentasche.

Max Volkmann
*23.08.2014 – † 09.12.2020 steht in einer erhabenen Bronzeschrift auf dem silbergrauen Marmorstein. Obenauf sitzt ein Engel, dessen winzige Tränen selbst in diesem unwirklichen Schein meiner Handy-Taschenlampe zu erkennen sind.

»Happy Birthday, kleiner Mann«, sage ich und wische mit dem Handrücken über mein Gesicht. Frische Blumen, eine brennende Kerze und ein Spielzeugauto. »Du hattest heute schon Besuch, bestimmt von Anne. Deine Mama kümmert sich«, flüstere ich. »Entschuldige, dass ich seit deiner Beerdigung nicht mehr auf dem Friedhof war, aber ich konnte es nicht. Du bist trotzdem immer bei mir.« Ich klopfe auf meine linke Brust. »Da, in meinem Herzen.« Verstohlen blicke ich mich um. Warum muss ich mich schämen, nur weil ich ein Mann bin? Es sollte mir egal sein, jetzt und hier. Meine Worte sind ehrlich und nur an meinen Sohn gerichtet. Ich setze mich auf die Bank, direkt neben der überschaubaren Grabstelle. Dort hinter dem Berg ist ein Wetterleuchten. Max begrüßt mich, denke ich. Schüttele den Kopf, schäme mich wieder für meine Interpretation. Misslungen. Mein Vater hat es geschafft, meine Gefühlswelt völlig zu verpfuschen. Noch in meine Gedanken versunken, höre ich plötzlich Schritte und blicke mich um. Sohlen auf dem Schotter, dann das Knacken von Holz.

24

So also fühlt sich der Wahnsinn an. Schon oft habe ich mir Gedanken darüber gemacht, was psychisch Kranke sehen, hören und fühlen. Sicher gibt es vielerlei Ursachen, und jeder Patient muss als Individuum betrachtet werden. Ich gehe bei mir nicht nur von Kleinhirnschwund aus, als Folge meiner chronischen Alkoholkrankheit. Schon mäßiger Konsum kann das Gehirn schrumpfen lassen. Alkohol ist ein Nervengift, das ist Fakt.

Da war niemand auf dem Friedhof. Kein Mensch, kein Tier. Zumindest habe ich niemanden ausfindig machen können. Wie ein Penner habe ich mich auf die Parkbank gelegt und bin eingeschlafen, irgendwann. Es war mir egal. Ich musste bei Max bleiben, gerade gestern, an seinem Geburtstag, in seiner Nähe. Bis das Gewitter einsetzte und ich klitschnass ins Auto flüchten musste.

Mein kompletter Körper ist ein einziger Schmerz. Notdürftig habe ich mich heute Morgen auf der Toilette

der Friedhofskapelle gewaschen und umgezogen. Jeans, frisches, weißes Shirt und Sneakers. Die letzten ungetragenen Kleidungsstücke aus meinem Koffer. Der Himmel ist bewölkt. Das nächtliche Gewitter hat keine Abkühlung gebracht. Es ist schwül und ich habe das Gefühl, nur schwer atmen zu können. Meine Versuche, Lotta zu erreichen, waren erfolglos. Ich werde sie nach dem Gespräch mit meinem Vorgesetzten aufsuchen, beschließe ich.
Jetzt stehe ich auf dem Gelände des Universitätsklinikums in Freiburg. Wer sich hier nicht auskennt oder einen Plan dabei hat, hat schon verloren. Im Zentralklinikum wurde ein Gebäude neben dem anderen, ringförmig um einen parkähnlichen Grünbereich herum, errichtet. Das viertgrößte Klinikum Deutschlands. Krankenversorgung, Forschung und Lehre sind hier vereint. Circa 14.000 Mitarbeiter, und ich soll nicht mehr dazugehören? Neurozentrum. Ein nichtssagender grauer Betonbau, dennoch über viele Jahre mein zweites Zuhause. *›In der Ruhe liegt die Kraft‹*, wollte der Künstler mit der größten Freiburger Plastik, einem gelb-schwarz lackierten Ring aus Metall, fünfzehn Meter hoch, der hier direkt vor der Neurochirurgie steht, aussagen. *Du drehst dich im Kreis*, scheint er mir jetzt spöttisch zuzurufen.

»Jan«, höre ich eine weibliche Stimme hinter mir. »Jan, warte.« Ich schaue mich um und erkenne Sarah.

Sie rennt von der Gynäkologie kommend durch den Park auf mich zu. Ihr Pferdeschwanz schwingt in einem gleichmäßigen Rhythmus. Den Kittel trägt sie offen über ihrer Kleidung. Er flattert. Für einen Moment sieht es aus, als hätte sie Flügel. Sie kommt direkt vor mir zum Stehen, atemlos. »Mensch, Jan.« Sie macht eine Pause, holt tief Luft und klopft wohlwollend auf meinen Oberarm. »Ich habe mir schon Sorgen um dich gemacht. Warum hast du nicht angerufen? Ich hätte dich doch abgeholt, aber großartig, dass du wieder da bist.« Sarah Baumann, meine operationstechnische Assistentin. Jedenfalls bis zu meinem Entzug, der Therapie und meinem dreiwöchigen Urlaub.

»Schön, dich zu sehen«, begrüße ich sie.

»Wann bist du entlassen worden? Was hab ich dich vermisst! Fängst du heute wieder an?« Sarah lächelt und zeigt dabei ihre strahlend weißen Zähne. Mit ihren großen, braunen Augen sieht sie mich erwartungsvoll an. Was soll ich sagen? Die Wahrheit? Aber welche?

»Du bist blass«, stellt sie fest. »Hat dich die Therapie so geschlaucht? Warum hat man dich jetzt schon entlassen?« Zu viele Fragen bedürfen zu vieler Antworten, die ich nicht habe.

»Ach, komm doch erst mal mit rein«, sagt sie, ohne wirklich auf eine Erklärung meinerseits zu warten, und hakt sich bei mir unter. »Im Team hat sich nicht viel verändert, nur dass der Nils«, sie verdreht die Augen, »deine OPs übernommen hat. Er spekuliert auf den

Oberarztposten. Einige Patienten werden auch nach Tübingen oder Heidelberg verwiesen. Der Prof hat keine Vertretung für dich eingestellt.«

Wir gehen zusammen in den Aufzug. Sarah drückt auf den Knopf zur siebten Etage. ›Neurochirurgie‹. *Keine Vertretung,* wiederhole ich in Gedanken. Von Nachfolger hat sie nicht gesprochen. Also weiß Sarah gar nichts von meiner angeblichen Entlassung?

»Weißt du, Jan, ich hab schon oft versucht, dich in der Suchtklinik anzurufen, wollte dich besuchen, aber diese Dame am Telefon hat das immer abgeblockt. Das sei nicht gut für deine Therapie, hat sie gesagt. Und auf deinem Handy war nur die Mailbox. War das denn eine geschlossene Einrichtung?«

»Nein. Nur in den ersten drei Wochen sollten wir keine Besuche oder Anrufe empfangen.«

»Schade.« Sarah zuckt mit den Schultern. Wahrscheinlich hat sie genau in diesen ersten drei Wochen den Kontakt gesucht und danach entnervt aufgegeben.

»Ist Professor Bender im Haus?«, frage ich.

Sie nickt. »Besprechung. Aber ich melde dich bei der Schneider, seiner Sekretärin, an, und bis dahin trinken wir erst mal ein Käffchen. Ich habe noch Pause. Okay?« Ich stimme zu. Ich hatte weder Frühstück noch Kaffee, nur einen Schluck aus dem Wasserhahn, daher kommt mir der Vorschlag gerade recht.

Wieder zittert meine Oberschenkelmuskulatur, als wir in der siebten Etage aus dem Aufzug steigen.

Diesen hellen, breiten und lichtdurchfluteten Gang kenne ich, so wie auch die komplette Abteilung, aus dem Effeff. Ich könnte mich hier blind bewegen, und zum ersten Mal nach meiner Rückreise habe ich das Gefühl, nach Hause zu kommen. Anzukommen. Hier ist die Welt noch in Ordnung. Verrückt, vollkommen daneben. Kämpfen doch hinter so manchen Türen Menschen um ihr Leben. Leiden unter unerträglichen Schmerzen, und ausgerechnet hier fühle ich mich wohl. Wahrscheinlich liegt es eher daran, dass ich gebraucht werde, eine Aufgabe habe, helfen kann und alles so ist, wie ich es verlassen habe. Keine verschrobene Realität. *Bis auf den Hinweis mit der Kündigung von Nils.*

Unsere Sohlen quietschen synchron auf dem polierten Linoleumboden. Auf dem Weg in den Aufenthaltsraum kommen wir am Schwesternzimmer vorbei.

»Ja, wen sehe ich denn da?«, freut sich Kathrin, die Stationsleiterin. Sie legt die Medikamente beiseite, die sie gerade sortiert, springt von ihrem Stuhl auf und kommt freudestrahlend auf mich zu. Die Mutter der Station, denke ich und breite sofort die Arme aus, als sie mir um den Hals fällt.

»Ach Gott, ist das schön, dass du wieder da bist, mein Junge.« Kathrin darf das. Sie ist das Urgestein der Abteilung und könnte schon lange im wohlverdienten Ruhestand sein. *»Ich unterstütze meinen Enkel, der auch Medizin studiert, so wie du. Ich kann noch nicht in Rente«*, hat sie einmal erwähnt.

»Mensch, hast du abgenommen«, sagt sie weiter und tätschelt meine Wange. »Das sieht nicht gesund aus, Jan. Warte, ich habe noch eine Schachtel mit selbst gebackenen Keksen da.« Sofort dreht sie sich um und verschwindet in dem angrenzenden Abstellraum. Ich grinse. Noch ein Mensch, der sich für mich interessiert. Wirklich wie eine Mutter, die ihren Sohn lange nicht gesehen hat.

Der Medikamentenschrank ist geöffnet. Mein Blick wandert durch die Reihen.

»Brauchst du was?«, fragt Sarah neben mir. Auffällig, denke ich. Mein Blick ist viel zu auffällig. Einmal in meinem Leben habe ich etwas gestohlen, nur einmal. Da war ich fünf Jahre alt und habe mir ein Stück ›Schogetten‹, die im Kindergarten auf dem Tisch lagen, gemopst. Selbst damals hat mich mein schlechtes Gewissen geplagt.

»Gabapentin«, flüstere ich Sarah zu und hätte mir sofort selbst auf den Mund schlagen können. Selbstverständlich sind alle Medikamente hier registriert, und es würde früher oder später auffallen, wenn was fehlt. Ich ärgere mich, dass ich die Tabletten erwähnt habe, weil ich nicht möchte, dass Sarah oder Kathrin für meine Dummheit belangt werden oder womöglich ihren Arbeitsplatz verlieren.

»Nein, nur Spaß«, sage ich zu Sarah und hoffe, dass sich die Angelegenheit damit erledigt hat.

Allerdings ist mir auch bewusst, was das abrupte Absetzen von Gabapentin für mich bedeutet.

Wieder Entzugserscheinungen, Schmerzen, Zittern, Konzentrationsstörungen, Ängste, übermäßiges Schwitzen, Schwindel und Übelkeit. Auch das Verlangen nach Alkohol könnte wieder die Oberhand gewinnen.
Mit den Worten: »So, Jan, hier sind die Kekse. Lasst sie euch schmecken. Ich muss leider weitermachen, du weißt, wir sind unterbesetzt«, drückt mir Kathrin eine bunte Blechdose in die Hand.

»Geh schon vor in den Aufenthaltsraum. Ich mache für dich den Termin beim Prof und komme gleich nach«, sagt Sarah, wendet sich von mir ab und greift zum Hörer. Ich gehe den Flur entlang, atme tief ein und wieder aus. Krankenhausgeruch mag für viele Menschen befremdlich sein, für mich ist er gewohnter Alltag. Und momentan wünsche ich mir nichts mehr als einen langweiligen, gewöhnlichen Alltag. Ich höre Getuschel hinter der geschlossenen Tür im Aufenthaltsraum. Wie angewurzelt bleibe ich stehen, bewegungslos. Mein Magen krampft und mir wird übel. Wie mich das Team wohl empfängt? So freundlich wie Sarah und Kathrin? Gewiss nicht. Bestimmt gab es Situationen, an die ich mich nicht erinnern kann, unter Alkohol- und Tabletten-Einfluss. Momente, in denen ich falsch gehandelt oder mich danebenbenommen habe, ich weiß es nicht.

»Ach du lieber Gott«, höre ich eine weibliche, aufgeregte Stimme. Dann wird es schlagartig ruhig hinter der Tür. »Schaut euch mal das Foto in der Zeitung an. Das ist ganz in meiner Nähe. Ich wohne auch in Herdern.«

Meine Hand ruht auf der Türklinke, wie festgeklebt. Dann bewegt sie sich ohne mein Zutun.

25

Die Frau

Fast andächtig dreht er die Verschraubung an der Schädelfixierung fester. Eine Drei-Punkt-Kopfklemme, denkt sie. Der Fremde läuft an ihr vorbei, würdigt sie keines Blickes. Dann geht er zum Stativ, überprüft die Kamera und schaltet sie vermutlich ein. Zumindest kann sie jetzt ein rotes Licht erkennen. Es ist egal, ob sie Laute von sich gibt oder an ihren Fesseln reißt, ihr Peiniger reagiert nicht. Demzufolge hat sie damit aufgehört. Warum liegt sie überhaupt auf einem Gynäkologenstuhl?, fragt sie sich. Der Fremde will doch ihren Kopf aufsägen und nicht … Sie verwirft diesen Gedanken. Im Endeffekt ist es egal, an welchem Ort er eine Gehirnoperation durchführt. Eine hydraulisch bewegliche Liegefläche ist einfacher für ihn, ob nun auch noch die Beine einzeln verstellbar sind oder nicht, spielt dabei keine Rolle. Viel wichtiger sind diese Folterwerkzeuge. Ängstlich blickt sie auf die chirurgischen Instrumente.

Selbst wenn er eine Wachoperation durchführen wollte, müsste er sie sedieren, wenigstens bis zur Entnahme der Schädelplatte. Sie ist hellwach. Spürt das Kribbeln auf der Kopfhaut. Tausend Ameisen. Wahrscheinlich Feuerameisen. Bestimmt hat er mit der Injektion Nervenbahnen oder Äderchen getroffen, die immer noch höllisch brennen. Was bezweckt dieser Scheißkerl? Wenn er sie töten wollte, müsste er nicht ihre Vitalfunktionen überprüfen, auch eine Infusion wäre unnötig. Überhaupt erscheint diese komplette Prozedur absolut nutzlos. Filmen heißt, dass er einen Beweis braucht, jemanden erpressen möchte oder schockieren. Aber warum und wen? Und was in Teufels Namen hat sie damit zu tun? Wie soll sie Antworten finden ohne Erinnerungen? Sie ist sich selbst genauso fremd wie dieser Irre, der gerade wieder an ihr vorbeiläuft und sich vermutlich hinter ihr in Position begibt. Der Edelstahl-Rollwagen wird verschoben, sie hört das Scheppern von Metall. Etwas ist ihm aus der Hand gerutscht. Kein Profi? Vorhin konnte sie bei ihm keine Nervosität feststellen, kein Zittern und keine Unsicherheit. Jeder Handgriff saß, routiniert.

Ein elektrisches Gerät, ein Summen. Wahrscheinlich ein Rasierapparat. Natürlich! Das zu operierende Areal muss von Haaren befreit und desinfiziert werden. Das Geräusch verändert sich. Spüren kann sie nichts, die örtliche Betäubung wirkt. Wie lange dauert es, bis ihre Haare nachwachsen? Blödsinn, schimpft sie mit sich.

Das sollte jetzt gerade ihr geringstes Problem sein. Das Summen verstummt. Sie weiß genau, welches Instrument jetzt folgen wird. Sie sieht das Szenario vor ihrem geistigen Auge. Das Licht der scheinwerfergroßen Lampe wird von dem Skalpell reflektiert.

Jetzt schneidet er das zuvor rasierte Areal auf. Handtellergroß und bogenförmig. Stück für Stück. Die dünne Schicht der Kopfhaut, die Epidermis, die viel dickere Unterhaut, umgeben von einem reichhaltigen Gefäßnetz. Tiefer bis in das Unterhautfettgewebe. Mit einem schmatzenden Geräusch zieht er den letzten Rest des Lappens, den haarlosen Skalp, von ihrem Schädel.

26

Die Tür wird ruckartig geöffnet und verfehlt um Haaresbreite meine Nase. Die Blechdose knallt scheppernd auf den Boden. Nils! Zuerst erstaunt, ja, fast erschrocken. Dann schaut er mich aus zu Schlitzen verengten Augen an und dreht sich wieder um zum Aufenthaltsraum.

»Kennt ihr eigentlich den schon? Sagt der Arzt zum Patienten: Leider kann ich die Ursache Ihrer Krankheit nicht finden, aber vielleicht liegt es am Alkohol. Sagt der Patient: Gut, dann komme ich wieder, wenn Sie nüchtern sind.« Keiner lacht, außer Nils.

Situationen, in denen ich mich unsichtbar machen möchte. In ein Loch verkriechen. Eine Zeitmaschine nutzen, ungeschehen machen, was war. Das sind meine Gedanken, doch nichts davon ist machbar. Ich bin im Hier und Jetzt, zumindest in meiner Realität. Muss mich dem Moment stellen. Den argwöhnischen Blicken und so manch unangebrachten Spruch ertragen.

Ich bücke mich nach der Blechdose, deren Deckel glücklicherweise immer noch fest verschlossen ist.

»Sagt einer: Alkohol macht dumm und gleichgültig. Sagt der andere: Kapier ich nicht, ist mir aber auch egal«, legt Nils nach und lacht wieder unnatürlich laut.

Gesundheits- und Krankenpfleger, zwei männliche und eine Schülerin, sitzen im Aufenthaltsraum am Tisch und verfolgen stumm die Szene.

»Na, Herr Dr. Volkmann? Du möchtest dich bestimmt von uns verabschieden und deinen Spind ausräumen. Eventuell versteckt sich dort noch ein Fläschchen, was?«, sagt Nils.

Ich stehe vor einem erwachsenen Mann, Mediziner, Neurochirurg wie ich, der seit Jahren mit mir zusammenarbeitet, und er benimmt sich wie ein arroganter, dreister Rotzlöffel.

Ich trete näher. Er bewegt sich nicht. Sein Mundgeruch ist säuerlich. Mein Blick ist fest, ich beuge meinen Kopf demonstrativ nach unten, er schaut nach oben. Nils muss meinen Atem auf seiner Glatze spüren.

»Herr Dr. Nils Gschwender«, sage ich mit erhobener Stimme. »In meiner Funktion als Oberarzt und somit als Ihr Vorgesetzter erteile ich Ihnen hiermit eine mündliche Abmahnung unter Zeugen. Diese gilt auch, wenn ich noch beurlaubt bin. Die schriftliche wird folgen. Und nun ist es besser, wenn Sie an ihre Arbeit gehen, und zwar sofort!«

Ich zittere innerlich, bin wütend, aufgebracht und peinlich berührt. Meine Unsicherheit lasse ich mir nicht anmerken, hoffe ich jedenfalls, trete einen Schritt zur Seite und mache ihm den Weg frei. Schockstarre, nehme ich an. Keiner bewegt sich, niemand sagt ein Wort. Paul, einer der Pfleger, macht eine Faust und klopft wie im Wirtshaus mit den Fingerknöcheln zustimmend auf die Tischplatte. Die anderen beiden machen es ihm nach. Nils geht an mir vorbei, würdigt mich keines Blickes. Wie abgrundtief muss er mich hassen? Oder hat er es tatsächlich auf meinen Posten abgesehen?

Eine komplette Fensterfront an der Stirnseite des rechteckigen Raumes. Der Tisch in der Mitte, passend für mindestens acht Personen, davor Stühle. Rechts eine Küchenfront mit integrierter Spülmaschine, Mikrowelle und Kühlschrank. Auf der Arbeitsplatte steht ein Kaffeevollautomat.

»Guten Tag zusammen«, sage ich, gehe auf die drei zu, ziehe mir einen Stuhl vom Tisch und setze mich. Vor jedem der Mitarbeiter steht eine Kaffeetasse. Myriam, die Schülerin, legt die Tageszeitung auf den Tisch.

»Hallo, Herr Dr. Volkmann«, durchbricht Paul die Stille. »Hören Sie nicht auf Dr. Gschwender, wir sind froh, dass Sie wieder da sind.« Er nickt mir zu und lächelt.

»Kaffee?«, fragt Myriam und steht auf.

»Gern. Die Kekse sind von Kathrin.« Damit schiebe ich die Blechdose in die Tischmitte. »Ich weiß nicht, wie ich mich vor meinem Entzug euch gegenüber verhalten habe. Leider kann ich mich nicht an alles erinnern. Ich möchte mich in aller Form bei euch entschuldigen und hoffe auf euer Verständnis und eine Chance für einen Neuanfang.«

»Machen Sie sich keine Gedanken, Doc.« Myriam steht am Kaffeevollautomaten und dreht sich zu mir um. »Sie waren uns im besof…, ähm, im alkoholisierten Zustand allemal lieber als so manch nüchterner Kollege. Sie hatten das alles gut unter Kontrolle, wir haben ja fast nichts mitbekommen.«

Paul lacht. »So isses. Wir müssen jetzt aber los, die Pflicht ruft.«

Myriam stellt den Kaffee vor mir ab, ich bedanke mich, und noch während die drei den Aufenthaltsraum verlassen, kommt Sarah herein.

»War was?«, fragt sie und schließt die Tür hinter sich.

»Nils«, sage ich. Ihrem Gesichtsausdruck nach zu urteilen, sind weitere Erklärungen unnötig. Sie stellt eine Tasse unter den Kaffeeauslauf und drückt auf einen Knopf an der Maschine. ›Highway to hell.‹ Mein iPhone.

»Du weißt schon, dass Handys hier nicht erlaubt sind?«, höre ich.

Das Display zeigt ›Anonym‹, und ich schalte das Smartphone aus.

»Du hast in zwanzig Minuten einen Termin mit dem Prof.«

»Danke.«

»Da nicht für. Nun erzähl doch mal, hat man dich wegen guter Führung früher aus der Suchtklinik in Bad Krozingen entlassen?« Sarah lacht, nimmt ihre Tasse und setzt sich mir gegenüber an den Tisch.

»Warum früher?«, frage ich irritiert.

»Du hattest von mindestens einem halben Jahr gesprochen, und das wäre erst im Oktober vorbei.« *Oktober?*

»Vielleicht hab ich dich auch falsch verstanden, mach dir keine Gedanken. Wann bist du denn entlassen worden?«

»Am 30. Juli«, sage ich und denke immer noch über den Oktober nach.

»Und wo hast du in der Zeit gewohnt?«

»Ich war anschließend drei Wochen mit Nina im Urlaub.«

»Urlaub?«, fragt Sarah erstaunt. »Nina? Wer ist Nina?« Diese Fragen werden mir langsam zu intim, und ich überlege, in welchem Verhältnis ich vor meinem Entzug zu Sarah stand. In meiner Erinnerung waren wir gute Arbeitskollegen und ab und zu mal einen Absacker trinken. Bestimmt haben wir uns über Privates ausgetauscht, mehr aber auch nicht. Ich trinke einen Schluck Kaffee und sehe, wie meine Hand zittert. Schnell stelle ich die Tasse wieder auf den Tisch.

»Hier«, sagt Sarah und schiebt mir eine große Packung ›Gabapentin‹ über den Tisch. »Nimm eine und steck den Rest gleich ein.« Ihre Hand ruht auf der Verpackung, und ich lege meine obenauf. »Sarah, du bist ein Schatz. Aber ich möchte auf keinen Fall, dass du Ärger bekommst. Bring sie wieder zurück.«

»Die ist nicht geklaut. Ich hab Werner angerufen, im ersten Stock. Neurologe, dein Freund und behandelnder Arzt vor deinem Entzug. Er hat das Medikament ganz offiziell rezeptiert. Du sollst nur später bei ihm vorbeikommen mit deiner Krankenkassenkarte. Was ist denn los mit dir? Du bist ja vollkommen neben der Spur?«

Neben der Spur, wiederhole ich in Gedanken und starre auf die aufgeschlagene Tageszeitung. Mir fliegen die Worte Villa, Herdern, Verbrechen und Keller entgegen. Neben dem Wort *Einbruch* steht …

»Jan?«, höre ich.

Gesucht wird …

27

Deine Fingerabdrücke sind überall verteilt, auch auf dem Messer, das du im Keller der Villa, hast liegenlassen, du Idiot!

Fingerabdrücke sind nur nützlich, wenn diese schon polizeilich erfasst sind, und deine sind unbekannt!

Ich hab dir doch gleich gesagt, dass du verschwinden sollst. Schon im Garten, bevor du den Stein geworfen hast. Jetzt bist du ein gesuchter Verbrecher!

Quatsch! Sie suchen einen möglichen Zeugen, der so aussieht wie du, mehr nicht. Und überhaupt … welches Verbrechen? Du hast das Fenster in einem alten, unbewohnten Haus eingeschlagen, mehr nicht.

Auch Professor Bender, mein Chef, hat Sarahs Aussage bestätigt. Ich sei krankgeschrieben bis voraussichtlich Oktober, sagt er. Die Therapie war auf mindestens ein halbes Jahr angelegt, und ich habe im April damit begonnen. Ich soll das mit der Suchtklinik klären. Muss die Therapie wie vereinbart zu Ende bringen.

Er hat bei der Klinikleitung für mich gebürgt und sich damit weit aus dem Fenster gelehnt. Schließlich habe ich wer weiß wie viele Operationen im alkoholisierten Zustand durchgeführt, das sei nicht tragbar. Ich könne von Glück sagen, dass mir kein Fehler unterlaufen und ich ein exzellenter Neurochirurg sei, auf den er ungern verzichten wolle, so Bender. Kleinlaut habe ich die Besprechung verlassen und mich bedankt. Dass ich nicht noch einen Kniefall gemacht habe … *»Schlappschwanz.«* Vater!

Wieder Daten und Fakten, die nicht zu meiner Wahrnehmung passen. Anstatt dieses Dilemma aufzulösen, erfahre ich weitere Ungereimtheiten oder lande in den skurrilsten Situationen. Wäre ich prominent, würde ich an die ›Versteckte Kamera‹ denken, doch dafür dauert dieser Horror-Trip jetzt schon viel zu lange. Es ist zum Verzweifeln. Nur eins ist jetzt Fakt: Nils hat gelogen. Von einer Kündigung war nie die Rede.

Ich habe das Neurozentrum verlassen und mich von Kathrin und Sarah verabschiedet, die Krankenkassenkarte von Werners Assistentin einscannen lassen und mein Smartphone wieder eingeschaltet. Immer noch kein Anruf von Lotta oder Benny. Jetzt bin ich auf dem Weg in die Kartäuserstraße. Lotta ist telefonisch nicht erreichbar, seit gestern. Heute ist Dienstag, der 24. August. Gestern war Montag, der 23. August. Mit Lotta bei der Autovermietung; bei der Bank; Nina in der Stadt hinterhergerannt; die Villa aufgesucht, vermutlich Ninas letzte Adresse; Nils in der Bar getroffen und auf dem Friedhof eingeschlafen, eruiere ich den Tagesablauf. Wiederholungen sind seit der Rückfahrt aus meinem Italienurlaub wichtig. Sie können mir helfen, mich wenigstens an diese für mich so falsche Realität zu erinnern. Sonntag, der 22. August: Nina verschwunden; mein Haus in Kirchzarten. Falsch, jetzt das Haus von Familie Winter. Die Übernachtung bei Benny, meinem Bruder. Ständig unbekannte Anrufe und diese SMS, die wie von Geisterhand verschwinden. Habe ich alles? Wo liegt der Fehler? Die Daten stimmen nicht. Meine Erinnerungen sind falsch. Ich muss mir das notieren, muss einen Plan machen, denke ich, und biege in die Kartäuserstraße ab.

Gerade als ich Lottas Golf vor dem Betonklotz mit der Hausnummer 123 parke, meldet sich mein iPhone. Auch wenn ich keine Lust mehr auf diese anonymen Anrufe habe, ziehe ich es dennoch aus der Hosentasche.

»Herr Dr. Volkmann?«, fragt eine männliche Stimme. Keine unterdrückte Rufnummer. Festnetz.

»Ja, bitte?«

»Gut, dass ich Sie endlich erreiche.« *Es geht um Nina, oh Gott.* »Wir sind seit über einer Woche auf der Suche nach Ihnen.« *Eine Woche? Es geht nicht um Nina.*

»Wer ist wir?«, frage ich.

»Entschuldigung. Reuter mein Name, wir kennen uns.« Der Leiter der Suchtklinik, fällt mir ein. »Ihr Chef, Professor Bender, hat mir eben Ihre neue Handynummer mitgeteilt.« *Neu? Ich habe eine neue Telefonnummer? Wie …?* »Wir haben uns schon Sorgen um Sie gemacht, als Sie einfach so sang- und klanglos aus der Klinik verschwunden sind. Ohne Absprache. Sicher kommt das vor, aber bei Ihnen, Herr Dr. Volkmann, hat mich das schon gewundert. Zumal Sie ja auch eine Auflage Ihres Arbeitgebers erfüllen wollten, natürlich freiwillig. Davon abgesehen konnten Sie selbstverständlich die Klinik jederzeit verlassen. Ich brauche dafür allerdings eine Unterschrift von Ihnen. Die Versicherung, Sie verstehen.« *Nein, ich verstehe nichts.*

»Ja, natürlich Herr Reuter. Aber hier muss es sich um ein Missverständnis handeln. Ich muss das mit Ihnen persönlich besprechen. Ist es möglich, dass ich die Therapie wie geplant fortsetzen kann?«

»Die Plätze sind sehr begehrt, wie Sie wissen. Wir haben eine lange Warteliste.«

»Es handelt sich hier wirklich um einen Irrtum meinerseits, ich kann es Ihnen erklären.« *Aber wie?*
Für einige Sekunden herrscht Stille, dann ein tiefes Ein- und wieder Ausatmen.

»Gut. Dann kommen Sie heute um 16:00 Uhr in die Klinik.«

»Ich müsste heute noch etwas klären …« *Beanspruche seine Geduld nicht bis zum Äußersten, du weißt, was davon abhängt.* Wieder ein tiefer Seufzer am anderen Ende der Leitung.

»Morgen früh um 8:00 Uhr, Herr Dr. Volkmann. Mein letztes Wort«, sagt Reuter.

»Selbstverständlich.«

Ich drücke auf das rote Hörersymbol und betrachte das iPhone. Drehe und wende es. Nichts Auffälliges. Klicke auf ›Kontakte‹ und gehe sie durch. Alle Namen, bis auf Nina, sind vorhanden. Auch in der Galerie finde ich die mir bekannten Bilder, außer den Urlaubsfotos aus Italien. Das iPhone ist das Altbekannte, aber warum habe ich eine neue Nummer? Und woher hat Herr Professor Bender sie? Sarah fällt mir ein. Sie hat ein neues Smartphone und meine Nummer vorhin synchronisiert.

Gabapentin. Ich drücke eine aus dem Blister und schlucke sie hinunter. *Pling.* In der Hoffnung, dass es sich bei der eingehenden SMS auch um etwas Wichtiges handeln könnte, öffne ich sie.

›Nur mit Alkohol wirst du wieder klar denken können.‹

Ich schließe die SMS und öffne die Funktion sofort wieder. Verschwunden.

»Diese Nachricht wird sich in fünf Sekunden selbst zerstören«, höre ich in Gedanken die Stimme von ›Tom Cruise‹ aus ›Mission Impossible‹ sagen, und wenn die Situation nicht so bizarr wäre, könnte ich darüber lachen.

Absurd. Die ganze Welt hat sich in die entgegengesetzte Richtung gedreht, eine Kehrtwende vollzogen.

Ich Idiot habe es nicht mitbekommen und bin jetzt der Einzige, der verwirrt durch die Gegend rennt. Das iPhone landet auf dem Beifahrersitz. Ich steige aus, schließe den Golf ab und gehe zum Hauseingang.

Ganz sicher. Gestern waren es zweiunddreißig Namensschilder, zweiunddreißig Klingelknöpfe. Heute ist der kleine rechteckige Papierschnipsel mit dem Namen ›B.Volkmann‹ verschwunden.

28

Die Frau

Falsch! Einbildung. Sie würde niemals beim Entfernen der Kopfhaut ein Schmatzen hören können. Der Ultraschallsauger wäre viel zu laut. *Woher weiß ich das?* Aber da ist auch kein saugendes Geräusch, nichts. *Und wenn er keinen benutzt?* War alles nur Einbildung in ihren verwirrten Gedanken? Der Fremde läuft an ihr vorbei. Hektisch, nicht so ruhig und gelassen wie zuvor. Er hat etwas in der Hand. Nicht erkennbar. Ihr Schädel ist weiterhin fixiert. Keine Drehung möglich. Er geht zur Kamera, drückt auf Knöpfen herum und verschiebt die Position. Jetzt zieht er eine Klappe auf, ein Display. Dreht die schwarze Gehäuseseite in ihr Blickfeld. Wen will er mit diesen Bildern schocken? Bisher ist sie davon ausgegangen, dass er sie nicht tötet. Dazu müsste er keine Show wie diese inszenieren. Und wenn er doch ein großes Finale plant?

Wenn es ihm nicht um Erpressung geht? Wenn er dieses Video ins Internet lädt, in die sozialen Medien, um etwas zu beweisen? Oder als Nachlass, sein Erbe. Ein Irrer, der nach ihrem Tod Suizid begeht, um … Keine Antwort. Alles nur Vermutungen, aber was bleibt ihr anderes übrig, als zu spekulieren? Auf der anderen Seite bringen sie diese Überlegungen keinen Schritt weiter. Einzig ihr Körper reagiert auf die Mutmaßungen. Der Piepton aus dem Vitalgerät ist laut, aufgeregt, macht kaum noch Pausen. Bald entwickelt sich ein durchgehender Alarm, der in ihrem Gehörgang schmerzt. Hat er nun ihre Kopfhaut entfernt oder nicht? Sie weiß es nicht. Der Fremde bewegt sich, schnell. Mit zwei Schritten ist er bei ihr, legt etwas auf den Boden. Was war das? Ein Gerät? Jetzt ist er hinter ihr. Dreht den Ton an der Vitalüberwachung leiser. Rechts neben ihr. Er betätigt sich an der Infusion. Genaues kann sie nicht erkennen. Wie ein wildgewordener Tiger springt er um sie herum, bis er auf ihrer linken Seite zum Stehen kommt. Er beugt sich zu ihr, ganz nah. Keine Farbe, so als würden seine Augen nur aus der schwarzen Pupille bestehen, ohne Iris. Er steht unter Drogen, ist nicht bei Sinnen. Gefesselt, fixiert und neben ihr ein irrer Chirurgen-Junkie, der sich jetzt bückt. Ein Akkuschrauber, ist ihre erste Assoziation. Nein, denn der glänzende Aufsatz ist kein Schraubenzieher. Er hält das Gerät höher. Eine Säge mit einem feinen, präzisen Blatt. Nicht laut, stellt sie fest, nachdem er die Knochensäge aktiviert hat. Eher wie ein Summen. Jetzt hält er sie in die Kamera und präsentiert sie wie in einem Werbespot.

Nervenschmerzen. Als würde sich ihr kompletter Körper zusammenziehen, sich gegen diesen Anblick wehren. Die Fixierungen sprengen, aufstehen und davonrennen. Ihr wird schwindelig, alles dreht sich. Das Sägeblatt kommt näher. Ist jetzt direkt vor ihren Augen. Das Summen kriecht in ihre Ohren, durch den Gehörgang und beißt sich in ihrem Schädel fest.

29

Hoffnungslos. Die Wolken haben sich verzogen, und die Sonne sticht unbarmherzig vom Himmel. Ich sitze auf dem Treppenabsatz, schaue auf die Straße und beobachte das Flimmern über dem Asphalt. Eine optische Täuschung, mehr nicht. Mein Schädel ist die Straße und das Gehirn flimmert. Ein Trugschluss, mehr nicht? Morgen, sagt Reuter. Morgen muss ich wieder in die Suchtklinik kommen. Dabei habe ich die Therapie in meiner Erinnerung lange beendet, mit Erfolg. Auch mein Chef und Sarah haben bestätigt, dass ich bis Oktober hätte bleiben müssen. Nun muss ich davon ausgehen, dass diese drei eher im Recht sind als ich.

»Mit Nina kann ich ein neues Leben beginnen, ohne Alkohol. Arbeite wieder in der Neurochirurgie und habe ein nettes kleines Häuschen in Kirchzarten, auf dem Land, gemietet.« Du hast das Haus nicht gemietet und in der Zwischenzeit auch nicht gearbeitet.

»Ich wohne seit einigen Monaten mit Nina zusammen.«
Chronologisch nicht möglich!
Ich muss Nina finden.
Nein, du musst morgen in die Suchtklinik, sonst wird dein Arbeitsvertrag gekündigt. Basta!

Mein Magen krampft. Mir wird übel und ich spüre, wie bittere Gallenflüssigkeit die Speiseröhre hochkriecht. Ich muss aus der Sonne, stehe auf und schleppe mich erneut zu den zweiunddreißig Klingelknöpfen am Haus mit der Nummer 123. Es fehlt nicht nur ›B. Volkmann‹, sehe ich jetzt, sondern auch einige andere Namensschilder. Wahrscheinlich haben sich Kinder einen Scherz erlaubt, *oder Betrunkene,* und wahllos verschiedene von den bedruckten Papierschildern entfernt. Seitlich am Haus ist ein Graffiti, das mir gestern noch nicht aufgefallen ist. Doch was bedeutet eine Erinnerung in meinem geistig verwirrten Zustand? Nichts! Überhaupt nichts, gar nichts, verflixt noch mal einen Scheiß bedeutet das! Ich drücke auf alle Klingeln im zweiten Obergeschoss. Es ist mir so was von egal, ob mich jetzt ein alter Hausdrache beschimpft oder ein selbst ernannter Sheriff mich zum Teufel jagen will. Die Hitze kocht meinen Körper. Die Sonne von außen und die Wut von innen. Ich schlage mit der Faust auf einige Knöpfe, bereue die Aktion sofort, ziehe die Hand zurück und schüttele sie. Einige Sekunden später höre ich ein Summen. Der Türöffner.

»Du?« Benny steht breitbeinig, beide Hände in die Hüfte gestemmt, vor seiner Wohnungstür. »Ach ne, guck an. Wo kommst du denn her? Du bist echt ein Arsch! Ich habe dich hier übernachten lassen, obwohl ich stinksauer auf dich war. Bin dir in der Stadt hinterhergerannt, nur weil du dieser Nina gefolgt bist. Lotta hat dir ihr Auto ausgeliehen und 125 Euro, und dann bist du einfach verschwunden? Weg, ohne dich zu melden? Wir haben dich gestern Abend überall gesucht. Jetzt steht der feine Herr Doktor wieder vor der Tür. Immer gerade so, wie es dir passt. Bist du blöde, oder was?«, schimpft er.

Ich gehe die letzten zwei Stufen nach oben und schüttele den Kopf. »Lass es dir erklären.«

»Nix erklären. Ich will nichts mehr hören. Gib mir den Autoschlüssel und die Kohle für Lotta und dann verpiss dich. Ich habe die Schnauze voll von dir.«

»Benny. Ich versuche schon seit gestern, Lotta …«

»Mir scheißegal, was du versuchst«, zischt er und kommt einen Schritt auf mich zu.

»Mensch, ich konnte euch telefonisch nicht erreichen.«

»Du hattest Lottas Auto. Du hättest auch herfahren und klingeln können, so wie jetzt auch.«

Ich stehe da, schaue Benny stumm an und weiß nicht, was ich sagen soll. Schweiß rinnt mir in Bächen von den Schläfen, und meine Beinmuskulatur zittert. Ich knicke ein, schwanke, kippe nach vorn, dann packen zwei kräftige Hände zu.

»Komm rein, du Idiot.«

Wieder sitze ich auf den unbequemen Paletten im Wohnzimmer und habe mittlerweile zwei Gläser Mineralwasser geleert. Ich nehme den nassen Lappen, den Benny mir gereicht hat, von der Stirn und lege ihn auf den Apfelsinenkistentisch.

»Danke«, sage ich. Benny hat sich den Sitzsack herangezogen und mir gegenüber Platz genommen.

»Jan, du bist nicht mehr normal, echt jetzt.« Er seufzt.

»Ich weiß«, stimme ich ihm zu, ziehe mein Portemonnaie aus der Hosentasche und lege 130 Euro auf den Tisch. »Für Lotta. Wo ist sie eigentlich?«

»Weiterbildungskurs. Eine Kollegin hat sie heute Morgen abgeholt … Sie hatte ja kein Auto«, erklärt er zynisch.

»Ich habe wirklich ständig bei ihr angerufen. Keine Mailbox. Nichts.«

»Und wir haben versucht, dich zu erreichen. Komisch, oder?« An seinem Tonfall, der zum Satzende hin in die Höhe geht, ist klar, dass er mir kein Wort glaubt.

»Ich kann es dir beweisen«, sage ich und suche das iPhone in meiner Hosentasche. »Liegt im Auto«, fällt mir ein.

»Im Auto, ja ne, is klar. Mensch, Jan. Ich weiß, dass du seit dem Tod unserer Mutter ein psychisches Problem hast. Wahrscheinlich gut verdrängt, bis dein Sohn krank geworden ist und du mit dem Saufen angefangen hast. Geh in eine Klinik und lass dir helfen.« Ich schaue ihn an, klebe an seinem Mund.

Ein psychisches Problem, seit dem Tod unserer Mutter, bleibt in meinem Gedächtnis kleben, als hätte er beim Ausspucken der Wörter ›Pattex‹ benutzt. »Gib mir mal den Autoschlüssel«, sagt er weiter. Wie mechanisch lege ich den Schlüssel auf den Tisch. Hänge immer noch dem *›psychischen Problem‹* nach. Benny steht auf.

»Bin gleich wieder da.«

Natürlich ist damals eine Welt für mich zusammengebrochen. Ich war sieben Jahre alt und habe meine Mutter verloren. Wie hätte ich das verstehen sollen? Aber wie kommt Benny zu der Behauptung, dass ich ein psychisches Problem gehabt hätte? Ich bin aus der Schule gekommen, das weiß ich noch. Blaulicht vor dem Haus, und mein Vater hat geschrien, war verzweifelt. Dann wütend, besonders auf mich, fällt mir ein. Warum? Ich überlege hin und her, zermartere mir den Kopf, doch da ist nichts, keine weitere Erinnerung. Benny muss etwas verwechseln. Er war gerade erst zwei Jahre alt. Vater hat mich irgendwann zu einem Kinderpsychologen geschleppt, ja. Natürlich, Trauerbewältigung. Ich nehme die Flasche, die auf dem Tisch steht, und schenke mein Glas nach.

Benny kommt zurück, stellt meinen Koffer auf den Boden, legt das iPhone und einen schwarzen Kasten auf den Tisch.

»Und was ist das?«

Der Camcorder aus der Villa!

30

Warum habe ich nicht an den Camcorder gedacht? Ich hatte ihn in den Fußraum auf der Beifahrerseite gelegt, erinnere ich mich. Aus den Augen, aus dem Sinn. Minütlich stürzt meine mir zuvor bekannte Welt ein. Bröckelt ab wie ein Fels, der sich im Gebirge löst und damit eine Steinlawine in Gang setzt. Keiner kann sie stoppen. Sie rast den Abhang hinunter, unaufhaltsam. Reißt alles mit sich, begräbt ganze Landschaften. Das Bild zerbricht, die Erinnerungen daran verschwimmen. Ich berichte Benny von meinem gestrigen Tag, jedenfalls an das, woran ich mich erinnern kann. Er hört zu, sagt kein Wort, bis ich nur noch stumm dasitze und selbst merke, dass alles immer verrückter wird.

»Zeig mir deine Anrufliste«, sagt er. Ich entsperre mein Smartphone. »Da ist ein Zahlendreher. Du hast Lottas Nummer falsch abgespeichert. Okay, aber warum konnten wir dich nicht erreichen?«

»Ich habe Lotta meine alte Handynummer gegeben, von einer neuen wusste ich nichts.«

»Ziemlich viele Zufälle, oder? Und du bist also derjenige, der in der Zeitung als Zeuge gesucht wird?«, fragt er schließlich.

Ich nicke. »Davon gehe ich aus.«

»Warum bist du denn in diese Villa eingebrochen?«

»Nina«, sage ich.

»Ja, aber … Wenn ich dir die Tür nicht öffne, brichst du dann auch ein, oder was?«

Ich ziehe die Schultern hoch und lasse sie gleich wieder kraftlos hängen. Benny hat recht. Dieses Verhalten passt nicht zu mir.

»Und diese Kamera stand in dem Horrorkeller?«

Ich nicke.

»Was ist da drauf zu sehen?«

Wieder zucke ich mit den Schultern.

»Du hast dieses Ding geklaut. In einem Keller, der aussah, als hätte eine fiese Operation oder irgendeine Folter stattgefunden, hast die Polizei nicht informiert und dir auch den Film nicht angeschaut? Du bist bekloppt!«

Wahrscheinlich.

Benny steht auf. »Los, rutsch mal zur Seite.« Er setzt sich neben mich, stellt den Camcorder vor uns auf, dreht das Display in unsere Richtung und drückt auf den Knöpfen herum. Nichts. Der Bildschirm bleibt schwarz, und die roten Lichter sind erloschen.

»Wahrscheinlich der Akku«, analysiert Benny. »Wir haben keine Kamera, also auch kein Ladekabel oder Netzstecker oder was weiß denn ich, was man dazu braucht.«

»Und jetzt?«, frage ich wie ein dummes Kind.

»Jetzt rufen wir bei der Polizei an. Nein, DU rufst da an.« Benny.

»Ich muss morgen in die Suchtklinik zurück, sonst bin ich meinen Job los. Und ich muss Nina …«

»Hörst du dir eigentlich noch zu? Entweder, man hat dich unter Drogen gesetzt, wobei die Wirkung nicht so lange anhalten würde, oder deine Sauferei hat dich vollkommen verblöden lassen. Jetzt mal ehrlich, Nina kann nicht existieren. Verstehst du?«

»Nils hat uns zusammen in der Stadt gesehen, vor einigen Wochen.«

Benny zieht die Augenbrauen hoch. »Was genau hat Nils gesagt?«

»Die Blonde mit den ewig langen Beinen … glaube ich.«

»Die Beschreibung passt auch auf Anne«, sagt Benny. »Und außerdem hast du mir gerade erzählt, dass dein feiner Kollege Nils dich wegen der Kündigung angelogen und vor den Mitarbeitern bloßgestellt hat. Davon mal abgesehen, warst du vor einigen Wochen noch in der Suchtklinik. Also vergiss den Arsch und seine Aussagen.«

Ich wünschte, dass ich alles so klarsehen könnte wie Benny. Die richtigen Schlussfolgerungen ziehen und

Lösungen finden. Mein logischer Denkprozess ist gestört, verschleimt, wie die Stirnhöhlen bei einem Infekt. Ich stütze die Ellbogen auf die Knie und lege das Gesicht in meine Hände. Alkohol, denke ich. Möchte den Rest meiner verwirrten Gedanken ertränken, endlich loslassen. Nichts mehr von dieser neuen, von einer Steinlawine überschütteten Welt wissen und abtauchen. *»Loser!«* Vater.

Eine Hand auf meiner Schulter. »Jan, bitte. Ich meins nicht böse. Auch wenn ich immer noch eine Stinkwut auf dich habe. Du bist mein Bruder, und na ja, da muss man sich auch mal auskotzen dürfen … Du solltest dich heute bei der Polizei melden und diese Kamera abgeben. Und morgen gehst du wieder in diese Suchtklinik, dort gibt es Therapeuten, die dir helfen können. Dein Job, dein ganzes Leben hängt davon ab. Vergiss diese Nina, die gab es nicht. Ein Trugschluss. Fang jetzt bloß nicht wieder an zu saufen, hörst du?«

Ich nicke, greife in meine Tasche und hole den Blister raus. Sofort schlägt Benny auf meine Hand. Die Tabletten fallen auf den Boden.

»Von wegen Kopfschmerztabletten! Ha, war klar. Eine Sucht mit der anderen ablösen.«

»So ist das nicht«, sage ich. »Die bekomme ich verschrieben.«

»Ist ja kein Problem. Wenn man Arzt ist, hat man auch genügend Ärzte als Freunde«, spottet Benny. »Wie lange nimmst du die Dinger schon?«

»Ich musste das Zittern unterdrücken. Als Neurochirurg braucht man eine ruhige Hand.«

»Du hast alkoholisiert operiert? Dein Ernst?«

»Ja. Danach, in der Suchtklinik, wurde mir Gabapentin auch begleitend zur Therapie verschrieben. Es kann das Verlangen nach Alkohol unterdrücken und begleitend helfen, davon loszukommen.«

»Das heißt, du nimmst dieses Medikament seit Monaten?«

Ich nicke.

»Du brauchst Hilfe, dringend!«

»Benny?«

»Ja.«

»Du sagst, dass ich psychische Probleme hatte, als Mutter gestorben ist. Woher weißt du das? Du warst damals zwei Jahre alt.«

»Vater. Ich habe ein Telefonat belauscht, da war ich zwölf oder so.«

»Was hat er gesagt?«

Benny nimmt sich ein Glas und schenkt Mineralwasser ein. »Mutter war im Keller, wollte Vater Bescheid geben, dass er dringend in die Klinik muss, Notfall. Damals gab es noch keine Handys für jedermann, so wie heute. Na ja, als Mutter die Kellertreppe wieder nach oben geeilt ist, stand einer deiner Rollschuhe im Weg. Kennst du noch unsere alten Dinger, mit jeweils zwei Rollen nebeneinander? Mit einem Schraubenschlüssel konnte man die Größe ändern und mit den eigenen Schuhen hineinschlüpfen. Vater hat dir erzählt, dass Mutter über deinen Rollschuh gestolpert ist, der Depp. So etwas erzählt man doch nicht einem siebenjährigen Kind. Dann warst du lange in Behandlung bei einem Kinderpsychologen. Seitdem hast du alles gemacht, was Vater wollte. Ständig gepaukt, damit du ein Einser-Abitur schreibst, dein Medizin-Studium, deinen Facharzt. Und natürlich musstest du Neurochirurg werden, so wie er. Er hat dich manipuliert. «

Rollschuh. Meine Rollschuhe. Meine Schuld. Mutter.

»Wir werden nie erfahren, was wirklich geschehen ist. Vater ist seit zehn Jahren tot.«

Ich starre auf den Tisch. Zwei Gläser, eine Flasche, daneben mein iPhone und die roten Lichter des Camcorders, die erneut aufblinken.

31

Die Frau

Ein OP-Tuch. Blau oder grün, das kann sie in diesem Licht nicht genau erkennen. Ihr Peiniger hat ihren kompletten Körper bis zum Hals damit abgedeckt. Dieser Irre ist entweder kein Mediziner oder handelt durch den Drogenkonsum irrational. Zu Beginn ihrer Gefangenschaft wie ein Roboter, ferngesteuert, aber akkurat. Mittlerweile konfus. Jetzt deckt er ihre Hand wieder auf, die Linke. Schiebt das Tuch unter die Stuhllehne und geht erneut zur Kamera. Tränen rinnen über ihre Schläfen und sammeln sich in den Haaren. Ihr Oberkörper liegt erhöht. Blut läuft aus ihrer Nase, ein Teil davon den Rachen hinunter. Der metallische Geschmack ist unangenehm und kratzt im Hals. Der Klebestreifen auf ihrem Mund verhindert das Aushusten. Sie schluckt. Mehr Blut. Aus der Nase und im Rachen. Der Reiz verstärkt sich. Sie kann nicht atmen. Panik! Sie reißt die Augen weit auf, röchelt kehlig. Mit zwei Schritten ist der Fremde bei ihr. Schaut sie an, begutachtet die Situation und bleibt unbeweglich stehen. Sie gurgelt, weiß nicht, wohin mit der Flüssigkeit in ihrem Mund. In der nächsten Sekunde reißt er das Klebeband ab. Sofort spuckt sie ihm das Blut-Speichel-Gemisch entgegen. Seine Kopfbedeckung, der Mundschutz und der Kittel, überall rote Spritzer. Der Fremde starrt sie an, als wäre sie die Wahnsinnige. Dann wischt er sich mit dem Ärmel über seine Augenpartie.

»Bitte«, sagt sie leise. »Lassen Sie mich gehen. Ich werde die Polizei nicht verständigen.« Keine Regung. Er entfernt sich. Nur ein paar Schritte. Sie hört die Gummisohlen quietschen. Dann kommt er zurück. Tupft mit einem nassen Lappen ihre Nase und den Mund ab, vorsichtig, ja fast zärtlich. Nicht normal, vollkommen grotesk. Gehirn-OP oder nicht? Töten oder nicht? Nur eine Quälerei für die Kamera?

»Bitte«, versucht sie es erneut. »Binden Sie mich los.« Er dreht sich um und nimmt etwas vom Rollwagen. Sie hört ein Reißen, dann sieht sie das silberne Klebeband, das er auf ihrem Mund fixiert. Wieder entfernt er sich. Etwas wird über den glatten Boden gerollt. Er setzt sich neben sie. *Ein Hocker mit Rollen?* Jetzt beugt er sich zum Boden, greift nach etwas, hebt es hoch. Das Summen der Knochensäge, ganz deutlich, ganz nah. *Warum neben ihr? Wollte er nicht ihren Schädel…?*

Aus dem Augenwinkel kann sie die Bewegung der feinen, präzisen Sägeblätter erkennen. Er hält das Gerät in seiner linken Hand. Langsam, ja fast andächtig bewegt er es. Stück für Stück nähern sich die glänzenden Schneidewerkzeuge ihrer Hand. Der Hand, die an der linken Stuhllehne fixiert ist. Er spreizt ihren kleinen Finger ab, hält ihn an der Spitze fest, am Nagelbett. Gleich erreichen die scharfen Zähne ihre Hautoberfläche.

32

Das sind ihre Augen, ganz sicher. Da, direkt vor mir, in dem Mercedes. In ihrem Rückspiegel kann ich sie erkennen. *Einbildung, du spinnst!* Über der Nackenstütze blitzen ihre kurzen, blonden Haare hervor.

»Nina existiert nicht«, hat Benny gesagt. Ich schaue auf mein Handgelenk, auf die ›Frederique Constant Herrenuhr‹, die mir Nina zum Geburtstag geschenkt hat. 7:30 Uhr.

Gerade als ich aussteigen will, um schnell an das wartende Fahrzeug vor mir zu gelangen, schaltet die Ampel auf Grün. Ich lege meine Hand zurück aufs Lenkrad und fahre los. In einer halben Stunde muss ich mich in der Suchtklinik melden. 8:00 Uhr, hat Reuter gesagt. Meine letzte Chance.

Der Mercedes fährt in Freiburg über die Basler Landstraße Richtung Bad Krozingen, meine Richtung.

Wieder fehlen mir einige Stunden. Wie ausradiert, ein Blackout. Klar ist, dass ich bei Benny übernachten durfte und er mir heute Morgen mit den Worten: »Nimm Lottas Golf, sie ist eh nicht da. Wir kommen dich in den nächsten Tagen besuchen und nehmen das Auto dann mit«, den Schlüssel in die Hand gedrückt hat. Wieder ein anonymer Anruf, wieder dieses Knistern und Knacken in der Leitung, direkt heute Morgen, nach der Dusche und noch vor dem Kaffee, den Benny in der Küche für uns gekocht hat.

»Papa, bist du wach?«

»Papa, mach mal die Augen auf.«

»Papa, du blinzelst, ich kann das sehen.«

»Papa, aufstehen.«

Ich kann seine kleinen Hände spüren, direkt an meiner Schulter. Max. Manchmal, wenn ich sonntags frei hatte und länger im Bett geblieben bin – wobei 8:00 Uhr für Max schon sehr lange war –, ist er vorsichtig zu mir gekrabbelt. Hat mich am Arm gestreichelt. So lange, bis ich tatsächlich die Augen geöffnet habe. *Max.* Wenn ich damals schon gewusst hätte, dass er so früh stirbt, hätte ich nicht geschlafen. Hätte mich von seinem Bett nicht wegbewegt und jede Sekunde mit ihm verbracht. *Max.*

Die Zugluft treibt mir Tränen in die Augen, und ich kurbele das Fenster hoch.

Nina fährt rechts ab, Wolfenweiler, Schallstadt. Immer noch stimmt die Richtung in die Suchtklinik, mein Ziel.

Sie sitzt allein in diesem dunklen Mercedes, jedenfalls kann ich keine weiteren Personen erkennen.

Warum hast du nicht an ihrem Arbeitsplatz angerufen und nach ihr gefragt?

Sie setzt keinen Blinker, müsste aber nach links abbiegen, Kurgebiet. Ich schaue auf die Uhr und folge ihr, vorbei an dem Schild. Biege zwei Straßen weiter, so wie sie, rechts ab, in ein Wohngebiet. Ein Déjà-vu. Obwohl ich genau weiß, dass ich noch nie hier gewesen bin, kommt mir diese Gegend bekannt vor. Obwohl ich genau weiß, dass ich dieses Haus, in dessen Einfahrt der Mercedes gerade fährt, nicht kennen kann, könnte ich es genau beschreiben. Ich stelle den Golf an der Straße ab und beobachte. Sie steigt aus. Zuerst sehe ich ihre langen Beine, dann ihre wohlgeformte Rückansicht. Ich warte, bis ich mir ganz sicher bin, ihr Gesicht sehe und sie zu einhundert Prozent identifizieren kann. *Nina existiert nicht!* Mir fällt die Täuschung in der Innenstadt ein, das wird mir kein zweites Mal passieren. Sie öffnet ein Garagentor, geht zurück zum Auto. Meine Hände zittern und mein Magen zieht sich zusammen. Ich bin nervös und suche die Gabapentin, die ich vom Wohnzimmerboden aufgehoben und in das Seitenfach meines Koffers neben mir gesteckt habe. Nina oder nicht? Ich schaue ihr ins Gesicht, zu weit entfernt. Sie fährt den Mercedes in die Garage, steigt aus und schließt das Tor von innen. Womöglich eine Verbindungstür zwischen Garage und Haus, kombiniere ich.

Ich schaue auf die Uhr. 7:50 Uhr, ich muss mich beeilen. Sofort schlucke ich eine Tablette und steige aus. Es nutzt nichts, ich brauche Gewissheit. Mit unsicheren Schritten über den Kies, die breite Einfahrt entlang, bis zum Haus. Fünf Stufen bis zum Eingang, eingerahmt von einem schmiedeeisernen Handlauf. Vor der Tür Blumen, gepflanzt in eine Schale, und über dem Vordach ein Windrad. Ich schaue auf das Namensschild. Verschwommen. Wische mit der Hand über meine Augen und konzentriere mich auf die Buchstaben. Müller, nicht Stegmüller. Meine Beine geben nach. *Nicht jetzt!* Ich reiße mich zusammen, atme tief ein und wieder aus. Meine Hand bewegt sich auf den Klingelknopf zu, sie zittert. *Ein- und wieder ausatmen.* Ich halte mich an der Mauer fest und klingle. Nach einigen Sekunden ist das Klacken von Absätzen zu hören. Sie kommen näher. Ein Schatten hinter der Teilverglasung. Dann wird die Tür aufgezogen.

»Nina!«, sage ich emotionsgeladen.

»Wer sind Sie?«

»Nina, wo warst du? Warum bist du einfach so vom Rastplatz verschwunden? Was…?«, bricht es aus mir heraus.

»Geht es Ihnen nicht gut?«, fragt sie. Ich wische den Schweiß von meiner Stirn. Sie steht da, im Türrahmen, fixiert mich mit ihren grünen Augen.

»Verdammt, Nina. Wir waren zusammen in Italien im Urlaub. Ich suche dich seit Tagen …«

»Tut mir leid, aber ich kenne Sie nicht. Kann ich irgendwie helfen?«

Ich wanke einen Schritt zurück, halte mich am Geländer fest, um nicht rückwärts die Stufen runterzufallen. Mein Kopf dreht sich, in meinen Gedanken wütet ein Tornado. Er saugt alles an, was er zu fassen bekommt, zieht es hoch und wirbelt meine Erinnerungen durcheinander.

»Sie sind blass. Kann ich jemanden für Sie anrufen?«, höre ich.

»Mein Gott, Nina. Wir sind seit Monaten ein Paar. Warum tust du mir das an?«

Sie kennt dich nicht.

Es ist Nina, meine Freundin, meine Partnerin, mit der ich im Urlaub war. Mit der ich seit Monaten zusammenlebe. Die Frau, die ich liebe.

Du täuschst dich.

Nein! Das ist Nina, mit ihr stimmt etwas nicht.

Mit dir stimmt etwas nicht!

Ich schüttele den Kopf, weiß nicht, was ich sagen soll, wie ich mich verhalten soll.

»Bitte, Nina, hilf mir«, sage ich verzweifelt.

Ich habe die Macht über mich, lenke meine Gedanken, steuere meinen Willen und meinen Körper … Und wenn sie splittert, die Macht? Genau jetzt?

33

Ein Einzelzimmer im Souterrain, dennoch ebenerdig, mit einer Terrasse direkt zum Garten und Blick auf den angrenzenden Wald. Hanglage. Das Zimmer, das ich vor über einer Woche noch bewohnt habe, ist belegt. *»Wir haben eine lange Warteliste.«* Reuter. Nach dem Aufnahmegespräch mit dem Klinikleiter stehe ich da, direkt an der offenen Tür zu meinem Patientenzimmer. Halte meinen Koffer in einer und einen neuen Therapieplan in der anderen Hand. Mein Zittern ist Reuter aufgefallen. Nach einem negativen Alkoholtest hat er mir andere Medikamente zugeteilt. Keine Gabapentin mehr, sagte er. Ich habe nicht genau zugehört, konnte mich nicht auf seine Worte konzentrieren. Die Tabletten liegen einzeln sortiert in einer durchsichtigen Medikamentenbox, mit der Aufschrift »Morgens, mittags, abends, nachts.« Ich habe dem Klinikleiter von privaten Problemen berichtet, habe mir eine Geschichte einfallen lassen, sonst hätte ich keine weitere Chance für die Fortführung der Therapie bekommen. Die Wahrheit, meine Realität,

hätte mir bestimmt eine Überweisung in die psychiatrische Klinik nach Emmendingen eingebracht.
»Du hast die Macht…« Nein, die habe ich nicht mehr. Seit Sonntag ist sie gesplittert. Ich kann sie sehen, die einzelnen Scherben, in Rot und Schwarz. In unterschiedlichen Formen. Sie bewegen sich, fliegen davon. Von dem großen Ganzen, meinem Leben, ist nicht mehr viel übrig. Ich lasse die Tasche auf den Boden fallen. Dann schließe ich die Tür, lege den Therapieplan auf den Schreibtisch, die Tablettenbox daneben und setze mich aufs Bett. Wie in einem Hotelzimmer, sauber, nur mit dem nötigsten Mobiliar bestückt. Ein Teil des Raums ist mit einer dünnen Wand zum Badezimmer hin abgegrenzt.

Wäre ich fromm, würde ich jetzt beten. Darum bitten, dass mein erlittener Hirnschaden, der wahrscheinlich durch chronischen Alkohol-Abusus entstanden ist, reversibel ist. Gott anflehen, dass diese Splitter zurückkommen, sich wieder zu einem großen Ganzen fügen, zu einem Leben, zu meinem Leben. Verzweifelt ist nicht der richtige Ausdruck für das, was ich empfinde. Wie kann man eine Frau lieben, die nur in meiner Fantasie existiert? Zumindest die Erlebnisse, die ich mit ihr hatte, waren anscheinend Einbildung. *»Jetzt reiß dich mal am Riemen, du Schlappschwanz. Selbstmitleid bringt dich nicht weiter.«* Vater.
Ich ziehe die Uhr vom Handgelenk, drehe sie um und lese die Gravur.

›In ewiger Liebe * Anne 21.05.2011‹

Der Hochzeitstag von Anne und mir. Kein Geschenk von Nina. Das ist nun der endgültige Beweis dafür, dass ich sehr krank bin. Ich muss es akzeptieren, damit umgehen, beiseiteschieben und vergessen. Als Film abspeichern, den ich irgendwann einmal gesehen habe, bis die Erinnerung daran verblasst. Muss mich auf die Therapie konzentrieren, um hinterher ein neues, besseres Leben zu beginnen. Den aufblitzenden Gedanken an Alkohol schiebe ich sofort beiseite.

»Highway to hell.« Das iPhone.

Kann deine Einbildung anonym anrufen oder SMS senden, die sich in Luft auflösen?

Die Neugierde siegt, und ich drücke auf das grüne Hörersymbol.

»Jan?« Benny!

»Ja.«

»Bist du in der Klinik?«

»Ja.«

»Diesen Rezeptionisten Giovanni gibt es nicht.«

»Alles Einbildung. Alles falsch, ich weiß. Also vergiss es!«, erkläre ich entmutigt.

»Nein, pass auf. Ich habe dieses Beach-Hotel angerufen. Die Nummer habe ich aus dem Internet.«

»Ja, schon klar, das Hotel gibt es auch nicht. So wie alles nur in meinem irren Hirn stattgefunden hat.«

»Jetzt hör mir doch mal zu, Mensch.« Ich nicke stumm, als könnte Benny mich sehen. Höre ihn, trotzdem ist es mir egal, was mein Bruder herausgefunden hat. Es spielt keine Rolle mehr. Ein Film, dessen Handlung ich vergessen muss, mehr nicht.

»Das Hotel gibt es. Pass auf. Du hast doch mit deinem Handy von meiner Wohnung aus telefoniert, die Nummer war also in deinem iPhone abgespeichert. Du hast jedes Mal die Auskunft erhalten, dass du für eine Woche Urlaub in diesem Hotel gemacht hättest. Hast du aber nicht. Du warst nie im Beach-Hotel. Fake! Diese gespeicherte Nummer auf deinem Handy ist Fake. Keine Ahnung, wer mit dir gesprochen hat, jedenfalls kein Angestellter des echten Hotels in Rimini.«

»Das ist mir egal«, sage ich.

»Jan! Ich gebe zu, dass ich dir auch nicht geglaubt habe, aber …« Er macht eine bedeutungsvolle Pause. »Ich habe noch mehr.«

»Was?«

»Das muss ich dir zeigen. Wann kann ich dich besuchen?«

Ich seufze, stehe auf, gehe zum Schreibtisch und nehme den Therapieplan in die Hand.

»Um 16:00 Uhr bin ich mit meinen Anwendungen fertig. Aber es wird sich nicht lohnen, dass du nach Bad Krozingen fährst. Ich habe mit dem Thema abgeschlossen und möchte nichts mehr davon hören.«

»Jan, verdammt noch mal. Deine ganze Kohle ist weg …«

»Geld ist wertlos, wenn man alles, was man im Leben liebt, verloren hat«, unterbreche ich ihn.

»… und wenn du mich nicht anhörst, dann bist du auch bald von der Bildfläche verschwunden, und das wahrscheinlich für viele Jahre.«

34

Die Frau

Vollkommen irre, dieser Typ. *Intelligenz gepaart mit Wahnsinn, eine explosive Mischung.* Gerade noch hat sie damit gerechnet, dass er ihren kleinen Finger absägt. Mit den scharf gezackten Blättern durch ihre Haut dringt, bis an den Knochen, und diesen mit Leichtigkeit durchtrennt. Ihr gesamter Körper hat sich angespannt, steif wie ein Brett. Ihre Atmung hat ausgesetzt, und der Vitalmonitor war bestimmt kurz davor, ›Error‹ anzuzeigen. Die Knochensäge hat ihren kleinen Finger jedoch nicht berührt. Stattdessen hat der Fremde abrupt innegehalten, seine rechte Hand an sein Ohr gedrückt und die Knochensäge zurück auf den Fußboden gelegt. Jetzt steht er auf, rollt den Stuhl aus ihrem Sichtfeld. Dann hört sie seine Schuhsohlen quietschen und die Tür, die ins Schloss fällt.

Weg, verschwunden. Sie ist allein. Bisher ist sie davon ausgegangen, dass es sich tatsächlich um einen Arzt, einen Chirurgen, handelt. Diese Annahme revidiert sie jetzt. Auf der anderen Seite ist dieser Typ mit Drogen vollgepumpt, daher ist es wiederum nicht auszuschließen, dass es sich doch um einen Mediziner handelt. Egal, wie viele Gedanken sie sich macht, sie könnte an der Situation nichts ändern. Ausgeliefert! Vollkommen wehrlos, machtlos. Das Einzige, was sie mit Sicherheit sagen kann, ist, dass sie eine Frau ist, mehr nicht. Wessen Frau, Freundin oder Lebensgefährtin? Wessen Tochter, Schwester oder gar Mutter? Durch was wurde sie in diese prekäre Situation gebracht? Wann und wie hat dieses Martyrium ein Ende? Ob sie beobachtet wird? Ist es möglich, über diese Kamera auf dem Stativ Livebilder zu übertragen? Fragen über Fragen, doch Antworten hat sie keine parat. Sie sucht die Zimmerdecke ab. Nichts. Das Regal an der gegenüberliegenden Wand. Einige Bücher, nicht genau erkennbar, dennoch muss sie an medizinische Fachliteratur denken. Rechts in der Ecke, auf dem zweiten Brett von oben, steht ein kleines, schwarzes Kästchen, nicht größer als eine Streichholzschachtel. Ist das eine Überwachungskamera? Sie kann es nicht beurteilen. Anscheinend kennt sie sich mit Technik nicht so gut aus wie im medizinischen Bereich. Ob sie selbst Ärztin ist? Bestimmt wird sie vermisst. Eventuell sucht man nach ihr. Vielleicht ist die Polizei schon auf dem Weg. Gut möglich, dass dieser Irre gerade eine Nachricht erhalten hat. *Er hat seine rechte Hand an sein Ohr gedrückt.* Ferngesteuert? Ein Mikrofon? Livebilder über die Kamera? Machbar, bestimmt alles machbar. Ein kleiner Funke Hoffnung keimt. Gleich würde die Tür geöffnet werden, die Beamten würden auf sie zukommen, sie von ihren Fesseln und dem Klebestreifen befreien. Falls ihre Schädeldecke bereits geöffnet wurde, würde sofort ein Rettungswagen verständigt werden. Der Hautlappen würde wieder festgenäht, und die Haare irgendwann nachwachsen. Ob das schon die Polizei ist, die gerade versucht, die Tür zu öffnen?

35

Entspannung nach Jacobsen. Die junge Therapeutin hat sich bemüht, der Gruppe die Methode zur progressiven Muskelentspannung zu verdeutlichen. Das Ziel, ein vertieftes Ruhegefühl zu verspüren, erreiche ich leider nicht. Der Patient, der auf der Gymnastikmatte neben mir liegt, schon. Er schnarcht. Meine Gedanken finden nicht nur wegen der akustischen Ausschweifungen meines Matten-Nachbarn keine Ruhe. Ständig schwirrt Nina in meinen Gedanken herum. *»Wer sind Sie? Ich kenne Sie nicht.«* Der Satz eines Menschen, den ich zu kennen glaubte. Sie hat mich nicht nur vor den Kopf gestoßen, sondern meine Liebe, ja, meine ganze Hoffnung auf einen Neuanfang in den Dreck geschleudert. Meine Zukunftspläne sind zerplatzt wie die Schaumkrone auf einer Jauchegrube. Das stinkt zum Himmel. Wie soll ich das alles beiseiteschieben, abhaken, als hätte ich einen Psychothriller im TV gesehen? Natürlich möchte ich einerseits alles vergessen. Besser noch, alles ungeschehen machen. Oder umschalten, in ein anderes Programm zappen. Leider fehlt mir dazu die Fernbedienung. Benny hat recht, ich kann die Augen nicht verschließen und so tun, als wäre alles nur ein böser Albtraum. Ich habe zweimal mit dem Beach-Hotel telefoniert, jedes Mal die gespeicherte Nummer in meinem iPhone genutzt. Einmal direkt vom Rastplatz am St. Gotthard und das zweite Mal von Bennys Wohnung aus. Natürlich musste ich davon ausgehen, dass diese Telefonnummer korrekt ist. Beide Ansprechpartner hatten sich mit dem Hotelnamen gemeldet, Giovanni und die Frau, die sich als seine Kollegin ausgegeben hat.

»Jetzt stehen Sie bitte auf. Die Matten rollen Sie zusammen und legen diese ins Regal. Ich wünsche Ihnen noch einen schönen Tag.«

Langsam komme ich vom Boden hoch und versorge, wie gewünscht, meine Gymnastikmatte. Als ich auf den hellen Flur trete, höre ich noch die Therapeutin, die lautstark versucht, den schnarchenden Patienten zu wecken. Ich bin übermüdet, weiß nicht, wann ich das letzte Mal tatsächlich durchgeschlafen habe. Immer wieder wache ich schweißgebadet auf, was bestimmt nicht nur den vorherrschenden Temperaturen geschuldet ist. Ich hätte Reuter heute Morgen besser zuhören und mich auf seine Ausführungen konzentrieren müssen. Besonders in Bezug auf den Medikamentenaustausch. Ich war geschockt. Von Nina, ihrem Auftreten oder schlimmer noch, von ihren Aussagen. *»Wer sind Sie? Ich kenne Sie nicht.«*

Die Suchtklinik zählt zu den größten in ganz Südbaden. Mitten im Kurgebiet von Bad Krozingen, umgeben von einem Park und dem angrenzenden Wald. Unzählige Therapieräume, und im Erdgeschoss haben sich einige Praxen eingemietet, die auch für Einheimische zugänglich sind. Auf meinem Therapieplan stehen nicht nur psychologische Gruppen und Einzelgespräche. Wie in einer Rehabilitationsmaßnahme sind Muskelaufbautraining, Schwimmen, Entspannung, Tai Chi, Massage, Physiotherapie, Alltagstraining, Ernährung, Vorträge und weitere Anwendungen aufgeführt. Die Wege von einem Termin zum nächsten können weit sein, und manchmal sind sie zeitlich eng getaktet, so wie jetzt. Ich gehe an der großen Glasfront vorbei, mit Blick in den Garten. Sechs Patienten stehen auf der Wiese. Der Therapeut in weißer Hose und passendem Polo-Shirt dreht mir den Rücken zu. Tai Chi, ursprünglich eine Kampfkunst aus China. Er führt die kräftigenden und stabilisierenden Übungen in Zeitlupe aus. Schattenboxen. Die Patienten machen es ihm nach. Fasziniert schaue ich zu. Körper und Geist in Einklang bringen. Ob mir das gelingt, wage ich zu bezweifeln. Momentan führt mein Körper eher eine Fernbeziehung mit meinem Geist. Meine Emotionen fahren Achterbahn. Die Vernunft sagt ganz klar, dass ich mich auf die Therapien einlassen muss. Loslassen, egal, was war, um ein neues, suchtfreies, glückliches Leben beginnen zu können. Mein Bauchgefühl suggeriert das Gegenteil, und der Gedanke daran, was Benny herausgefunden haben könnte, verstärkt dieses Empfinden.

»Ah, der Doktor Jan isch au wieder do«, höre ich von weitem. Theres! Eine ältere Patientin, die den Aufenthalt in der Klinik schon seit Monaten genießt. Sie kennt alle Patienten mit Namen und hat mich vor einigen Monaten beim Therapiebeginn davor bewahrt, mich ständig zu verlaufen. Gleich darauf spüre ich ihre Hand, die kraftvoll auf meine Schulter klatscht. Ich drehe mich um. Ihre grau gesträhnten Haare sind wie immer wild durcheinander. Im Frühjahr könnten Vögel darin nisten. Das T-Shirt flattert zwei Nummern zu groß wie ein Zelt um ihre Leibesfülle. Dazu trägt sie eine enge schwarze Sporthose. »Mensch, Doktor Jan, des isch aber schön, dass du au wieder do bisch«, freut sie sich in einem ausgeprägten badischen Dialekt. »Ja, warum warsch denn du so plötzlich verschwunde?«

»Ich musste etwas Privates regeln«, antworte ich kurz.

»Mensch, Bub, du siehsch gar net gut aus. So bleich un so schlank. Hosch du nix gesse?«

»Alles gut, Theres. Ich muss weiter, der nächste Termin steht an.«

»Ja, geh nur. Wir sehen uns später, gell?« Ich nicke und wende mich ab, da höre ich: »Da hat sich dei Kurschatte beschtimmt auch gfreut, dass du wieder do bisch, oder?« Kurz zucke ich zusammen, dann drehe ich mich um. »Wen meinst du, Theres?«

»Na, dei Kurschatte, also dei Gschpusi.«

»Wen?«, frage ich strenger.

»Ja, wie die heißt, weiß ich au ned.«

»Wie sieht sie aus?«

»Ha, so ne Blonde, mit kurze Hoor, und Beine hat die, so lang.« Theres zeigt vom Boden bis zu ihrem Bauch.

»Eine Frau mit kurzen, blonden Haaren und langen Beinen. Könntest du sie erkennen?«, frage ich aufgeregt.

»Na klar, ich hab euch doch damals gesehen auf dem Parkplatz. Du hasch sie doch geküsst.«

36

Während ich noch darüber nachdenke, dass Gabapentin nicht plötzlich, sondern nur schleichend abgesetzt werden darf, setzt sich Benny auf mein Bett. Nicht nur meine Hände, der komplette Körper zittert. Die in der durchsichtigen Box geordneten Tabletten habe ich wie von Reuter verlangt vor zwei Stunden eingenommen. Auch wenn ich dieses innerliche Zittern verspüre, habe ich den Eindruck, dass sich meine Gedanken entschleunigen.

»Jetzt setz dich endlich«, sagt Benny, zieht einen Stuhl vor das Bett und stellt den Camcorder auf die Sitzfläche. »Ich war in einem Elektronikladen und habe einen passenden Akku für die Kamera besorgt.«

»Du wolltest sie doch bei der Polizei abgeben.«

»Ja, ich wollte aber vorher wissen, was auf dem Film ist. Jetzt setz dich endlich hin. Du bewegst dich wie in Zeitlupe, was ist denn los?«

Ich hebe die Schultern und lasse sie wieder fallen. »Neue Medikamente.«

»Du lallst. Hast du getrunken?«

Ich schüttele den Kopf.

»Mmmh«, macht Benny und klopft mit der Hand auf die Bettkante. Ich setze mich neben ihn.

»Nina kennt mich nicht«, fange ich an, meine heutigen Erkenntnisse wiederzugeben, und berichte Benny von meinem Tagesablauf.

Mein Bruder hat ein DIN-A6-Notizheft in der Hand. Ich folge dem Kugelschreiber, sehe die schwarzen Spuren, die er auf dem weißen Blatt hinterlässt, kann aber nichts entziffern.

»Was schreibst du?«, frage ich.

»Ich habe alles notiert. Alles, was du mir erzählt hast, seit dem Rastplatz. Hast du diese gespeicherte Telefonnummer vom Beach-Hotel noch mal angerufen?« Ich schüttele den Kopf und merke, dass dies eine Schwindelattacke auslöst. Als säße ich in einem Karussell, das sich viel zu schnell dreht. Mein Kopf bleibt allerdings an ein und demselben Ort stehen. Ich erhebe mich vorsichtig vom Bett, gehe zum Schreibtisch und nehme mein iPhone.

»Also, wenn ich dir nicht glauben würde, dann … du schwankst«, sagt Benny. Ich entsperre das Smartphone. Mein Bruder nimmt es mir aus der Hand.

»Lieber Vodafone-Kunde«, wiederholt Benny die Ansage, »diese Nummer ist nicht vergeben.« Sofort legt er das Handy aufs Bett und macht sich weitere Notizen. »Das Problem ist, dass wir bisher nur deine Aussagen und einige Indizien haben. Falsche Telefonnummern hättest du selbst speichern können, die SMS lösen sich in Luft auf. Wir brauchen Beweise, und zwar handfeste.«

»Beweise für was?«

»Sag mal, was sind denn das für neue Medikamente? Du kannst ja überhaupt nicht mehr klar denken.« Ich schaue ihn an, weiß nicht, was ich von seiner Aussage halten soll, kann sie nicht einordnen. Er nimmt mein Gesicht in beide Hände. »Jan, deine Pupillen«, sagt er.

»Was ist denn mit denen?«, frage ich. Meine Zunge ist schwer oder viel zu groß für meinen Mund, angeschwollen.

»Die sind nur noch stecknadelgroß, kaum sichtbar. Hier ist es relativ dunkel, also müssten deine Pupillen viel größer sein.«

»Aha«, sage ich, doch seine Aussage ist mir relativ egal. Entspannung nach Jacobsen, denke ich. Bestimmt setzt die Wirkung erst jetzt bei mir ein. Meine Bewegungen und Gedanken sind im Einklang. Benny steht auf, geht zum Schreibtisch und nimmt die Medikamenten-Box in die Hand.

»Wer hat die dir gegeben?«

»Reuter.«

»Wer ist Reuter?«

»Klinikchef.«

»Hattest du dein Zimmer während deiner Therapien abgeschlossen?« Ich nicke.

»Ich bin zwar kein Arzt, so wie du. Aber den Scheiß nimmst du nicht mehr, hörst du? Von mir aus nimm diese Gaba... Dings wieder, die hattest du doch dabei oder?« Wieder nicke ich. Ich verstehe seine Aufregung nicht. Im Gegenteil. Je nervöser er reagiert, desto ruhiger werde ich. Wahrscheinlich haben die heutigen Therapiemaßnahmen schon angeschlagen. Mein Körper entspannt sich, zum ersten Mal seit der Rückfahrt aus meinem Urlaub. Die Welt kann so wunderschön sein, und wir kümmern uns um Nichtigkeiten. Regen uns über Probleme auf und stressen unseren Körper. Benny sollte auch zur Ruhe kommen und nicht so aufgeregt im Zimmer umherspringen. Jetzt geht er ins Bad, hat die Tabletten-Box in der Hand. Dann kommt er wieder zurück und wedelt damit vor meinem Gesicht herum.

»Wenn die morgen wieder gefüllt wird, dann wirf sie in die Toilette, hörst du? Bist du überhaupt aufnahmefähig? Kann ich das Video endlich abspielen?«

»Ja«, sage ich, damit er still ist.

›Panasonic FUll HD‹, steht auf dem schwarzen Gehäuse. Benny sitzt neben mir auf der Bettkante und drückt ›Play‹. Auf dem Display, mit einer Diagonale von circa acht Zentimetern, erscheint sofort ein Bild. Wir beugen uns zeitgleich nach vorn, zum Stuhl hin. Zuerst ist alles grün, verschwommen. Ein Handgelenk. Jemand stellt den Camcorder ein, dann taucht ein Gesicht auf. Vermummt wie ein Chirurg, der gleich in den OP-Saal muss. Unter der Kopfbedeckung sind keine Haare zu sehen. Ein Mundschutz, der weit über die Nasenwurzel gezogen wurde. Die Augen des Darstellers sind dunkel, fast schwarz. Dann entfernt sich die Person und gibt den Blick auf einen Stuhl frei, hydraulisch verstellbar. Neben dem Stuhl ein Rollwagen, mit medizinischen Instrumenten, säuberlich geordnet. Ein Keller. Die Wände sind alt, Putz ist an einigen Stellen abgebröckelt, und oben in der Ecke ein großer, schwarzer Schatten, vermutlich Schimmel. Nichts. Wie ein Standbild, keine Bewegung, keine Personen mehr. Die Zeit verrinnt und nichts passiert. Ich schaue Benny an, der mit dem Finger auf das Display zeigt. »Guck hin.« Wie eingefroren. Ich kann mir nicht erklären, was er meint. »Da passiert doch nichts«, sage ich.

»Schau genau hin! Da, der Schatten.« Tatsächlich ist ein Schatten auf dem Boden erkennbar, er bewegt sich, mehr nicht. Ich verstehe Benny nicht, verstehe nicht, was das soll. Der Film ist unbrauchbar. Jetzt ist die Person in dem OP-Outfit wieder im Bild. Schlanke, großgewachsene Silhouette. Sie bückt sich, schleift etwas über den Boden, noch nicht erkennbar. Es muss schwer sein, sie zieht aus Leibeskräften. Ein Mensch. Mein Gesicht zuckt und ich rutsche näher an das Display.

Die Person auf dem Boden hat einen schwarzen Sack über dem Kopf und trägt ein Sommerkleid. Eine Frau, augenscheinlich bewusstlos. Keinerlei Bewegung. Benny drückt auf Stopp. Das Bild friert ein.

»Bist du das, Jan?«

»Ich?«

»Schau dir den Typen genau an.«

»OP-Kittel, Kopfbedeckung, Mundschutz, Handschuhe.«

»Warte«, sagt Benny und spult zurück zum Anfang.

37

Die Frau

Weder die Polizei noch ein anderer Retter kommt wie erhofft durch diese gepolsterte Tür. Stattdessen der altbekannte Unbekannte. Mit nur drei Schritten steht er direkt neben ihr und präsentiert ein neues Gerät. Etwa zwanzig Zentimeter lang, Chirurgenstahl, mit Kabel. Gezackter Aufsatz. Für einen Zahnarzt und dessen Zwecke ist es zu groß. Für das, was dieser Perverse vorhat, ist es das ideale Instrument. Ein Schädelbohrer. Warum hat er sie skalpiert, wenn er jetzt durch den Knochen bohren möchte? Unlogisch. Steht der Fremde wie vermutet mit einem Außenstehenden in Kontakt, der diese Szene über eine Kamera beobachten kann und ihm Anweisungen übermittelt? Waren die Bilder von der Entfernung ihrer Kopfhaut nicht ausreichend? Der Fremde hält den Bohrer in die Kamera, wieder so, als wollte er das Gerät einem großen Publikum anpreisen.

Jetzt hebt er seine andere, geschlossene Hand nach oben in ihr Blickfeld, dreht sie um und öffnet die Finger. Ein Diktiergerät. Unerwartet zieht er ihr mit einem Ratschen das Klebeband vom Mund. Sofort presst sie ihre Lippen zusammen und befeuchtet sie. Ausgetrocknet, so wie ihre Kehle. Er drückt auf den Knopf an dem schmalen, etwa zehn Zentimeter langen Gerät. Ein Rauschen, dann eine Stimme, männlich.

»Wie ist dein Name?«, hört sie. Ihr Peiniger drückt auf Stopp. Wissen diese Irren nicht, wen sie entführt haben? Wem sie den Schädel aufsägen oder anbohren wollen? Sie sieht ihn fragend an. Er spult zurück und startet erneut.

»Wie ist dein Name?«, fragt die Stimme aus dem Diktiergerät.

»Keine Ahnung«, erwidert sie leise. Der Fremde wird ungeduldig und fuchtelt mit dem Aufnahmegerät vor ihrer Nase herum. »Ich weiß es wirklich nicht.«
Er sagt nichts, keinen Ton. Spult zurück und startet erneut.

»Wie ist dein Name?«

»Ich weiß es doch nicht, verdammt!«, schreit sie jetzt. Ist sie ein zufällig ausgesuchtes Opfer? War sie zum falschen Zeitpunkt am falschen Ort? Oder muss sie ihre Identität für die Kamera bestätigen, für welche Zwecke auch immer? Demnach wissen ihre Entführer nicht, dass sie eine Amnesie hat. Diese wurde also nicht durch psychotrope Arzneimittel verursacht, kombiniert sie. *Woher weiß ich das?*

Ein Schlag, mitten auf ihre Wange. Zuerst spürt sie ein Brennen, dann den ziehenden Schmerz. Wie Lauge, die ihre Gesichtshaut innerhalb von Sekunden auflösen würde.

38

Mich auf diesen Film zu konzentrieren, fällt mir schwer. Dennoch kann ich mit Sicherheit behaupten, dass ich nicht der Hauptdarsteller in diesem OP-Outfit bin. Die Frau liegt mittlerweile auf dem Stuhl. Der mutmaßliche Chirurg drückt auf die Fernbedienung, dann bewegt sich das Kopfteil nach hinten und das Fußteil nach oben. Die Frau muss bewusstlos sein, wie vermutet. Keine eigenständige Bewegung, weder in ihren Armen, die leblos über den Lehnen hängen, noch in ihren nackten Füßen. Das Sommerkleid reicht ihr bis zu den Waden. Ein schlankes, groß gewachsenes weibliches Wesen, mehr ist nicht zu erkennen. Der ›Chirurg‹ bewegt sich langsam, beinahe andächtig. Jeder Handgriff sitzt, keine Unsicherheit ist zu erkennen. Jetzt nimmt er ein blaues OP-Tuch und deckt die Frau ab. Dann zieht er das Tuch nach oben, über ihren Kopf. Was soll das? Mein Innerstes sträubt sich gegen diesen Anblick. Warum eine Operation in dieser Umgebung, in einem verschimmelten Keller, wo es von

Bakterien nur so wimmelt? Am liebsten würde ich auf Stopp drücken, doch damit könnte ich diese Handlung nicht ungeschehen machen. Benny neben mir spielt aufgeregt an seinen Fingern und schüttelt immer wieder den Kopf.

Der ›Chirurg‹ am Kopfende des Stuhls hebt das Tuch in die Höhe und fixiert es. Auch er ist jetzt komplett hinter der Abdeckung verschwunden. Er zieht den Rollwagen näher heran. Keine Vitalwerte, denke ich. Kein Monitor, keine Kabel. Kein OP-Team, weder Anästhesie noch operationstechnische Assistenz, und vor allem kein Reinraum-Klima. Niemals handelt es sich hierbei um einen verantwortungsvollen Arzt, der bei Sinnen ist. Er muss der Frau den schwarzen Sack vom Kopf gezogen haben, jedenfalls wirft er ihn jetzt auf den Boden. Nun holt er etwas vom Rollwagen, was genau, kann ich nicht erkennen. Die Kamera ist zu weit entfernt. Benny drückt auf Stopp und atmet schwer.

»Mir ist schlecht«, sagt er. »Ich habe den Film schon gesehen. Ich geh für zehn Minuten in den Park, Luft schnappen und mein Kopfkino ablenken. Schau du in der Zeit weiter, okay?« Ich nicke. Benny steht auf und geht.

Der Typ auf dem Video ist viel zu schlank, das bin ich nicht, und diese komischen schwarzen Sneakers, die er trägt, gehören auch nicht mir.

Ich drücke auf ›Play‹. Es muss sich um ein Skalpell gehandelt haben, das er jetzt zurück auf den Rollwagen legt. Ich kann Bewegungen unter dem Tuch erkennen. Nach einiger Zeit sehe ich seine Hand, seitlich. Jetzt tritt er hinter dem Tuch hervor. Geht am Stuhl vorbei. Nähert sich dem Camcorder und steht nun direkt vor der Linse. Seine Augen sind schwarz, die Pupillen groß. Keine Regung. Standbild. Aus.

»Papa?«

»Ja, Max.«

»Warum machst du die Haselnuss in meinem Kopf nicht weg?«

»Das kann ich nicht.«

»Du machst das jeden Tag, bei ganz vielen fremden Menschen. Warum nicht bei mir?«

»Deine Haselnuss hat sich so versteckt, dass ich nicht an sie herankomme.«

»Du traust dich nicht, weil deine Hände zittern wegen dem Alkohol.«

»Nein, Max, das ist es nicht. Wenn ich könnte, dann würde ich dich sofort operieren, oder einer meiner Kollegen.«

»Hast du den Alkohol lieber als mich, Papa?«

Ich wische mir über die Augenpartie. Wie angewurzelt sitze ich da und starre auf den schwarzen Bildschirm. Wahrscheinlich in der Hoffnung darauf, dass er gleich wieder hell wird. Dass die Darsteller vor der Kamera herumspringen und sich verbeugen aufgrund ihrer großartigen schauspielerischen Leistung. Doch das passiert nicht. Er bleibt schwarz. Wie soll ich damit umgehen? Klar ist, dass ich in diese Villa gelockt wurde. Der Keller war vorbereitet und der Film lange abgedreht. Zwei Schnapsflaschen unter der Kellertreppe platziert, ein blutverschmiertes Messer mit meinen Fingerabdrücken. Einem Alkoholiker ist alles zuzutrauen. Er hat zeitweise Blackouts, kann sich nicht wehren. Warum? Und was hat das alles mit Nina zu tun? Welcher Film, in dem ich der Hauptdarsteller bin, wird hier seit dem Rastplatz gedreht? Seitdem ich aus meiner Ohnmacht auf dem Boden des Tankstellenshops aufgewacht bin? *»Ihr Handy«, sagt einer und streckt mir mein Smartphone entgegen.* Mein iPhone, von dem Ninas Existenz gelöscht und eine falsche Nummer des Beach-Hotels abgespeichert wurde. Mein Handy, auf dem diese sich selbstlöschenden SMS mit dem Wort ›Alkohol‹ erscheinen sowie die anonymen Anrufe.

»Bin wieder da«, sagt Benny und drückt die Tür hinter sich zu. »Hast du den Film zu Ende gesehen?« Ich nicke. »Das kann ich mir nicht noch mal ansehen, da habe ich die ganze Nacht wieder Kopfkino. Du bist Arzt, da ist das was anderes.« Benny setzt sich wieder neben mich auf die Bettkante. »Kannst du dich noch daran erinnern, wie wir als Kinder einmal bei uns zu Hause in den Keller gegangen sind?«

»Ja. Du bist da runter, und zwar allein. Ich bin dir nur hinterhergegangen und wollte dich holen, damit Vater dich nicht erwischt und bestraft.«

»Die Tür war auf, er hatte vergessen, abzuschließen. Dann habe ich mich reingeschlichen. Der Raum sah aus wie ein Labor. Mikroskop, Pülverchen, Objektträger, Pipetten und verschiedene Flüssigkeiten. Auf einem Regal standen Schädel und Gehirne.«

»Na ja, bestimmt aus Plastik oder?«

»Keine Ahnung, ich war ja noch klein und fand das ziemlich gruselig. Dann hat uns Vater überrascht, hat rumgeschrien und uns am Kragen gepackt. Er hatte auch einen OP-Kittel, Kopfbedeckung und Mundschutz an.«

»Und dann?«

»Du hast dich vor mich gestellt. Hast gesagt, dass ich keine Schuld daran hätte, ich wäre dir nachgelaufen. Dann hat Vater mich nach oben geschickt, allein. Du warst lange bei ihm im Keller. Was hat er damals mit dir gemacht?«

»Das weiß ich nicht mehr.«

Benny schaut mich an, zweifelnd. Dann druckst er herum und sagt: »Bist du das auf dem Video? Sei ehrlich.«

»Nein, sieh dir die Silhouette von diesem Chirurgen genau an und vergleich sie mit meiner.«

39

Geschwollene Augen und dunkle Augenränder haben mich heute Morgen im Spiegel begrüßt. Wieder kaum geschlafen. Wieder die halbe Nacht im Zimmer hin und her gewandert. Habe mir den Kopf zermartert. Wieder und wieder auf ›Play‹ an diesem Camcorder gedrückt. Das Bild eingefroren, versucht, heranzuzoomen. Der Chirurg, die Frau. Ich kann diesen Film inzwischen auswendig, und dennoch ist mir nichts aufgefallen. Kein Hinweis auf die Identität einer der Beteiligten.

Es ist laut im Speisesaal. Meine Tischnachbarn unterhalten sich über ihre Therapie. Am Buffet bildet sich eine lange Warteschlange, und zwei Tische weiter hat ein Patient sein volles Tablett fallen lassen. Der Kaffee war genießbar und das selbst zusammengestellte Müsli reichhaltig. Die Tablettenration, die mir heute ausgehändigt wurde, habe ich nicht in die Toilette geworfen, wie von Benny verlangt.

Niemals würde ich das Abwasser mit diesen Substanzen – um welche es sich auch immer handelt – verschmutzen. Die Medikamente für ›Morgens‹ liegen eingewickelt in einem Tempotaschentuch im Seitenfach meines Koffers. Für ›Mittags‹ ist eine weiße Tablette in der Box. Ich hätte Reuter genau zuhören müssen, werde mich später bei der Stationsschwester erkundigen.
Das Handtuch und meinen Therapieplan klemme ich unter den Arm und verlasse den Speisesaal. Schon um 7:30 Uhr habe ich den ersten Termin. Tai Chi. Ich gehe an der noch geschlossenen Caféteria vorbei und lasse die Rezeption links liegen.

Ich habe keinen Plan, keinen Ansatzpunkt. Weiß nicht, wie es weitergehen soll. Muss mich auf die Therapie konzentrieren und dennoch herausfinden, wer dieses Spiel mit mir treibt. Benny hat recht. Ich muss den Camcorder zur Polizei bringen. Immerhin handelt es sich auf diesem Video vermutlich um eine Straftat. Eine unerlaubte Operation unter widrigen Bedingungen, für die Kamera inszeniert. Wer weiß, wie viele Opfer dieser mutmaßliche Chirurg noch auf seinem Plan hat? Das muss unterbunden werden. Davon abgesehen, mache ich mir Sorgen um diese fremde Frau. Wie geht es ihr? Lebt sie noch?
Natürlich gibt es auch die andere Seite der Medaille. Wenn selbst mein Bruder mir die Frage stellt, ob ich dieser Typ in dem OP-Outfit bin, dann wird die Polizei

das auch denken. Genügend Beweise, dass ich vor Ort war, sind vorhanden. Womöglich werde ich unter dringendem Tatverdacht sofort einem Richter vorgeführt, komme in U-Haft. Mein Therapieplatz wäre ebenso wie mein Job verloren. Tatsächlich hatte ich noch nie etwas mit der Polizei zu tun.

Ich nehme den Aufzug und fahre ins Untergeschoss. Von dort aus gelange ich in den Park. Bestimmt haben sich schon einige Patienten versammelt und warten. Die Türen des Fahrstuhls öffnen sich. Ich biege nach links ab und gehe an den verglasten Fronten vorbei.

Wer hat mich auf die Villa in der Stadtstraße aufmerksam gemacht?

»Sag mal … Wo hat Nina eigentlich gewohnt, bevor ihr in Kirchzarten zusammengezogen seid?« Benny. Zufall! Lotta hat nach ›Stegmüller‹ gegoogelt, meine Angaben. Seit gestern weiß ich, dass Nina nicht Stegmüller, sondern Müller heißt, jedenfalls stand dieser Name an dem Haus, in dem sie vermutlich wohnt. Zufall? Warum sollte ausgerechnet mein Bruder ...? Ich verstehe das nicht. Benny möchte mir helfen.

Ich gehe in die Umkleidekabinen, ziehe einen Spind auf und lege das Handtuch hinein.

Jetzt habe ich das Bild der Autovermietung vor Augen, klar und deutlich. Meine Muskulatur gibt nach und ich setze mich auf die Bank. Der Mietvertrag. Bennys Adresse!

Nur so bin ich überhaupt auf den Gedanken gekommen, zu ihm zu fahren. Natürlich! Das Schriftstück lag im Handschuhfach des A6, und es war klar, dass ich irgendwann darauf stoßen würde. Dann, wenn ich nach Hinweisen auf Ninas Verbleib suchen würde. Ich kannte seine neue Anschrift nicht. Benny? Nein, warum?

»… dass ausgerechnet du mich hängen lässt, wenn ich dringend deine Hilfe gebraucht hätte, kann ich nicht vergessen.« Benny. Über 210 000 EUR sind auch verlockend, in seiner Situation.

Der Blutfleck im Kofferraum! Der Audi stand die ganze Nacht vor dem Hochhaus. Es wäre ein Leichtes gewesen, einen beschmierten Teppich hineinzulegen und wieder auszutauschen. Damit ich denke, dass ich Nina etwas angetan habe, damit ich an mir zweifle, damit sie mich in den Wahnsinn treiben. Nein, ich weigere mich, meinen eigenen Schlussfolgerungen Glauben zu schenken. Das kann einfach nicht sein.

Meine Hände zittern. Schweiß tropft von meiner Stirn. Ich greife in die Tasche meiner kurzen Sporthose, nehme die Gabapentin heraus und schlucke sie. Die Therapie fängt an. Bestimmt warten schon alle auf mich. Ich kann nicht, fühle mich nicht imstande, aufzustehen. *Benny?* Die Villa in Freiburg-Herdern war vorbereitet. Vielleicht hatte er die Hoffnung, dass ich den Whiskey im Keller trinke und mit dem blutverschmierten Messer in flagranti von der Polizei erwischt werde. Der präparierte Raum, das OP-Besteck, das Video. Woher wusste die Zeitung so schnell von diesem Vorfall, dass sie bereits am nächsten Tag einen Zeugen mit meiner Personenbeschreibung gesucht haben? Die Villa war unbewohnt. Ein Anruf? *Benny?* Und wenn … Wo ist die Verbindung zu Nina? Wo die Verbindung zu den anonymen Anrufen und den SMS? *»Lotta ist so ein PC-Internet-Technik-Freak, musst du wissen.« Benny.*

Das kann alles nicht sein. Ich bin freiwillig in die Villa eingebrochen, das Haus war verschlossen. Einen Einbruch konnte niemand voraussehen. Ich wollte das nicht. Stand im Garten, vor dem Fenster, habe den Stein angehoben, mich gesträubt, mit mir gerungen und dann doch geworfen … Was hat mich dazu bewogen?

»Hallo, sind Sie auch für die Tai-Chi-Gruppe eingetragen?«, holt mich eine weibliche Stimme aus meinen Gedanken. Ich schaue zur Tür. Eine junge Frau in T-Shirt und kurzen Sporthosen.

»Ja.«

»Wir warten draußen. Kommen Sie?« Ich nicke, stehe vorsichtig auf und folge ihr.

Die Temperaturen bewegen sich heute Morgen schon weit über der Zwanzig-Grad-Marke, dennoch fühlt es sich hier im Schatten, neben den Zypressen, noch relativ kühl an. Die Gruppe besteht aus acht Patienten. Ich reihe mich ein. Einige lockern ihre Muskeln, andere probieren sich im Stretching. Ein Mann mittleren Alters sitzt abseits im Gras und umfasst seine angezogenen Beine.

Er schwitzt, sein Shirt ist klitschnass. Neben mir steht eine junge Frau, die ihr Zittern kaum verbergen kann. Alkohol. Bestimmt haben sie den Entzug gerade erst hinter sich gebracht.

Ich warte auf den Therapeuten und hänge immer noch meinen unglaublichen Vermutungen nach. Jetzt tritt ein Mann vor die Gruppe. Bestimmt einen Meter neunzig groß, schlank, dunkle Haare, von der Sonne gebräunt. Ich starre ihn an.

Keine verspiegelte Sonnenbrille. Kein Muskelshirt, sondern ein Halbarm-Polo. Aber ich bin mir sicher, dass seine Oberarme weiß sind.

40

Die Frau

Ihr Kiefer wurde zertrümmert. Mit Anlauf gegen eine Mauer gerannt, zumindest fühlt es sich so an. Ihr Schädel ist fixiert und konnte keinen Millimeter ausweichen. Sie hat seine Faust nicht kommen sehen. Blut sammelt sich in ihrem Mund. Tränen fließen in Strömen, sie schluchzt.

»Wie ist dein Name?«, ertönt die Stimme aus dem Diktiergerät.

»Karin«, nuschelt sie. Der erste Vorname, der ihr in den Sinn kommt. Woher und warum, weiß sie nicht. Sie muss antworten, muss verhindern, dass er sie weiterquält. Sie bewegt ihren Mund. Es knirscht. Ihr Kiefer ist bestimmt gesplittert. Splitter, die jetzt in ihre Haut eindringen. Womöglich Nervenbahnen beschädigen oder gar zerstören. Gesichtslähmung, fällt ihr ein, und sie hat sofort ein grausames Bild vor Augen.

Er wirkt zufrieden und lässt das Band diesmal weiterlaufen.

»Wo wohnst du?«

»Breisach«, antwortet sie schnell. Er stoppt die Aufnahme, schlägt ihr gegen den Oberarm. Dann spult er zurück und startet erneut.

»Wo wohnst du?« *Breisach war nicht richtig. Denk nach!*

»Freiburg«, fällt ihr ein. Er nickt zufrieden und lässt das Diktiergerät in seiner Kitteltasche verschwinden. Dann entfernt er sich. Sie hört, wie er einen Wasserhahn aufdreht, und schluckt trocken.

Wieder tupft er ihr Gesicht mit einem feuchten Tuch ab, vorsichtig. Zwischen Brutalität und Zärtlichkeit. Zwischen Können und Wahnsinn. Zwischen Fernsteuerung und Eigeninitiative.

Er wirft den blutverschmierten Lappen auf den Boden und verschwindet aus ihrem Sichtfeld. Vorsichtig befördert sie das erneut angesammelte Blut-Speichel-Gemisch über ihre leicht geöffneten Lippen. Hoffentlich bemerkt er nicht, dass er das Klebeband für ihren Mund vergessen hat. Es dauert nicht lange, dann macht er sich wieder an ihrem Schädel zu schaffen. Die örtliche Betäubung hat mittlerweile nachgelassen, ihre Kopfhaut kribbelt, jedenfalls das, was von ihr noch vorhanden ist.

Ein Brummen. Der Schädelbohrer! Ein Geräusch wie bei einem Zahnarzt. Allein der Gedanke verursacht Schmerzen. Er setzt den Bohrer an ihrer Schädeldecke an. Sie spürt die Spitze punktgenau. Keine Anästhesie, keine erneute örtliche Betäubung. Jede Faser ihres Körpers zieht sich vor Anspannung zusammen. Gleich wird Knochenmehl herunterrieseln, dann die Fräse zum Einsatz kommen, mit der er ein Stück des Schädelknochens entfernt.

41

Du täuschst dich.
Nein, das ist er. Der Typ vom Rastplatz, der meine Beine während meiner Ohnmacht hochgehalten hat, der mir an der Kasse mit Geld ausgeholfen hat und der plötzlich bei der Autovermietung in Freiburg vom Parkplatz gefahren ist.
Du kennst sein Gesicht nicht. Du warst benommen, er hatte die verspiegelte Sonnenbrille auf oder war viel zu weit entfernt.
Das ist er, ganz sicher!
Quatsch, nur eine Ähnlichkeit, mehr nicht.

»Tai Chi ist Meditation und Bewegungstherapie in einem. Es bringt Körper und Geist in Einklang«, sagt der Therapeut. Er steht vor der Gruppe. Seine Füße schulterbreit auseinander, die Unterarme angewinkelt, leicht vom Körper abgespreizt, die Handinnenflächen in Hüfthöhe, zum Himmel zeigend. Er bewegt sich wie in Zeitlupe, redet und erklärt die Abfolge des Tai Chi. Um den Patienten, der immer noch im Gras sitzt und seine Beine umfasst, kümmert er sich nicht. Ich versuche, nicht aufzufallen, und mache wie die anderen in der Gruppe die Bewegungen nach. Beobachte den Therapeuten ganz genau. Präge mir seine Gesichtszüge ein, seinen Körper. Schlank, aber sportlich. Er spricht in einem meditativen, gleichbleibenden Singsang. Genau wie seine Bewegungen gleichbleibend fließend sind. Nicht wie bei mir oder den anderen Teilnehmern abgehackt. Wenn er mich kennt und genau weiß, wer ich bin, müsste er mich dann nicht staunend begrüßen? Überrascht reagieren? Mir zunicken, irgendeine Regung zeigen? Ich überlege, bin mir unsicher, auf der anderen Seite könnte ich schwören, dass es sich um den Spiegelbrillen-Träger vom Rastplatz handelt. Zufall? Entweder eine verblüffende Ähnlichkeit, oder ich spinne mir in meinem kranken Hirn wieder etwas zusammen. Versuche, eine eigene Erklärung zu finden für das, was ich nicht akzeptieren kann, für das, was nicht sein kann. Eine psychische Erkrankung. So wie vorhin, als ich angefangen habe, Benny zu verdächtigen. Wie komme ich dazu? Der einzige Mensch, der zu mir hält. Der einzige Mensch, den ich auf dieser beschissenen Welt noch habe. Mein kleiner Bruder, den ich liebe.

Ein Bein nach hinten stellen, die Arme anheben, die Handflächen nach vorn. Abwehrhaltung, denke ich. Meine Muskulatur zittert, gibt nach. Die langsamen Bewegungen sind anstrengender, als gedacht, und meine Konzentration schwindet. *»Reiß dich zusammen, Schlappschwanz.« Vater.*

Wenn meine Gedanken nicht immer hin- und herschwanken würden. Logisch. Ich muss versuchen, logisch vorzugehen. Der Ursprung des Ganzen muss hier in der Suchtklinik liegen, und dass nicht alles meinem kranken Hirn entsprungen sein kann, ist Fakt. Das Video existiert genauso wie die Aussage von Theres: *»Dein Kurschatten, dein Gschpusi…«*
Nina ist real, auch wenn sie mich nicht zu kennen glaubt. Und dieser Typ vor uns, der gerade wieder eine andere Position einnimmt, ist auch der vom Rastplatz beim St. Gotthard.

Schweiß tropft von meiner Stirn. Ich hebe ein Bein, spreize die Arme seitlich vom Körper ab. Die Handflächen drehe ich nach außen, so wie die anderen Patienten auch. Kein Gleichgewicht. Ich schwanke, versuche, mich zu fangen, stelle das andere Bein auf den Boden. Zu spät. Das Gras kommt näher und ich falle ungebremst auf meine Knie. Der Therapeut stoppt seine Bewegungen und kommt zu mir.

»Haben Sie sich verletzt?«, fragt er.

»Nein, ich glaube, nicht.«

»Herr Schenker«, wendet sich der Therapeut an den Patienten auf dem Boden. »Begleiten Sie bitte Herrn Dr. Volkmann ins Schwesternzimmer zur Blutdruckmessung.« Dann entfernt er sich ohne jedes weitere Wort, stellt sich vor die Gruppe und führt den Tai-Chi-Kurs unbeirrt weiter.

Er kennt meinen Namen, denke ich, während Herr Schenker und ich wortlos an der großen Fensterfront Richtung Fahrstuhl vorbeilaufen. Logisch, die Therapeuten bekommen schließlich Namenslisten zur Kontrolle der ihnen zugeordneten Patienten. Sie müssen nach Beendigung der Anwendung die Anwesenheit mit ihrem Kürzel auf dem Plan bestätigen. Kontrolle. Gerade bei Süchtigen ist die Kontrolle wichtig. Auch wenn ich trocken bin, werde ich dennoch immer Alkoholiker bleiben. Ich merke selbst nach einigen Monaten der Abstinenz, wie schwer es mir in manchen Situationen fällt, nicht wieder rückfällig zu werden. ›*Alkohol?*‹ Ich habe die unzähligen SMS vor Augen. Die verstaubten Whiskyflaschen im Keller der Villa. Die Tankstelle in Kirchzarten, das Regal bestückt mit den unterschiedlichsten alkoholischen Getränken. Nils, der mir einen Schnaps ausgibt, obwohl er von meiner Sucht und dem Klinikaufenthalt weiß. Wer also möchte, dass ich wieder zur Flasche greife? Nils?
Wir steigen in den Aufzug. Herr Schenker drückt auf E wie Erdgeschoss. Er sagt nichts, schaut mich nicht an. Wahrscheinlich ist auch er mit den Gedanken rund um seine Sucht beschäftigt.
Nils ist harmlos. Ein Mensch, der im Mittelpunkt stehen will, der sein Ziel, Oberarzt zu werden, nicht erreicht hat. Der seinen Unmut damit kundtut, andere Menschen zu diskriminieren.

Für einen Ober- oder gar Chefarztposten zählt nicht allein die fachliche Kompetenz, sondern auch der Umgang mit Menschen. Zumindest in unserer Abteilung, der Neurochirurgie.

Er hat dich mit der Kündigung belogen und wollte dich wieder abhängig machen.

Das wäre das Einfachste für ihn gewesen. Ein paar Schnäpse für mich und den Oberarztposten für ihn.

Die Fahrstuhltüren öffnen sich. Vorbei an der Rezeption, den Flur geradeaus nach hinten. Er redet immer noch nicht, der Herr Schenker, und läuft wie ihm aufgetragen wurde stur neben mir her.

»Sie können jetzt wieder zurückgehen«, sage ich. »Es geht mir schon besser, und das Schwesternzimmer ist ja gleich da vorn.« Er bleibt stehen, schaut mich an, nickt und dreht sich wortlos um. Mechanisch, wie ein Roboter.

»Herr Schenker?«, rufe ich, als er schon im Gehen ist. Er bleibt wieder stehen. »Wie heißt eigentlich unser Tai-Chi-Therapeut?«

»Thomas Müller.«

42

N*ina Stegmüller.*
Nina Müller.
Thomas Müller.

Müller ist ein Allerweltsname, denke ich.

»Gehts wieder besser?«, fragt die Krankenschwester. Sie kommt mir so nah, dass ich allein von dem Duft ihres süßlichen Parfüms sofort von der Liege springen könnte. Dunkle Haare, streng nach hinten zu einem Pferdeschwanz frisiert. Freundliche Augen, umrahmt von Lachfältchen, und ihre rundlichen Wangen sind rosig. ›Stephanie‹ steht auf dem Schild, das an ihren Kittel geheftet ist. Sie entfernt die Manschette an meinem Oberarm. »Kein Wunder, dass Ihnen schwindelig geworden ist. Ihr Blutdruck ist viel zu niedrig und der Puls zu hoch. Bei dieser anhaltenden Hitze in den letzten Wochen passiert das leider vielen Patienten. Ihre Therapietermine sind für heute gestrichen.

Bitte viel trinken«, sie stockt und räuspert sich, »also Wasser, Tee oder Fruchtschorlen, meine ich natürlich.« *Natürlich.* Dann entfernt sie sich von meiner Liege, geht zum Schreibtisch, setzt sich hinter den Bildschirm und tippt. »Heute Abend und morgen früh kommen Sie bitte ins Schwesternzimmer, Herr Volkmann, zum Blutdruckmessen. Selbstverständlich auch zwischendurch, wenn es Ihnen nicht gut geht. Bewegen Sie ihre Beine, auch wenn Sie sich zwischendurch ausruhen. Aber wem sage ich das. Ich sehe gerade, Sie sind Arzt.«

»Ja«, bestätige ich, komme hoch und setze mich an den Rand der Liege. Dann nehme ich das Glas Mineralwasser, das sie mir auf eine Ablage gestellt hat, und trinke.

»Machen Sie langsam, Herr Volkmann. Ich muss kurz in die Verwaltung. Bleiben Sie noch ein paar Minuten sitzen, dann können Sie gehen.«

»Danke.« Die Stationsschwester verlässt mit einem Stapel Akten unter dem Arm den Raum.

Nina Stegmüller.

Nina Müller.

Thomas Müller.

Zufall? Auch wenn ich jetzt den Drang nach einer weiteren Gabapentin verspüre, gebe ich diesmal nicht nach. Ich muss die Dosis reduzieren und das Medikament so schnell wie möglich komplett absetzen. Wenn ich einer meiner Patienten wäre, hätte ich genau dazu schon lange geraten. Die Nebenwirkungen kollidieren mit der Hitze, einer zu geringen Flüssigkeitszufuhr, der Schlaflosigkeit und dem Stress, unter dem ich seit Tagen stehe. Hinzu kommen die gesundheitlichen Schäden durch meine Sucht. Nur wenn ich endlich einen klaren Gedanken fassen kann, werde ich dahinterkommen, von wem und warum hier ein makaberes Spiel mit mir getrieben wird. Vorsichtig stehe ich auf. Gerade als ich den Raum verlassen möchte, schweift mein Blick zum Bildschirm auf dem Schreibtisch. Die Klinik nutzt das gleiche medizinische Softwareprogramm wie die Neurochirurgie, natürlich für ihre ganz eigenen Zwecke konzipiert. Dennoch kenne ich mich damit aus. Schnell setze ich mich auf den Bürostuhl und tippe in das Suchfeld ›Nina Stegmüller‹. Kein Ergebnis. Ich schlage mir mit der Hand an die Stirn, lösche den Nachnamen und gebe ›Nina Müller‹ ein. Kein Ergebnis. Wir haben uns hier in der Klinik kennen und lieben gelernt, sie als Physiotherapeutin, ich als ihr Patient. Zumindest in meiner Erinnerung. Ich lösche ›Nina‹ und schreibe dafür ›Thomas Müller‹. Physiotherapeut, daneben sind einige Zusatz- und Weiterbildungen aufgeführt. Ganz sicher habe ich diesen Typen am Rastplatz das erste Mal gesehen. Obwohl … kann ich mir tatsächlich sicher sein? Verworren. Dieses Hin und Her, Tatsache oder Einbildung, macht mich wahnsinnig. *Vielleicht ist genau das die Absicht, die hinter allem steckt.* Dazu fällt mir ein Zitat ein, das Sigmund Freud zugeschrieben wird: *›Bevor du dir selbst eine Depression oder einen Minderwertigkeitskomplex diagnostizierst, stelle sicher, dass du nicht einfach nur von Arschlöchern umgeben bist.‹*

Solange ich meine Erinnerungen mit den Fakten vergleiche, komme ich nicht weiter und stehe mir selbst im Weg. Ich muss meine gedanklichen Aufzeichnungen beiseite schieben, nicht mehr darüber nachdenken und von vorn beginnen.

›Dr. Jan Volkmann‹, tippe ich auf der Tastatur.

Therapiebeginn nach Entzug: 12. April 2021

Abbruch: 14. August 2021. Daneben steht ein Kommentar: *›Nachträglich genehmigt. Reuter‹*

Vier Monate Therapie. Abbruch war der 14. August. Urlaub nach der Aussage der falschen Hotelmitarbeiter vom 15. bis 22. August, eine Woche. Reuter hatte bestätigt, dass er seit über einer Woche auf der Suche nach mir ist. Wo war ich, wenn nicht in Rimini oder in der Suchtklinik? Die Ohnmacht am St. Gotthard-Rastplatz, danach hat sich alles verändert. Das sind die Fakten.

Therapie-Fortführung: Mittwoch 25. August 2021, gestern.

Absätze auf dem Flur, ganz deutlich. Sofort wechsle ich von der Patientenansicht ins Hauptmenü, stehe auf und gehe zur Tür. Gerade als ich die Hand auf die Klinke lege, bewegt sie sich von allein nach unten.

»Sie sind ja noch da«, sagt die Stationsschwester erstaunt. »Alles okay?« Ich nicke, bedanke mich noch mal bei ihr und schlage den Weg zur Rezeption ein. Auch ohne Messung könnte ich schwören, dass mein Blutdruck jetzt in einem normalen Bereich oder darüber liegt. Spionage. Mit mir ist es weit gekommen, denke ich.

»Papa?«

»Ja, Max.«

»Die Lehrerin hat gefragt, was wir einmal werden wollen, wenn wir groß sind.«

»Und was hast du gesagt?«

»Ich werde nicht groß.«

»Vielleicht doch, Max. Wir dürfen die Hoffnung nicht aufgeben.«

»Gut, dann will ich so werden wie mein Papa, nur als Polizei. Dann kann ich die bösen Menschen fangen und einsperren. Vielleicht fange ich auch den, der mir diese Haselnuss in meinen Kopf gesetzt hat.«

»Guten Morgen, Dr. Jahn. Bisch au scho wach?« Theres. Sie kommt mir entgegen und läuft in einem entenähnlichen Wackelgang um die Rezeption herum. Frisch geduscht, bemerke ich an der Duftwolke, die sie umgibt.

»Guten Morgen, Theres.«

»Hot sich dei Kurschatte recht gfreut, dass du wieder do bisch, gell?«

Ich schaue sie ratlos an.

»Mensch, Jan, dei Gschpusi, die Blonde mit denne lange Bei«, sie zeigt wieder vom Boden bis zu ihrer Mitte.

»Ist sie denn hier?«, frage ich.

»Na klar, die isch grad in die Praxis dort vorne neigange.«

43

Die Frau

Hat er den Schädelbohrer benutzt? Hat er die Fräse angesetzt und ein Stück ihres Schädelknochens entfernt? Sie weiß es nicht. Nachdem sich die Vibration von ihrem Kopf ausgehend über ihren gesamten Körper gezogen hat, muss sie ohnmächtig geworden sein. Jetzt starrt sie an die weiß tapezierte Decke, dann auf den Camcorder zu ihren Füßen. Auf das Regal an der dahinterliegenden Wand und den kleinen, schwarzen Kasten, streichholzschachtelgroß. Wenn alles, was dieser Mistkerl an ihr vollzieht, aufgenommen wird, sind diese Aufnahmen immerhin handfeste Beweise. Falls ihr das nach diesem Horror-Trip überhaupt noch von Nutzen sein kann. Sie fühlt sich schwach, ausgelaugt. Vielleicht hat sie auch Unmengen an Blut verloren, wurde ausgesaugt. Quatsch, widerspricht sie sich. Nicht, wenn er ›nur‹ ihren Schädel geöffnet hat. Es ist still. Kein Bohrer, keine Fräse, kein Sauger, nichts. Ist er noch bei ihr? Steht er hinter ihr und beobachtet ihre Reaktion? Jedenfalls ziert ihr Mund kein neues Klebeband. Immer noch spuckt sie Blut-Speichel-Gemisch aus. Ihr Kiefer schmerzt. Bei der kleinsten Bewegung hört sie das Knirschen und spürt, wie sich kleinste Splitter ins Fleisch bohren. Ihre Kehle ist ausgetrocknet und ihr Körper dehydriert. Wie lange ist sie bereits in seiner Gewalt? Sind es Stunden oder handelt es sich um Tage? Sie kann sich nicht daran erinnern. An nichts kann sie sich erinnern, an gar nichts. Ihr ganzes Leben besteht aus diesem widerwärtigen Dasein, gefesselt an einen Gynäkologenstuhl. Wenn sie zumindest einen Anhaltspunkt hätte. Einen Menschen, den sie liebt. Immerhin könnte sie sich dann sein Gesicht vorstellen. Sich an schöne Zeiten erinnern, abtauchen. Wegdriften, wenigstens in Gedanken. Sie hätte ein Ziel, für das es sich lohnen würde zu kämpfen. Die Hoffnung darauf, dass sie wieder glücklich sein könnte, falls sie dieses abartige Spiel überlebt. Was ist ein Leben ohne Hoffnung? Was ist ein Leben ohne Ziel? Und was ist ein Leben ohne Erinnerung? Nichts. Sie ist ein Nichts und Niemand. Womöglich ist sie nicht existent. Eine Puppe, ein Roboter … ein ... *Blödsinn!* Sie hat Gefühle und ein großes Wissen, auch wenn sich dieses nur auf rein medizinische Dinge bezieht. Wieder spuckt sie die angesammelte Flüssigkeit aus ihrem Mund. Wenn sie wenigstens ihren Kopf bewegen könnte. So wie ihre Finger und die Zehen. Ihr Rücken schmerzt vom Liegen.

Auch wenn dieser Stuhl dick gepolstert ist, wäre es vorteilhaft, ihre Position zu ändern. Wahrscheinlich sollte das ihr geringstes Problem sein. Die Tür wird geöffnet, und mit einigen quietschenden Schritten steht er wieder neben ihr, dieser Chirurg. Er hält das Diktiergerät unter ihre Nase.

»Wie ist dein Name?«

44

Gynäkologische Gemeinschaftspraxis
Dr. Nina Müller

Meine Beine zittern, ich schwanke. Diesmal nicht, befehle ich meinem Körper und starre weiter auf das Schild neben der Praxistür. Keine Physiotherapeutin. Ärztin, Gynäkologin. Ich darf nicht wieder damit anfangen, meine Erinnerungen mit den Fakten zu vergleichen, sonst beginnt der Irrsinn von vorn. Ich stehe in der Suchtklinik, im Erdgeschoss. Dort, wo sich einige Ärzte eingemietet haben, die unabhängig von der Klinik praktizieren. *Dr. Nina Müller, Gynäkologin.* Ich schüttele innerlich den Kopf. Greife in meine Hosentasche und ziehe den Blister heraus. *Nein!* Mit zittriger Hand stopfe ich ihn wieder zurück.

»Ah siehsch. Do isch sie neigange, erscht vor ein paar Minute. Ich hab jetzt Massage. Bis später Bub, gell.«

Ich nicke, fühle mich nicht imstande, Theres zu antworten, mich von dieser Tür wegzubewegen, geschweige denn, anzuklopfen. Ich atme tief ein und wieder aus. Muss mich beruhigen, einen klaren Gedanken fassen.

Gynäkologin? Nina, ich muss zu Nina, mit ihr reden, muss die Sachlage klarstellen.

Welche Sachlage? Sie kennt dich nicht, schon vergessen?

Aber ich liebe sie, wollte mit ihr ein neues Leben ….

Vergiss es endlich. Sie kennt dich nicht. Basta!

Ich bewege mich nicht, reagiere nicht, sondern starre wie paralysiert auf dieses Schild. Wie festgenagelt, mit zwanzig Zentimeter langen Nägeln am Boden fixiert.

Hier im großzügigen Entrée der Klinik kreuzen sich alle Wege. Zu den Therapieräumen, der Rezeption, der Verwaltung und den Arztpraxen. Überall laufen Patienten, Personal und Besucher herum.

»Darf ich mal?«, erschreckt mich eine Frauenstimme. Ich drehe mich um und trete sofort einen Schritt zur Seite. Die Frau öffnet die Tür zur Praxis von Dr. Nina Müller. Alles in Weiß eingerichtet. Rechts eine Theke, dahinter eine junge Frau. Wahrscheinlich Ninas Assistentin, sie telefoniert. An einer Wand sind Stühle aufgereiht. Eine Patientin sitzt da, die Beine übereinandergeschlagen, vertieft in eine Zeitschrift. Die Frau, die gerade hineingegangen ist, setzt sich daneben. Der Wartebereich. Mit einem Knall fällt die Tür vor meiner Nase wieder zu.

Warum bewegst du dich nicht, du Idiot? Die Tür war auf. Ich greife an meine Hosentasche, fühle den Blister, weiß, dass ich eine Gabapentin schlucken könnte, und lasse es ganz bewusst bleiben. Ich nehme allen Mut zusammen. Rücken durchgedrückt, Schultern gerade, den Blick nach vorn gerichtet, klopfe ich an. Mein Magen rumort, und an meine zitternde Beinmuskulatur versuche ich nicht zu denken. *»Benimm dich endlich wie ein Mann, du Hasenfuß!« Vater.*

»Guten Tag«, sage ich mit fester Stimme und räuspere mich sofort.

»Guten Tag«, erwidert die Dame hinter der Theke. »Was kann ich für Sie tun?«

»Könnte ich bitte Frau Dr. Müller sprechen?«

»Geht es um Ihre Frau?« Die zwei Patientinnen im Wartebereich schauen auf. Eine legt die Zeitschrift auf den Beistelltisch. *Gynäkologie!*

»Nein, es ist privat.«

»Dann tut es mir leid. Rufen Sie Frau Dr. Müller bitte privat an. Sie hat jetzt Termine.«

»Es ist wichtig«, lege ich nach. Eine der drei Türen, die von diesem Vorraum abgehen, öffnet sich. Nina, rote Bluse, kurze schwarze Hose und darüber ein offener Kittel. Dieselbe Kleidung – außer dem Kittel –, die sie auch in der Innenstadt getragen hat. Keine Verwechslung. Das war Nina.

In der Hand hält sie eine Patientenkarte und geht auf eine der Frauen im Wartebereich zu. Dann treffen sich unsere Blicke. Sie zuckt zusammen, bleibt stehen.

»Was?«, stottert sie. »Was wollen Sie denn hier?«

»Ich muss dringend mit dir … ähm, mit Ihnen sprechen.«

Sie schaut auf ihre Armbanduhr, dann zu ihrer Assistentin. »Fünf Minuten«, sagt sie endlich und bittet mich in den Raum, aus dem sie gekommen ist.

»Sie waren doch erst gestern bei mir zu Hause«, beginnt Nina das Gespräch, geht um einen ausladenden Schreibtisch herum und setzt sich. Sie deutet an, dass ich auf dem Stuhl davor Platz nehmen kann. Rechts und links an den Wänden Regale, auch hier alles in Weiß gehalten. Eine große Fensterfront, die Rollos sind halb heruntergelassen. Auf dem Sideboard hinter ihr, direkt neben medizinischen Nachschlagewerken, stehen zwei gerahmte Fotos. Ein Mann, Vollbart und Brille. Daneben Kinder. Ein Mädchen, ein Junge, unterschiedlich groß. *Verheiratet, und Kinder hat sie auch?*

»Ja, das stimmt. Bitte, lass mich erklären«, wechsle ich wieder zum Du und setze mich.

Sie nickt. »Sie haben fünf Minuten«, wiederholt sie die Zeitangabe und tippt zur optischen Bestärkung mit dem Finger auf ihre Armbanduhr.

Ich beeile mich, versuche, mich klar zu artikulieren, erzähle nur die wichtigsten Eckpunkte und warum ich ihr gestern bis zu ihrem Haus gefolgt bin.

»Und Sie sind Patient in der Suchtklinik, ja?« *Bam*. Die zweite Ohrfeige, die sitzt. Das hätte sie nicht wiederholen müssen, denn das war schließlich der Beginn meines

Monologs. Sie wirkt kalt. Ihr Blick, die grünen Augen, nicht wie in meiner Erinnerung. Sondern so, als säße tatsächlich eine fremde Frau vor mir. »Haben Sie diese Geschichte schon mit Ihrem Psychotherapeuten besprochen?«, lautet die nächste Frage und damit die dritte Ohrfeige. Es nutzt nichts, vergebliche Liebesmüh. Ich muss mich damit abfinden. Diese Frau Dr. Nina Müller ist eine vollkommen fremde Person und nicht meine Nina. Mir kommen Szenen in den Sinn. Tiefgründige Gespräche, Spaziergänge und Zärtlichkeiten. Ich sehe genau, wie ich das herzförmige Muttermal auf ihrer linken Gesäßhälfte geküsst habe. Bilder aus unserem Rimini-Urlaub. Situationen, die wir in unserem Haus, in Kirchzarten, erlebt haben, und sage: »Das werde ich machen. Danke für Ihre Zeit.« Meine Enttäuschung versuche ich mir nicht anmerken zu lassen. Auch den Schmerz, den ich verarbeiten muss, unterdrücke ich und verlasse die Praxis, so wie ich gekommen bin. Der Rücken durchgedrückt, gerade Schultern und den Blick nach vorn gerichtet.

»Hallo, Jan. Da bist du ja«, höre ich. Wie lange ich vor der geschlossenen Praxistür gestanden habe, weiß ich nicht. Eine Hand packt mich an der Schulter und zieht meinen Oberkörper zurück. »Ja, verflixt, bist du jetzt auch noch taub?« Benny. Er sieht mich an, dann auf das Praxisschild und wieder zurück. Jetzt ist sein Mund leicht geöffnet, aber er sagt keinen Ton.

Wieder starrt er auf das Schild. Regungslos, er scheint zu überlegen und atmet schwer.

»Nina ist Gynäko… Frauenärztin?«, sagt er schließlich. Ich hebe die Schultern, nicke gleichzeitig und schüttele danach den Kopf.

»Nicht? ... Doch? … Ist das deine Nina, die Stegmüller, die jetzt Müller heißt? Diese Physio ... ähm, was denn jetzt?«

»Was machst du hier?«, ist das Erste, was mir in den Sinn kommt, nachdem ich den Schock überwunden habe. Er schaut sich um, kommt näher und flüstert: »Die Polizei war bei mir.«

45

Ich schließe die Tür in meinem Patientenzimmer, gehe mit wackeligen Beinen zu Benny und setze mich neben ihn auf die Bettkante.

»Was wollte die Polizei von dir?«

»Carsten, der Idiot.«

»Wer ist Carsten?«

»Ein Redakteur bei der Zeitung. Ich habe dort mal ein Praktikum … na ja, egal. Jedenfalls wollte ich für dich recherchieren und habe ihn angerufen. Wegen des Artikels. Die Villa in Herdern und der Zeuge, der gesucht wird, also du.«

»Du hast ihn auf mich aufmerksam gemacht?«, echauffiere ich mich.

»Nein, also eigentlich war das nicht meine Absicht. Jedenfalls hat Carsten mir erzählt, dass sich ein Mann bei ihm gemeldet hätte, telefonisch und natürlich anonym. Er hat ihm den Hinweis auf die Villa und die Personenbeschreibung eines möglichen Zeugen mitgeteilt, also deine.

Erst die Redaktion hat sich dann wiederum mit der Polizei in Verbindung gesetzt, und die haben danach die Villa in Herdern durchsucht.«

Also doch. Keinem Nachbarn ist aufgefallen, dass ich in dieser Villa war. Niemand hat direkt die Polizei informiert.

»Ein Mann. Anonymer Anruf bei der Zeitung«, wiederhole ich. Sofort kommen mir meine gedanklichen Anschuldigungen Benny gegenüber in den Sinn, die ich umgehend storniere.

»Thomas Müller«, sage ich.

»Wer ist das denn jetzt?«

»Der Typ am Rastplatz, den ich als Erstes gesehen habe, nach meiner Ohnmacht. Der mir mit Geld ausgeholfen hat. Auch bei der Autovermietung in Freiburg ist er mir aufgefallen. Und heute Morgen war er mein Therapeut für den Tai-Chi-Kurs.«

Benny zieht sein Notizbuch hervor und schreibt. »Müller, Nina und Thomas Müller«, nuschelt er. »Ein Paar?«

»Keine Ahnung. Jedenfalls ist er Physiotherapeut und sie führt eine gynäkologische Praxis, beide hier in der Suchtklinik. Zufall?«

»Es gibt keine Zufälle«, erklärt Benny.

»Also, was wollte die Polizei bei dir?«

»Carsten hat den Beamten gesteckt, dass ich mich für diesen Artikel interessiert habe. Keine Angst, ich habe der Polizei nur erzählt, dass ich einen Grund für den Anruf bei Carsten gesucht habe, wegen eines Jobangebots. Also die Zeitung sucht gerade wirklich jemanden. So einen Laufburschen, der die Post verteilt und Akten ordnet. Ich bin wirklich erst auf den Gedanken gekommen, Carsten anzurufen und nach dem Artikel zu fragen, als ich die Stellenanzeige entdeckt habe. Nur … Also, die Polizisten haben dann ….«

›Highway to hell.‹ Mein iPhone.

»Was haben die Polizisten?«, frage ich ungeduldig nach, stehe auf und gehe zum Schreibtisch. Ich entsperre mein Handy, sehe sogleich fünfzehn Anrufe in Abwesenheit und überlege, ob ich diesen aktuellen, anonymen Anruf entgegennehmen soll. Mein Blick fällt auf die Tablettenbox daneben. Ich könnte schwören, dass für heute Mittag eine kleine weiße Tablette gerichtet war. Jetzt ist diese blau, denke ich und schiebe die Box beiseite. Dann drücke ich mit dem Daumen auf das rote Hörersymbol. Nina ist gefunden, auch wenn sie sich offenbar nicht an mich erinnern kann. Warum sollte ich mich also weiterhin von diesen Anrufen belästigen lassen?

»Was haben die Polizisten?«, wiederhole ich und gehe zurück zu Benny.

»Na ja, sie haben gefragt, ob ich einen Arzt in der Familie hätte.« Ich verdrehe die Augen. »Und?«

»Hör mal, das war eine rhetorische Frage von den Polizisten. Ich gehe davon aus, dass sie sich vor dem Besuch bei mir erkundigt haben. Wahrscheinlich sind sie dann auf dich gestoßen.

Immerhin haben wir denselben Nachnamen und du stehst als Neurochirurg und Oberarzt im Neurozentrum Freiburg auf deren Homepage, mit Foto.«

»Mmmh.« Ich stehe wieder auf, hole zwei Gläser und schenke Mineralwasser ein. Selbstverständlich ist es für die Beamten ein Leichtes, herauszufinden, dass Benny und ich Brüder sind. Neurochirurg passt hervorragend zu der Szene, die sie im Keller der Villa vorgefunden haben. Dazu die Personenbeschreibung des mutmaßlichen Zeugen und der Vergleich mit meinem Foto im Internet. Selbst wenn sie nicht direkt bei ihren Recherchen auf mich gekommen wären, hätten sie Vaters Dissertation, seine fachkundigen Thesen in der Neurochirurgie, die Studien und seine veröffentlichten Bücher gefunden und damit einen Bezug zu mir hergestellt. Ich gehe zu Benny zurück und reiche ihm ein Glas.

»Danke.«

»Haben die Beamten gefragt, wo ich mich aufhalte?«

»Nein, das hat mich auch gewundert.«

»Die müssen nur in der Neurochirurgie anrufen, bei meinem Arbeitgeber.«
Benny nickt und trinkt dann einen großen Schluck. »Und jetzt?«

»Jetzt kann ich davon ausgehen, dass es nicht mehr lange dauern wird, bis sie hier aufkreuzen. Mich mitnehmen, um die Fingerabdrücke zu vergleichen.«

»Kein Opfer, keine Tat«, sagt Benny.

»Keine Ahnung«, sage ich und lasse die Schultern hängen. »Auch wenn ich nicht festgenommen werde. Ich habe die Therapie gestern hier in der Suchtklinik neu begonnen. Reuter hat ein Auge zugedrückt. Wenn die Polizei mich jetzt mitnimmt … und für meinem Arbeitgeber wird sich die Sache auch erledigt haben.« Sofort denke ich an die Gabapentin in meiner Hosentasche und zwinge mich dazu, bildlich ein großes, fettes Kreuz über diesen Blister zu machen.

»Ich habe ja gleich gesagt, dass du mit diesem Camcorder zur Polizei gehen sollst. Es macht immer einen besseren Eindruck, wenn du durch Eigeninitiative bei denen aufkreuzt.«

»Jetzt stell dir vor, ich erzähle die Wahrheit, also meine ganz eigenen Erinnerungen. Nina ist aber Gynäkologin und keine Physiotherapeutin und kennt mich nicht. Dieser Spiegelbrillenträger ist Thomas Müller, mein Tai-Chi-Therapeut, und ich war nie in diesem Hotel in Rimini. Was werden sie denken, die Beamten?«

»Alkoholiker, Tabletten … Die denken nichts, die lassen dich einweisen. Ich nehme vorsichtshalber den Camcorder an mich. Wenn sie den hier bei dir finden …« Jemand klopft an die Tür. Dreimal, laut.

46

Die Frau

»Wie ist dein Name?«, fragt die Stimme aus dem Diktiergerät. Jetzt ist es Fakt. Sie wird beobachtet, ganz sicher. Ihr Peiniger hat eine Anweisung bekommen. Vorhin schien er zufrieden gewesen zu sein mit ihrer Antwort, ›Karin‹, doch jetzt, nachdem er zurückgekommen ist, beginnt das Spiel von vorn. Er spult zurück und drückt erneut auf ›Play‹.

»Wie ist dein Name?« Er klatscht seine Hand gegen ihren Oberarm, ist ungeduldig und starrt sie durchdringend an.

»Monika«, sagt sie. Der nächste Name, der ihr einfällt. Er schüttelt sofort den Kopf. Jemand hat ihm ihren wahren Namen genannt, doch wie dieser lautet, weiß sie nicht.

»Jasmin«, schluchzt sie verzweifelt und denkt an ihren schmerzenden Unterkiefer. Wieder schüttelt er den Kopf.

»Bitte. Ich weiß es nicht. Ich habe keine Erinnerung daran, wie ich heiße, wo ich wohne oder an sonst etwas.«
Keine Regung. Er starrt weiter, wahrscheinlich überlegt er. Jetzt nimmt er eine Hand an sein Ohr und drückt mit dem Finger dagegen. Die schwarze Streichholzschachtel auf dem Regal und ›In Ears‹, eine Liveübertragung, ganz sicher. Doch wer sitzt am anderen Ende? Wer schaut sich diese Szenen an und amüsiert sich womöglich darüber, wie sie gequält wird? Und wer ist der Regisseur dieses Horrorstreifens? Ihr Peiniger entfernt sich. Läuft über den glatten Boden, seine Schuhsohlen quietschen. Ein unangenehmes Geräusch. Hin und her, wie ein wildes Tier im Käfig. In ihr Blickfeld, um den Stuhl herum, dann ist er für ein paar Schritte hinter ihr verschwunden. Immer und immer wieder. Er drückt an sein Ohr, schüttelt den Kopf. Er muss mit den Befehlen, die er über die ›In Ears‹ bekommt, nicht einverstanden sein. Er wirkt verzweifelt, aufgeregt, weiß nicht, wie er sich verhalten soll. Die Souveränität, die er zu Beginn dieser Tortur gezeigt hat, ist verflogen. Er wirkt anders, wie ausgetauscht. Eine andere Person?
Er rollt den Hocker neben ihren Stuhl und setzt sich. Seine Augen sind glasig und die Lider zucken. Auch seine Pupille scheint verkleinert zu sein, die Iris ist braun.
Er bückt sich, schaltet eines der Geräte ein. Nicht laut, stellt sie wieder fest, nachdem er die Knochensäge aktiviert hat. Eher wie ein Summen. Er zittert. Die Säge mit einem feinen, präzisen Blatt nähert sich.

»Cordula, Sabine, Brigitte!«, schreit sie verzweifelt.

47

»Entschuldigen Sie bitte die Störung, Herr Volkmann«, hat Stephanie, die Krankenschwester, gesagt. »Ich wollte nur nach Ihnen sehen und fragen, ob Sie in den Speisesaal kommen können oder lieber in Ihrem Zimmer essen möchten.« Benny hat sich für die nächsten zwei Stunden verabschiedet und ich kämpfe im Speisesaal mit meinem Blattspinat. Suppe und Salat kann sich jeder Patient selbst vom Buffet holen. Die Haupt- und Nachspeise wird am Tisch serviert. Ich schaue auf den gekochten Fisch, der sich auf meinem Teller unter der grünen Pampe versteckt, und weiß, dass sich mein Hunger in Grenzen hält. Ein Tisch für sechs Personen. Es kommt mir vor, als wären die kommunikativsten Patienten der ganzen Klinik an meinem versammelt. Womöglich hat man vergessen, mich dahingehend zu testen.

»Sagenhaft, diese neue Therapie«, sagt ein Mann mittleren Alters.

Er sitzt mir gegenüber und schöpft die zweite Portion Kartoffeln auf seinen Teller. »Allein, wenn ich nur über Alkohol nachdenke, wird mir schon übel.«

»Hast du jetzt die zweite oder die dritte Sitzung bei Reuter?«, fragt seine Stuhlnachbarin. Ich schätze, dass sie in meinem Alter ist. Sehr gepflegt. Lackierte Fingernägel, roter Lippenstift, und ihre dunklen Haare sind hochgesteckt.

»Die dritte«, antwortet er.

»Was ist denn das für eine Wunder-Therapie?«, fragt die junge Frau neben mir.

»Nix Wunder. Warts ab, du bist noch neu. Termine bei Reuter bekommst du erst, wenn du mindestens zwei Monate in der Klinik bist.«

Ich schaue zum Fenster hinaus in den Park und überlege, wie ich mich der Polizei gegenüber verhalten soll. Sicher werden die Beamten in nächster Zeit in der Klinik auftauchen und mich befragen. Benny hat den Camcorder mitgenommen. Auch mein Bruder ist jetzt davon überzeugt, dass es besser ist, das Video bis auf Weiteres unter Verschluss zu halten. Ein Dilemma, aus dem es keinen Ausweg gibt.

Herr Schenker sitzt zwei Tische von mir entfernt, auch ein Sechsertisch. Keiner der Patienten spricht. Jeder starrt vor sich hin und löffelt das Essen wie mechanisch in sich hinein. Mir ist heute Vormittag schon aufgefallen, dass Herr Schenker so wirkt, als wäre er geistig abwesend. Die

Medikamente, fällt mir ein. In meiner Tablettenbox wurde ein Austausch vorgenommen, oder täusche ich mich wieder?
Die Zeit war zu kurz, um meine komplette elektronisch angelegte Akte im Schwesternzimmer am PC zu studieren, aber wie soll ich mir erneut Zugang zu den Daten verschaffen? 13:00 Uhr, lese ich auf meiner Armbanduhr ab. Um 14:00 Uhr ist Schichtwechsel, zumindest beim Pflegepersonal der Suchtklinik. Für die Übergabe wird nicht das Schwesternzimmer genutzt. Meine Chance, denke ich und übergebe meinen vollen Teller an das Küchenpersonal. Die Dame reicht mir im Gegenzug den Nachtisch, einen Schokoladenpudding.

Wieder vorbei an der Rezeption Richtung Schwesternzimmer. Ich habe mir mit dem Dessert Zeit gelassen und bin einer der Letzten, die den Speisesaal verlassen. Die Therapien beginnen am Nachmittag ab 14:00 Uhr. Anders als heute Morgen ist es jetzt ruhig auf den Gängen. Einige Mitarbeiter machen Pause, andere bereiten sich für die Übergabe vor, und die Patienten ruhen sich nach dem Essen aus oder gehen im Park spazieren. Ich biege rechts in den Gang ein und höre Stimmen.

»… nicht nimmt, dann musst du sie eben intravenös verabreichen«, höre ich eine Männerstimme. Ich bleibe vor einer angelehnten Tür stehen und horche.

»Ja, wenn du meinst.« Eine Frau.

Die Tür wird zugeknallt, und ich zucke zusammen. Einige Sekunden später spüre ich die Vibration meines iPhones in der Hosentasche und ziehe es heraus. Anonym. Ich nehme den Anruf entgegen, werde diesem mysteriösen Anrufer meine Meinung geigen, damit ein für alle Mal Schluss damit ist.

»Jetzt hören Sie mir mal gut zu«, fange ich an, meinem Ärger Luft zu machen. Das bekannte Knacken, ein Rauschen, dann setzt ein Piepton ein, dessen Frequenz mein Trommelfell zu sprengen droht. Ich lasse das Smartphone fallen, taumele, pralle gegen eine Wand und lande auf dem Teppichboden. Ein Düsenjäger. Er durchbricht die Schallmauer, mein Gehirn, und jagt durch jede einzelne Windung. Explosionen. Lichtblitze. Mir wird übel. Ich lege die Hand auf meinen Bauch, drücke dagegen. Schließe die Augen. Blitze, Leuchtfeuer. Öffne die Lider. Atme ein und wieder aus. Wiederhole die Prozedur und konzentriere mich auf einen Punkt, den Lichtschalter. Ein und wieder aus.

Du musst deine Medikamente nehmen.

Ich versuche, aufzustehen. Meine Muskulatur hat die gleiche Konsistenz wie mein Nachtisch, der Schokoladenpudding. Ein- und wieder ausatmen. Ich setze mich hin. Muss warten, bis mir mein Körper wieder gehorcht. Ein heilloses Durcheinander in meinem Kopf. Bilder tauchen auf. Bilder, die nicht wahr sein können, die nicht existieren. Nina, sie beugt sich über mich, massiert meine Beine.

»Das bekommen wir schon wieder hin«, sagt sie, mit einer warmen, wohltuenden Stimme. Ich kann ihre Berührungen spüren. Begnadete Hände. Sie finden jede Verkrampfung meiner Muskulatur. Der Griff ist fest und dennoch zärtlich.

»Nina?«

Du musst deine Medikamente nehmen.

Sie lächelt mich an. »Gehts wieder?«, fragt sie. Ich nicke, verspüre ein Glücksgefühl, stütze mich an der Wand ab und komme langsam auf die Beine.

48

Es ist, als könnte ich immer noch die Düsenjets hören, zumindest deren Schall. Weit entfernt, und doch ist es da, das Grollen.

»Wir sollten eine Blutuntersuchung machen, Herr Volkmann. Das ist heute schon das zweite Mal, dass Sie Kreislaufprobleme haben.« Als stünde ein Gespenst vor mir, schaue ich Stephanie, die Stationsschwester, an. Kann nicht begreifen, warum die Personen ausgetauscht wurden. Gerade noch stand Nina neben mir, ganz sicher. *»Du musst deine Medikamente nehmen«,* drängt meine innere Stimme.

»Können Sie allein auf Ihr Zimmer gehen?«
Ich nicke und hebe mein iPhone vom Boden auf. Langsam entferne ich mich und gehe den Gang entlang.

In meinem Zimmer angekommen, kämpfe ich mich durch den Nebel, der nicht existieren kann. Draußen ist es sonnig und heiß. Sehr heiß. Viel zu heiß. Der Nebel muss in meinem Gehirn sein. Einbildung. Durch das Kerosin der Düsenjets verursacht. Sofort gehe ich an den Schreibtisch, greife nach der Tablettenbox und öffne sie. Die kleine blaue Pille liegt in meiner Hand. Ich begutachte sie. Lege sie wieder zurück in die Box. Sie wurde ausgetauscht, ganz sicher.

Du musst deine Medikamente nehmen.

Nein, das sind nicht meine!

Nimm sie.

Meine Hände zittern. Ich kämpfe. Will nicht. Nebel. Der Schall. Meine Gedanken fliegen, sind festgezurrt an dem Düsenjäger in meinem Gehirn. Hängen an einem flatternden Banner. Buchstaben wehen an mir vorbei, nicht erkennbar, viel zu schnell. Bilder tauchen auf. Max.

»Soll ich die Smarties jetzt schlucken, Papa?«

»Ja.«

»Machen die meine Haselnuss weg?«

»Vielleicht.«

»Woher weißt du das?«

»Von meinem Papa, also von deinem Opa.«

»Den kenne ich nicht.«

»Nein, der ist schon im Himmel.«

»Da, wo ich auch bald hingehe?«

Meine Wangen sind nass. Bestimmt durch den Schweiß. Nein, diesmal werde ich diese Tabletten nicht schlucken. Auch keine Gabapentin. Nichts.

»Du hast die Macht über dich selbst. Über dein Handeln, deine Gedanken und deinen Willen. Erst wenn diese Macht splittert, bist du schwach und angreifbar.« Schwach und angreifbar, wiederhole ich in Gedanken. Nein, diesmal nicht. Seit Stunden habe ich keine Medikamente eingenommen, und ich habe das Gefühl, besser denken zu können, etwas klarer. Selbst wenn es nur eine minimale Abweichung ist, so geht die Tendenz in die richtige Richtung. Was zwingt mich plötzlich dazu, diese blaue Tablette einzunehmen? So, als wäre unterbewusst ein Hebel in mir umgelegt worden. Eine unsichtbare Hand, die mich schubst, nein, die mich dazu zwingen möchte, gegen meinen Willen zu handeln. Der Drang nach dieser falschen, blauen Pille ist immer noch da. Meine Hand greift danach, ganz automatisch. Ich gebe nicht nach, ich habe die Macht über mein Handeln, sage ich mir. Es ist anstrengend, gegen diesen Sog anzukämpfen. Ich muss mich zusammenreißen. Immer noch dieser Nebel, hier im Zimmer, was nicht sein kann. Ich schwanke zum Bett. Muss mich ausruhen. Nur für einen Moment. Einen kurzen Augenblick die Füße hochlegen. Ganz sicher wird sich der wabernde, graue Nebel danach lichten und meine Gedanken anhalten.

Die Villa kommt mir in den Sinn. Der anonyme Anruf, kurz bevor ich den Stein in das Küchenfenster geworfen habe. Die gleiche Situation. Der Piepton. Eine Frequenz, die Schmerzen im Gehörgang verursacht, die meinen

Kreislauf durcheinanderbringt und mir Übelkeit beschert. Ich wollte nicht in dieses fremde Haus einbrechen, wollte das Fenster nicht einschlagen. Habe den Stein gehoben, dann meinen Arm wieder gesenkt. Mit mir gekämpft. Mein Wille, meine Macht, gegen … Was ist so stark, dass es meinen Willen brechen kann? Ein Thema aus Vaters Büchern kommt mir in den Sinn. Trigger, die über spezifische Tonfrequenzen transportiert werden, zum Beispiel über einen Anruf. Das ist möglich. Allerdings nur unter Berücksichtigung einiger Faktoren. Zum einen muss zuvor ein Trigger gesetzt worden sein. Wer sollte mir diesen suggeriert haben, und vor allem – wie? Und zum anderen ist ein Medikament, das einem Opiat ähnelt, von Vorteil. *Gabapentin!* Wieder fliegt dieses weiße Banner mit den schwarzen Buchstaben vor meinem geistigen Auge her. Ein Trigger. Ich wurde gelenkt, manipuliert. Was war alles möglich? Was habe ich getan? Wieder wird mir übel. Gedanken über Gedanken, und sie halten nicht an. Keine Lösung. Es macht mich verrückt, zu keinen Ergebnissen zu gelangen. Immer noch besteht der Druck, diese blaue Pille zu schlucken. Ich stehe auf, gehe zum Schreibtisch und nehme die Box. *Keine Macht!* Vorsichtig nehme ich die Tablette heraus, gehe ins Bad und werfe sie in die Toilettenschüssel. Würde ich sie nur, so wie die Medikamente von heute Morgen, verstecken, bestünde dennoch die Möglichkeit, sie einzunehmen. Der Schwindel ist da.

Ich stütze mich an der Wand ab, gehe zurück und lege mich aufs Bett. Es ist ein Kampf, den ich gewinnen muss. Ein Entzug.

Dunkel. Die Sonne ist verschwunden. Wahrscheinlich bin ich eingeschlafen. Keiner hat sich für mich interessiert, keiner hat mich zum Abendessen geweckt, und meine Chance, die Übergabe des Pflegepersonals um 14:00 Uhr abzupassen, habe ich verpasst. Wollte Benny nicht vorbeikommen? Gerade, als ich nach dem Lichtschalter greifen will, höre ich ein Geräusch. Ich bin nicht allein. Sofort kommen mir der Anruf, die Tablette und der Trigger in den Sinn. Keiner konnte ahnen, dass ich diesmal stark sein würde. Keiner konnte wissen, dass ich diese Pille nicht schlucke. Ich stelle mich schlafend und schließe die Augen.

49

Die Gardinen sind auf, die Rollos nicht heruntergelassen. Es dringt gerade so viel Helligkeit in mein Zimmer, dass ich ihn verschwommen erkennen kann, den Chirurgen. Kopfbedeckung, die Haare darunter versteckt. Den Mundschutz weit nach oben auf die Nasenwurzel gezogen, sein Kittel ist fest verschnürt. Schmale Silhouette. Er kommt näher an mein Bett. Ich schließe meine Augen. Welchen Wirkstoff hatte die kleine blaue Pille? Wie muss ich mich verhalten, dass er annimmt, ich hätte sie geschluckt? Auf der anderen Seite frage ich mich, ob es schlau ist, mich schlafend zu stellen. Sollte ich nicht besser das Licht einschalten, ihm den Mundschutz herunterreißen und ihn stellen? Na klar, denke ich ironisch. Weil ich ein unerschrockener Kämpfer bin, ein ›Dwayne Johnson‹, nur kraftlos eben. Ich muss herausfinden, was hier gespielt wird. Versuche, mich auf meine Atmung zu konzentrieren. Er nimmt mein Handgelenk und tastet. Jetzt untersucht er meine Augen. Schiebt meine Lider auf. Unangenehm.

Licht, grell, es blendet, bevor es wieder dunkel wird. Hände auf meiner Brust. Dann spüre ich einen Stich in meinen Oberarm.

Der Nebel ist dicht. Graue Schlieren verschmieren mir die Sicht. Meine Augen sind offen, ganz sicher. Das sind nicht meine schwarzen Sneakers, die neben meinem Bett stehen. Füße, nicht meine, stecken in den Schuhen. Er sitzt neben mir auf der Bettkante. Ich bin müde, unsagbar müde. Er redet, der Chirurg. Sein Mund öffnet sich, ganz sicher. Ich starre ihn an, kann ihn nicht verstehen. Ein Brummen in meinem Schädel. Meine Augen brennen, kann sie nicht schließen. Der Nebel verschleiert mir die Sicht. Das Brummen verstärkt sich, wird zu einem Presslufthammer. Der Chirurg, er redet und redet. Kein Wort, kein einziges Wort kommt bei mir an. Er spricht ohne Unterlass. Eine Spritze, denke ich. Er hat mir eine Injektion in den Oberarm verabreicht. Bestimmt hat er bemerkt, dass ich die blaue Tablette nicht geschluckt habe. Er hat meine Augen untersucht, meine Pupillen getestet. Wie in Trance bewege ich mich, bin nicht Herr meiner Sinne. Er fasst mich an, packt zu. Jetzt soll ich aufstehen. Er zieht meinen Oberkörper hoch, stellt meine Beine auf den Boden. Kann nicht. Bin müde, unsagbar müde. Ich taumele. Er hält mich fest. Quetscht meinen Oberarm zusammen. Laufen. Einen Fuß vor den anderen stellen. Wir gehen durch unzählige Gänge, überall ist wabernder Nebel. Ich laufe diesem Chirurgen hinterher.

Bleibe stehen und gehe weiter. Er stoppt an einer Wand, schaut sich um. Wieder durch den nächsten Gang. Ich bin müde, möchte schlafen, muss laufen. Türen gehen auf und schließen sich.
Wind schlägt mir entgegen. Ein Sturm. Geräusche. Donner, gleich darauf wird es hell. Regen klatscht mir ins Gesicht. Muss hinterher, muss diesem Kittel folgen.
Schlüssel klirren. Verschwommen. Er spricht, er flüstert, unverständlich. Dreht mich um. Ich will schlafen. Hände greifen nach mir.
Ein Auto. Er schnallt mich an, ist ganz nah, dann knallt eine Tür zu. Ich muss mich anstrengen, gegen diese Wirkung anzukämpfen. Was geschieht mit mir? Wo will er mich hinbringen? Fahrgeräusche. Mein Kopf lehnt an einem Seitenfenster. Der Donner ist laut. Dann ein grelles Licht. Ich erschrecke. Meine Glieder schmerzen. Mein Schädel knallt gegen die Scheibe. Musik wie durch Watte. Scheinwerfer kommen uns entgegen, sie blenden. Regen klatscht an die Windschutzscheibe, alles verschwommen. Ich komme nicht gegen die wabernde graue Masse in meinem Gehirn an. Mein Körper bewegt sich hin und her, wird durchgeschüttelt, dann gegen einen Widerstand gepresst. Schmerzen in der Brust, der Gurt. Eine Tür wird geöffnet. Aufstehen, laufen. Waldboden, nicht sicher. Meine Beine geben nach. Wasser klatscht mir ins Gesicht. Festhalten. Hände, die zupacken.

Ich muss mich setzen.

»Injektion geben«, verstehe ich. Ein Mann? Eine Frau? Die Töne klingen verzerrt. Arme hoch und wieder runter. Jemand macht sich an meinem Kopf zu schaffen, steckt etwas in mein Ohr. Unangenehm. Wo bin ich? Es ist dunkel, nur da vorne brennt ein Licht. Der Chirurg und noch eine Person, kein Gesicht.

» … muss das Band zusammenschneiden … nicht erkennbar … wichtig … eindeutige Identifizierung.«
Wie eine Marionette, deren Beine sich wie von Fäden gezogen bewegen. Schuhe aus. Die schwarzen Sneakers sind nicht meine. Schlafen, ich muss schlafen. Der Chirurg zieht mich hoch. Ich muss aufstehen und warten. Ein Schlüssel. Eine Tür öffnet sich. Auch hier verteilt sich der Nebel. Die Tür ist von innen dick gepolstert. Der Raum nicht groß, in der Mitte steht ein Stuhl, hydraulisch verstellbar. Eine Frau, ich kann sie nicht erkennen. Ihre Beine und Arme sind am Stuhl fixiert. Ein OP-Tuch. Die gleiche Szene wie in diesem Video, aber dies ist nicht der Keller, und es ist auch kein Film. Ein heller Raum, an der Wand eine Liege. Kein OP-Saal. Ein Vitalmessgerät. Ich werde gestoßen. Ich will nicht, lehne mich dagegen, möchte nicht in dieses Zimmer. Die Tür fällt ins Schloss. Allein mit dieser Unbekannten. Ich muss sie befreien, muss ihr helfen, gehe näher an den Stuhl. Nicht erkennbar. Ich kann die Frau nicht identifizieren. Schlafen, wegdriften. Alles ausblenden, vergessen. Jemand spricht. Kann nichts verstehen, keine Worte, nur Töne. Wer ist diese Frau? Kein Gesicht. Ich habe etwas in der Hand Ich

schaue hin, ein Diktiergerät. Jetzt drücke ich einen Knopf. Wieder eine Stimme, die Frau, sie spricht. Ich schüttele den Kopf, kann nichts verstehen. Eine andere Stimme direkt in meinem Ohr. Ein Knistern ist zu hören, dann flüstert jemand: »Eine Spinne, auf ihrem Arm. Schau hin. Hilf ihr.«

Jetzt sehe ich ein Tier, auf dem Arm der Frau. Eine Spinne, handtellergroß. Schwarze behaarte Beine, das Hinterteil groß wie ein Tischtennisball. Sie starrt mich an mit ihren acht Augen, fixiert mich. Will die Frau beißen, reißt ihr Maul auf. Fletscht die Zähne. Ich muss der Frau helfen, muss dieses Ungetüm von ihrem Oberarm entfernen und schlage diesen Gliederfüßer weg. Wieder muss ich auf das Gerät in meiner rechten Hand drücken. Worte, die nicht bei mir ankommen. Muss die Frau begutachten. Tief in ihre Augen blicken. Nichts, da ist nichts. Nur eine Wachsmaske ohne Gesicht. Ich muss dagegen ankämpfen. Bestimmt ein Opiat, denke ich.

Sie spricht, sagt etwas. Ich schüttele wieder den Kopf, kann sie nicht verstehen. Jetzt stecke ich das Diktiergerät in meine Kitteltasche. Wieder Geräusche in meinem Ohr. Ich drücke mit der Hand dagegen. Das Knacken und Knirschen ist unangenehm. Ich soll mich von der Frau entfernen, durch den Nebel laufen, vor und zurück. An dem Stuhl vorbei. Ich halte mich am Vitalmessgerät fest. Muss es wieder gerade hinstellen.

Immer und immer wieder laufe ich in diesem Raum von der einen zur anderen Wand. Ich bin müde, unsagbar müde. Wie kann ich der Frau helfen? Wie können wir entkommen? Bewegung. Atmen, tief ein und wieder aus. Ein Rollhocker, ich soll ihn verschieben. Ich kämpfe mich durch die wabernde, graue Masse. Hinsetzen. Müde, unsagbar müde. Ein Gerät in meiner Hand, anders als zuvor, größer. Unhandlich. Eine Knochensäge. Ich soll sie einschalten, sagt die Stimme in meinem Ohr. Der Knopf ist gedrückt, ich höre ein Summen. Eine Gehirnoperation durchführen, sagt die Stimme. Aufstehen und die Schädelplatte entfernen.

Jetzt kann ich verstehen, was die Frau sagt: »Cordula, Sabine, Brigitte.«

50

Zwischen Schlaf und Wachsein. In einem Traum gefangen, von dem ich mich ganz langsam löse. Einem Albtraum. Ich zwinge mich dazu, aufzuwachen, doch mein Körper gehorcht nicht. Einzelne Szenen, die ich nicht der Realität zuschreibe, sondern den Bildern auf dem Video, die ich gesehen habe, dem Camcorder. Unterbewusste Verknüpfungen. Träume. Noch während ich aufwache, grüble ich über deren Bedeutung nach, dann zerplatzen sie meist, wie Seifenblasen. Doch manchmal, so wie jetzt, sind sie präsent, jedes Detail. Kein Fantasiegebilde. Dennoch war es ein Traum, oder? Komplexere Trauminhalte kommen hauptsächlich in der REM-Schlafphase vor. Demnach bin ich genau in dieser ›Rapid-Eye-Movement-Phase‹ aufgewacht, daher wirkt die Illusion für mich real, oder? Wie sind so komplexe Gedankengänge möglich, wenn ich weder meine Lider noch den restlichen Körper bewegen kann?

»Ist das tatsächlich möglich?«

»Psst.«

Ein verschachtelter Traum. Immer wieder denkt man, aufzuwachen, und landet stattdessen in der nächsten Frequenz. Woher diese Stimmen an mein Ohr dringen, weiß ich nicht. Eine Zuordnung ist nicht möglich.

»… keine Medikamente mehr genommen…«, höre ich ein Flüstern, weiter entfernt.

»Suggestion neu … So als würde ein Computer … formatiert.«

Ich kann diese Worte nicht einordnen. Sie passen in keiner Weise zu der unbekannten Frau, die an diesen Stuhl gefesselt ist. In meinem Traum, einem Albtraum. Ich versuche, meine Arme und Beine zu bewegen, weiß nicht, ob ich stehe, sitze oder liege. Wo ich mich befinde und woher diese Stimmen kommen. Männlich, weiblich, ein heilloses Durcheinander. Erneut in eine tiefe Schlafphase fallen lassen, alles ausblenden.

»Ruhig, ganz ruhig.« Männlich, ganz sicher. Dicht an meinem Ohr. Leise, sanft, in einem gleichbleibenden Singsang.

»Schwer, ganz schwer … tiefer und tiefer … fühlst dich wohl … tiefer und tiefer.«

Ja, weg von diesem Traum. Ich fühle mich gut. Fallen lassen, loslassen, wegdriften …

Ein Bild taucht auf. Wolkenloser blauer Himmel, ein wunderschöner Frühlingstag. Ich parke direkt vor unserem Haus in Kirchzarten und steige aus. Nina steht im Vorgarten, sie pflanzt die Blumen ein, die wir gestern bei der Großgärtnerei erstanden haben. Das Windrad unter dem Vordach bewegt sich. Wie ich dieses Monstrum aus dem Kofferraum hieven soll, ist mir noch nicht klar. Ich wollte Nina damit überraschen. Sie war begeistert, als sie die Skulptur auf der Ausstellung des Bildhauers entdeckt hat. Eine Frau ohne Gesicht. Der Körper nackt, weibliche Rundungen. Sie sitzt auf einem Baumstamm. Bestimmt werden sich einige der älteren Nachbarn brüskieren, wenn wir diese Skulptur in unseren Vorgarten stellen, aber das ist mir egal. Hauptsache, Nina freut sich darüber.

»Hallo, mein Schatz.« Nina steht auf und dreht sich zu mir um. Ihr Shirt und die Jeans sind mit Erde beschmutzt. Die Gartenhandschuhe sind viel zu groß für ihre schmalen Hände. Sie lässt die Schaufel fallen und eilt auf mich zu.

»Jan. Schön, dass du wieder da bist.«

»Schau mal«, sage ich und öffne den Kofferraum. Nina zieht die Handschuhe aus und springt in die Luft, dann klammert sie sich an meinen Hals. »Du hast sie gekauft? Wahnsinn, du bist ein Schatz. Danke!«

Ich schaue tief in Ninas braune Augen. Braun?

Ich schließe meine Lider, öffne sie wieder. Grün?

Ich blinzle. Das Bild verändert sich und wechselt. Ninas schmales Gesicht verformt sich. Die Wangen werden runder, die Lippen voluminöser. Grün. Braun.

Ich schüttele den Kopf. Nina? Nein, Anne! Ein Flimmern, wie bei einem defekten Bildschirm, und die Szene verändert sich.

Ein neues Programm, ein anderer Kanal, eine bekannte Szene.

Natürlich entscheiden wir uns wie immer bei unserem Lieblingsitaliener für das Tiramisu als Nachspeise. Wie oft haben wir schon vor dem Essen darüber gesprochen, dass wir von unseren Gepflogenheiten abweichen könnten? Aber jedes Mal, wenn der Ober an unserem Tisch steht, schauen wir uns an und sagen gleichzeitig: »Tiramisu, bitte.« Ich liebe diese Innigkeit. Das Verstehen ganz ohne Worte. Nina ist mein Pendant, der Deckel auf meinen Topf. Das, wonach ich mich gesehnt habe. Wir sitzen uns in dieser gemütlichen Nische gegenüber und sind einfach nur glücklich. Wir genießen die Zweisamkeit. Nina greift nach meiner Hand.

»Ich liebe dich, Jan«, sagt sie und beugt ihren Oberkörper zur Tischmitte. Ich schiebe die Kerze beiseite und komme ihr entgegen. »Ich liebe dich auch.« Wir nähern uns an, treffen uns in der Mitte. Nina spitzt ihren Mund und schließt ihre braunen Augen. Braun?

Ich blinzele. Grün.

Ich schaue weg und wieder hin. Das Bild verändert sich und wechselt. Ninas schmales Gesicht verformt sich. Die Wangen werden runder, die Lippen voluminöser. Grün. Braun. Ich schüttele den Kopf. Nina? Nein, Anne! Das ist

Anne. Ein Flimmern, wie bei einem defekten Bildschirm, und die Szene verändert sich. Ein neues Programm, ein anderer Kanal, eine bekannte Szene.

»Ruhig, ganz ruhig. Tief ein- und wieder ausatmen«, höre ich den männlichen, beruhigenden Singsang aus dem Hintergrund.

Neue Bilder tauchen auf. Eine Massageliege. Nackt, nur ein Handtuch umhüllt mein Hinterteil. Ich liege auf dem Bauch. Kann ihre Hände spüren. Kraftvoll kneten sie meine verspannte Muskulatur. Finden jede verklebte Faszie. Vom Nacken über die Schultern, die Brust- und Lendenwirbelsäule bis hin zu meinen Beinen. Das Öl ist warm, angenehm. Ihre Finger gleiten geschmeidig über meine Haut. Dann bohren sie sich tief hinein. Ein kurzer Schmerz, danach ein wohltuendes, erleichterndes Gefühl.

»Morgen fahren wir für drei Wochen nach Rimini und haben den besten Urlaub unseres Lebens. Ich liebe dich«, sagt Nina. Ich nicke, hebe meinen Kopf, schaue mich um. Anne!

»Du bist ganz ruhig. Du fühlst dich wohl. Deine Atmung ist gleichmäßig.«

Wieder ein Flimmern, wieder eine andere Frequenz. Freiburg, Innenstadt. Nina begleitet mich in die Bankfiliale.

»Damit können wir uns ein neues Leben aufbauen«, sagt sie. Natürlich, bestimmt hat sie recht. Sie bleibt an der Tür stehen, und ich gehe allein zum Kassenschalter.

»Ich hatte angerufen«, sage ich zu der Bankangestellten und lege meinen Ausweis und die EC-Karte auf den Tisch.

»Und Sie möchten wirklich alles in bar mitnehmen?«

»Ja, und dann veranlassen Sie bitte die Sperrung meiner Kreditkarten«, bestätige ich und reiche der Angestellten einen Aktenkoffer.

»Glaub mir, das wird der schönste Urlaub deines Lebens«, sagt Nina, als ich ihr am Auto den Koffer übergebe. Ich nicke ihr zu, verspüre ein vollkommenes Glücksgefühl. Ihre grünen Augen strahlen mich an. Noch nie habe ich solch eine tiefe Liebe für einen Menschen empfunden. Ich würde alles für diese Frau geben. Für Nina.

Noch eine Szene, wieder bekannte Bilder aus meinem Unterbewusstsein, die jetzt wie bei einem Vulkanausbruch an die Oberfläche gelangen. Heiße Lava, deren Tatsachen meinen Körper zu verbrennen drohen. Wie bei einem Zauberwürfel werden die passenden Farben, meine Erinnerungen, so lange sortiert, bis sie auf jeder Seite eine Einheit ergeben.

Ich trage ein schwarzes Shirt und bunte Bermudas. Nina sitzt auf der Beifahrerseite in meinem Audi A6. Wir haben einen dreiwöchigen Urlaub im Beach-Hotel in

Rimini verbracht, ein Liebesurlaub, sagt sie und erzählt von unseren wunderschönen Erlebnissen. Ich mache mir keine Gedanken darüber, warum ich aus der falschen Richtung von der Schweiz aus durch den St. Gotthard-Tunnel fahre und lausche Ninas Geschichten. Am Rastplatz vorbei, an der nächsten Ausfahrt abfahren, dann wieder zurück Richtung Schweiz. Wir sind lange unterwegs, sagt Nina. Fünf Stunden vom Hotel bis zu diesem Rastplatz. Wir sollten eine Pause machen. Es ist heiß, die Sonne brennt vom wolkenlosen Himmel. Wasser soll ich mitbringen, sagt sie, bevor ich an der Tankstelle aussteige. Sie wartet im Auto auf mich. Ich gebe ihr einen Kuss, steige aus und betanke das Fahrzeug. Schweiß tropft von meiner Stirn, rinnt in Bächen über meinen Nacken und wird von meinem T-Shirt aufgesaugt. Meine Muskulatur zittert, bestimmt dehydriert, denke ich. Die Klimaanlage im Tankstellenshop bringt Abkühlung. Bevor ich an die Kasse gehe, muss ich unbedingt Getränke kaufen. Rechts um die Ecke, zu den Regalen. Direkt vor dem Getränkekühlschrank höre ich ›Highway to hell‹, mein iPhone. Anonymer Anrufer. Ich wundere mich und drücke auf das grüne Hörersymbol. Ein Knistern, ein Rascheln, dann ein Piepton, der droht, mein Trommelfell platzen zu lassen. Das Smartphone fällt mir aus der Hand, ich schwanke, der Boden nähert sich.

51

»… fühlst dich wohl, drei. Du erwachst aus einem langen, erholsamen Schlaf, zwei. Du öffnest die Augen und bist hellwach, eins.«

Meine Atmung ist ruhig, der Puls verlangsamt. Schlagartig öffne ich meine Augen. Ich liege. Muss mich einen Moment sortieren. Zu viele Bilder, zu viele Informationen. Benny. Er sitzt auf einem Stuhl, direkt zu meinen Füßen. Ich drehe meinen Kopf nach links. Auch ein Mann, älter, sitzt auf einem Sessel, neben dem Sofa, auf dem ich liege. Glatze, rundliches Gesicht, die Brille auf der Nasenspitze. Reuter.

»Was ist …?«, fange ich an.

»Langsam, Herr Dr. Volkmann«, unterbricht er mich und zieht die Brille ab. Dann nimmt er einen Schreibblock und einen Stift von seinem Schoß und legt beides auf den Boden. »Sie standen unter Hypnose. Wie geht es Ihnen jetzt?«, fragt er dann.

»Okay«, ist meine zurückhaltende Antwort.

»Sie möchten Erklärungen, nicht wahr?«, fragt Reuter. Ich nicke, schaue Benny an, der mich stumm anlächelt. »Nachdem Sie heute Morgen nicht beim Frühstück aufgetaucht sind, war die Stationsschwester in ihrem Zimmer, um nach dem Rechten zu sehen. Schließlich hatten Sie gestern schon massive Kreislaufprobleme. Stephanie hat Sie, Herr Dr. Volkmann, in einem rauschähnlichen Zustand vorgefunden. Natürlich hat mich die Stationsschwester sofort informiert und wir haben eine Blutuntersuchung veranlasst. Wir sind zuerst davon ausgegangen, dass Sie rückfällig geworden sind. Allerdings haben wir keinen Alkohol, sondern Morphinrückstände in Ihrem Blut festgestellt.«

»Ja, und dann kam ich dazu«, sagt Benny. »Bin gestern aufgehalten worden und konnte nicht wie versprochen zu dir in die Klinik kommen. Ich habe dich auf dem Handy angerufen und wollte Bescheid geben, egal. Auf jeden Fall bin ich heute Morgen direkt in dein Zimmer gekommen, und da standen schon die Stationsschwester und Herr Reuter an deinem Bett.«

Morphin. Die Spritze. Natürlich. Es war kein Traum, dieser Chirurg war tatsächlich in meinem Zimmer.

»Ihr Bruder war so freundlich und hat mir Ihre ganze Geschichte erzählt. Seine Notizen waren sehr hilfreich. Das Video auf dem Camcorder hat er mir auch gezeigt. Ich weiß nicht, ob Sie sich erinnern können, aber nach den ersten zwei Monaten, als Sie hier in der Suchtklinik waren, haben wir mit der Hypnosetherapie begonnen.

Ein sehr gutes Mittel, um die Sucht auch psychisch langfristig zu bekämpfen. Studien haben bewiesen, dass gerade Suchtkranke auf Hypnose wunderbar ansprechen. Mit der richtigen Vorbereitung ist das eine effektive Maßnahme.«

Die Tabletten, die Reuter verordnet hat, fallen mir ein.

»Die wurden ausgetauscht«, sage ich.

»Was wurde ausgetauscht?«

»Die Tabletten in meiner Medikamentenbox. Für gestern Mittag war eine blaue anstatt einer weißen drin.«

»Blau? Nein, Sie haben recht, die war weiß. Die von mir verordnete Tablette für mittags war Kalium, da ihr Kaliumspiegel viel zu niedrig war, mehr nicht. Daher kamen auch ihr Zittern und die Schweißausbrüche.«

Kaliummangel kann unter anderem auch zu Herzrhythmusstörungen, Muskelschwäche und verminderten Reflexen führen.

Benny schlägt sich an die Stirn. »Kalium? Ups, wer konnte das wissen.«

»Ich hatte das bei unserem Wiederaufnahmegespräch erklärt, Herr Dr. Volkmann. Aber jetzt ist mir ganz klar, dass Sie zu diesem Zeitpunkt nicht sonderlich aufnahmefähig waren. Morgens und abends habe ich Ihnen eine halbe Gabapentin verordnet. Ein plötzliches Absetzen ist nicht von Vorteil. Wenn Sie allerdings selbst über die Dosierung entscheiden können, auch nicht, daher habe ich Sie gebeten, die Gabapentin selbst abzusetzen. Ansonsten ein paar Vitamine, mehr nicht.« Reuter steht auf, geht an seinen Schreibtisch und schenkt aus einer

Karaffe Wasser in ein Glas. »Bitte«, sagt er, als er wieder neben mir steht.

»Danke.«

»Nachdem mir Ihr Bruder Ihre kompletten Erlebnisse erzählt hat und ich Sie und Ihren geistigen Zustand, vor Ihrem Therapieabbruch, durch unsere Sitzungen gut einschätzen kann, war klar, dass es sich bei Ihnen um Manipulation handeln muss. Eine Manipulation, die so nur unter Hypnose durchgeführt werden kann. Dafür waren Sie durch unsere therapeutischen Maßnahmen gut vorbereitet. Hierzu wurden Ihre Erinnerungen und Erlebnisse abgerufen und im Nachhinein einfach mit anderen Personen ausgetauscht.

Situationen, die Sie mit Ihrer Frau erlebt haben, egal, wie lange diese zurückliegen, hatten Sie dadurch in ihrer ›neu programmierten Erinnerung‹ mit Nina. Das Haus in Kirchzarten hatten Sie nicht gemietet, sondern Sie haben dort über viele Jahre mit Ihrer Frau gelebt. Urlaubserlebnisse, Restaurantbesuche, ja sogar intime Szenen.«

»Wie ist das möglich? Ich war mir sicher, zu einhundert Prozent sicher, dass ich das alles mit Nina erlebt habe.«

»Die Hypnosetherapie wird schon seit vielen Jahren dazu genutzt, um Ängste, Traumata, Suchtkrankheiten, Depressionen und psychosomatische Themen zu behandeln. In den USA schon sehr viel länger und intensiver als bei uns in Europa. Ich hatte das Glück, in den Vereinigten Staaten studieren zu dürfen.

Hypnosetherapeut ist nicht gleich Hypnosetherapeut, gerade hier tummeln sich viele Scharlatane, schwarze Schafe oder Laien, die dadurch diese ernstzunehmende Methode in der Öffentlichkeit ins Lächerliche ziehen. Hypnose-Shows im TV zum Beispiel. Das verfälscht die allgemeine Ansicht und wirft ein schlechtes Licht auf die wahren Therapeuten. Diese Methode ist nicht in einem Schnellkurs zu erlernen, sondern bedarf jahrelanger Weiterbildung. Es ist also tatsächlich möglich, auch gegen seinen Willen hypnotisiert zu werden, leider. Ich hatte schon Patienten, da musste ich die zuvor gesetzten Auslöser, die Trigger, wieder entfernen. Es ging zum Beispiel um Macht-Missbrauch, um das Gefügigmachen. Das ist die andere Seite der Hypnose. Wahrlich ein gefährliches Werkzeug, das ein wahrer Könner der Hypnotherapie in Händen hält.
Stellen Sie sich eine Festplatte vor. Wir speichern täglich Tausende von Daten darauf. Dann werden wieder einige gelöscht oder überschrieben. Mit der richtigen Methode – der Hypnose – ist dies genauso mit Ihrem Unterbewusstsein möglich.«

»Aber jetzt, nach Ihrer erneuten Hypnose, kann ich mich doch wieder erinnern?«

»Ja. Ich habe den Auslöser entfernt und Ihre Erinnerungen wieder geradegerückt. Tatsachen wie Ihr Besuch bei der Bank und die Geldübergabe wurden in Ihren Erinnerungen unter Hypnose einfach gelöscht. Aber auch eine Festplatte speichert die gelöschten Daten. Sie sind nur oberflächlich verschwunden. Ansonsten müsste eine komplette Neuformatierung stattfinden, und das käme, auf den Menschen bezogen, einer Amnesie gleich. Und auch dann wären die Daten unter bestimmten Voraussetzungen für einen Profi wieder abrufbar, tief in Ihrem Unterbewusstsein vergraben.«

»So viel ich weiß, ist es nicht möglich, dass der Patient unter Hypnose gegen seinen Willen handelt.«

»Da verwechseln Sie etwas, Herr Dr. Volkmann. Es ist nicht möglich, gegen die Werte des Hypnotisierten zu verstoßen, dann würden Sie sofort aus der Trance erwachen. Sie würden zum Beispiel niemals töten, nur weil es der Hypnotiseur verlangt, wenn es gegen Ihre ganz eigenen Werte verstößt. Wenn ich Ihnen allerdings suggeriere, dass Ihre Frau ein wildes Tier ist, vor dem Sie Ihr Leben schützen müssen, würden Sie angreifen. Denn Sie würden das wilde Tier sehen und nicht Ihre Frau. Sofern der Hypnotiseur seine Kunst versteht, ist es tatsächlich möglich, alles zu suggerieren. Auch gegen den Willen, aber niemals gegen die inneren Werte. Manipulation eben.«

»Die Hypnose hält aber nicht ewig an und muss immer wieder erneuert werden.«

»Das ist richtig. Ein unter Hypnose gesetzter Trigger, ein Wort, ein Bild oder auch ein Ton, wie dieses Piepen aus ihrem Handy, ist eine Verknüpfung, eine Erinnerung und erneuert die Suggestion in ihrem Unterbewusstsein.«

Nichts war echt. Manipuliert. Alle Erlebnisse hatte ich mit Anne, meiner Ex-Frau, gehabt und nicht mit Nina. Die Liebe war echt, allerdings die Liebe zu Anne. Warum wird so ein durchtriebenes Spiel mit mir gespielt? Nur wegen des Geldes? Hier hätte es bestimmt einfachere Methoden gegeben als den Versuch, mich in den Wahnsinn treiben zu wollen. Wer hätte etwas davon, wenn ich rückfällig geworden wäre, wenn ich komplett den Verstand verloren hätte? Ich kann es nicht fassen. Ein einziges Verwirrspiel. Nina. Warum ausgerechnet Nina Müller, wenn sie mich doch nicht kennt? Oder wurde auch sie hypnotisiert?

»Herr Reuter?«

»Ja.«

»Kennen Sie meine aktuelle Adresse?«, frage ich.

»Selbstverständlich. Sie wohnen in einem Apartment in der Reutebachgasse in Freiburg. Diese Wohnung haben Sie kurz vor dem Hausverkauf angemietet, das haben Sie mir in einer unserer Sitzungen erzählt.«

»Anscheinend fehlt doch noch einiges in meiner Erinnerung.«

»Das ist ganz normal, nach dem, was mit Ihnen geschehen ist. Aber das bekommen wir in den nächsten Therapiestunden wieder hin. Sie kennen doch meinen Leitsatz: Du hast die Macht über dich selbst, dein Handeln, deine Gedanken und deinen Willen.«

Und wenn sie splittert, die Macht?

52

Die Frau

Ein Austausch, ganz sicher. Jetzt, wo sie wieder allein in diesem Raum ist und eine Zeit lang darüber nachdenken konnte, was genau sie an der Szene irritiert hat, ist es klar. Bei dem Besuch des letzten Chirurgen handelte es sich um einen vollkommen anderen Menschen. Er war unsicher, wusste nicht, was er tun sollte. Wurde angeleitet. Befehle, die ihm durch einen Knopf im Ohr mitgeteilt wurden. Doch diese hat er nicht ausgeführt. Wie ein Kampf, den er gegen sich selbst führte. Er hatte die Säge in der Hand, hat sie angeschaltet. Dann hat er sie angestarrt und den Kopf geschüttelt. Er hat die Knochensäge fallen lassen und sich an ihren Fesseln zu schaffen gemacht. So lange, bis er wieder Anweisungen erhalten hat und sofort aus dem Raum gegangen ist.

Aber das, was ihre Vermutung festigt, ist, dass der Chirurg Nr. 2 Rechtshänder war und der vorherige Linkshänder. Der Schlag auf ihren Oberarm war eher so, als wollte Nr. 2 etwas wegwischen, was da nicht hingehörte. Chirurg Nr. 1 war brutal, hat sie geschlagen und ihren Kiefer gebrochen. Sie möchte sich die Bilder von ihrem Schädel gar nicht vorstellen. Seit Tagen mit diesem Gestänge fixiert, rasiert, ein Stück von ihrer Kopfhaut entfernt. Eventuell angebohrt oder ein Teil des Schädelknochens aufgesägt. Sie weiß es nicht. Doch eines ist ganz klar. Je mehr Zeit sie mit einem offenen Schädel in diesem Raum verbringen muss, desto größer ist die Wahrscheinlichkeit einer Infektion. Lebensgefahr!

Immerhin besteht jetzt die Möglichkeit, dass Nr. 2 etwas unternimmt, nachdem er sie gesehen hat, oder? Er war nicht ganz bei Sinnen. Seine Pupillen waren verkleinert und nicht so groß wie die von Nr. 1. Ein Opiat? Ein Morphin? Möglich. Vielleicht kommen ihm die Bilder im Nachhinein in den Sinn, wenn der Rausch verflogen ist. Eventuell holt er dann Hilfe. Auf der anderen Seite ist es fraglich, ob er weiß, wohin man ihn gebracht hat. Wo sich dieser Raum hier befindet. Ob man ihm, einem Drogenabhängigen, Glauben schenkt? Oder die wahren Entführer haben diesen zweiten verkleideten Chirurgen in der Hand. Setzen ihn unter Druck, mit was auch immer. Welcher normale Mensch würde …? Gut, unter Drogen ist vieles möglich. Sie hat zu viel Zeit, um nachzudenken, doch die wichtigsten Dinge wollen ihr nicht einfallen. Als sie vorhin die unterschiedlichen Vornamen ausgesprochen hat, war keiner dabei, der sie an etwas erinnert hätte. Vielleicht sollte sie mit männlichen Vornamen weitermachen. Irgendwann würden ihre Erinnerungen zurückkehren, bestimmt.

53

Dieses Zimmer, in das ich heute Nacht geführt wurde, war nicht der Keller in dieser Villa. Die Wände waren tapeziert, hell. Möbel, eine Liege, Regale und eine gepolsterte Tür. Die Frau, die an diesem hydraulisch verstellbaren Stuhl fixiert war, kein Traum. Sie hat sich bewegt, sie hat gesprochen. Tatsache. Je mehr ich darüber nachdenke, desto klarer wird es. Ein Feuerball jagt durch meinen Bauch und verbrennt meine Eingeweide. Die Erinnerungen kommen zurück. Schemenhaft, kein klares Bild, und dennoch haben sich einzelne Sequenzen in meinem Gehirn festgebrannt. Er war da, der Chirurg, in meinem Patientenzimmer, hat mir eine Injektion in den Oberarm verabreicht. Morphium, wie Reuter herausgefunden hat. Ich musste aufstehen, ihm folgen. Wohin?

»Gab es heute Nacht ein Gewitter?«

»Ja«, bestätigt Reuter. »Endlich die nötige Abkühlung.« Ein Gewitter, Regen. Wir haben die Klinik verlassen. Auch an eine Autofahrt und blendende Scheinwerfer kann ich mich erinnern. Wohin sind wir gefahren? Wo ist diese Frau, die dringend meine Hilfe benötigt? Ich setze mich auf den Rand des Sofas.

»Langsam, Herr Dr. Volkmann. Ihr Kreislauf.«

»Der spielt jetzt keine Rolle, Herr Reuter. Es gibt tatsächlich eine Frau, die irgendwo gefesselt in einem Raum liegt. Ich kann mich erinnern, ich war heute Nacht bei ihr.«

»Heute Nacht?«, fragt er erstaunt.

»Ja. Der Chirurg von diesem Video, er war bei mir.«

»Sie standen unter Drogen, das muss nicht…«

»Doch«, unterbreche ich ihn. »Ich bin mir sicher. Immerhin muss es ja auch einen Grund geben, warum mir jemand Morphin verabreicht. Und an einige Details erinnere ich mich immer besser.«

»Dann sollten wir sofort die Polizei informieren.«

»Ich weiß noch nicht, ob ich mit meiner Vermutung recht habe.«

»Wir müssen so oder so die Polizei informieren. Hier sind einige Straftaten zusammengekommen.«

»Aber die Frau braucht jetzt meine Hilfe«, sage ich verzweifelt. *Pling*, höre ich. Benny hält mein iPhone hoch. »Eine SMS.«

»So wie ich das sehe«, fängt Reuter an. »Wurde der Trigger, der Ihnen unter Hypnose gesetzt wurde, über das Handy transportiert. So konnte man Ihnen, Herr Dr. Volkmann, suggerieren, was Sie zu tun haben.

Medikamente einnehmen oder ein Fenster mit einem Stein einwerfen. Das ist tatsächlich möglich, gerade unter Ihren Voraussetzungen. Allerdings kam der Trigger, wie erwähnt, über die Tonfolge der anonymen Anrufe. Und diese sich selbst löschenden SMS sollten Ihnen suggerieren, rückfällig zu werden und wieder zum Alkohol zu greifen. Doch hier hatte meine Therapie bereits angeschlagen und Sie sind nicht schwach geworden, was mich besonders freut, Herr Dr. Volkmann.«

»Im Internet gibt es viele Anbieter, hat mir die Krankenschwester erklärt, mit denen man anonym SMS verschicken kann, die sich sofort löschen, nachdem man sie geöffnet hat«, sagt Benny. »Für uns Technik-Laien ist das natürlich neu.«

»Aber wer und warum?«, frage ich.

»Warum, kann ich Ihnen nicht beantworten, Herr Dr. Volkmann. Aber hier in der Klinik gibt es nur einen, der neben mir eine Zusatzausbildung als Hypnosetherapeut besitzt. Er hat mich in den letzten Jahren dabei engmaschig unterstützt und die letzten beiden Sitzungen vor Ihrem Therapieabbruch alleine durchgeführt.«

Zusatz- und Weiterbildungen, denke ich, und habe die elektronische Personalakte im PC vor Augen. Physiotherapeut. Tai-Chi-Lehrer, Spiegelbrillenträger, seine Oberarme sind weiß. Er war am Rastplatz, stand neben mir, hat meine Beine angehoben, mir Geld ausgelegt, vermutlich den Audi für mich unter falscher Adresse –

der von meinem Bruder – gemietet, und ist dann mit Nina Müller zurück nach Freiburg gefahren.
Thomas Müller!

»Ist Nina Müller mit Thomas Müller verheiratet?«, frage ich.

»Tut mir leid. Nur Thomas ist bei uns angestellt, und er ist verheiratet, so viel ich weiß. Frau Dr. Nina Müller ist selbstständige Gynäkologin und hat hier im Haus nur eine Praxis gemietet. Über verwandtschaftliche Beziehungen kann ich also keine Auskunft geben.«

»Ich kannte diesen Thomas Müller nicht und habe ihn vor dem Rastplatz noch nie gesehen, glaube ich. Aus welchem Grund sollte er …? Und was hat das alles mit dieser Nina, dieser Gynäkologin, zu tun? Der gleiche Nachname, kein Zufall? Wir müssen diese Frau finden. Sie ist in Gefahr! Ich habe zumindest eine Idee, wo sie sein könnte.« Ich springe auf und winke Benny zu.

»Gut«, sagt Reuter. »Anscheinend kann ich Sie nicht aufhalten. Schreiben Sie mir bitte die Adresse auf, ich rufe die Polizei und lasse selbstverständlich auch gleich Thomas Müller verhören, sobald er in der Klinik eintrifft. Bitte warten Sie vor Ort auf die Beamten, Herr Dr. Volkmann, und nehmen Sie Ihr Handy mit, damit wir in Verbindung bleiben. Aber versprechen Sie mir, nichts Unüberlegtes zu tun, immerhin sind Sie mein Patient und ich bin für Sie verantwortlich.«

Ich nicke und schreibe ihm die Adresse auf. Benny und ich verlassen Reuters Büro und schlagen den Weg in Richtung Rezeption ein.

»Mensch, Dr. Jan. Wo warsch denn du geschtern noch so spät?«, fragt Theres und hält mich am Arm fest.

»Tut mir leid, Theres. Wir haben gerade keine Zeit.« Ich reiße mich los. Noch im Vorbeigehen stoppe ich und mache wieder kehrt. »Entschuldige, Theres. Du hast mich gestern gesehen?«

»Ja«, sagt sie kurz.

»Wann?«

»Spät.«

»Theres, bitte. Diese Auskunft ist sehr wichtig. Ich verspreche, wenn ich alles geklärt habe, lade ich dich auf einen Kaffee ein.«

Ihre Augen strahlen und sie lächelt. »Also gut. Du warsch irgendwie im Tran un bisch deinem Kurschatte hinterhergedackelt, wie ein Blinder. So ein verliebter Gockel, hab ich gedacht, schaut nicht nach links oder rechts. Aber des mitten in der Nacht. Ich kann doch net gut schlofe. Ha un dann lauf ich halt da in der Klinik herum.«

»Wem bin ich hinterhergelaufen?«

»Na, deinem Kurschatte, die mit denne lange …«

Noch bevor Theres auf ihre Beine zeigen kann, frage ich: »Was hatte sie an?«

»Jo, weisch, des hat mich au gewundert, dass die in so einem OP-Outfit rumläuft, mitte in de Nacht. Du warsch beschtimmt bei ihr daheim. Ich han halt denkt, dass ihr zwei vielleicht Doktospielchen gmacht habt und jetzt bringt sie dich wieder zurück in die Klinik, damit des morge keinem uffällt, wenn du net do bisch, gell.«

54

Nicht nur der Kaliummangel, sondern auch die Morphinreste und der nächtliche Ausflug machen mir zu schaffen. Ich bin viel zu schnell von Reuters Sofa aufgesprungen, allerdings wollte ich ihm meinen desolaten Zustand nicht offenbaren. Die Vermutung liegt nahe, dass mein Befinden kritischer wäre, wenn ich die vertauschte, blaue Pille genommen hätte. Benny schließt die Tür zur Praxis von Dr. Nina Müller und kommt auf mich zu. Theres' Vermutung, dass mich mein Kurschatten heute Nacht als Chirurgin verkleidet zurück in die Klinik gebracht hat, ließ mich stutzen. Ich bin davon ausgegangen, dass es sich um einen Mann gehandelt hat. Wie kommt Theres auf Nina, wenn diese durch Kittel, Kopfbedeckung und Mundschutz vollkommen unkenntlich gemacht war?

»Frau Dr. Müller hat erst heute Nachmittag Sprechstunde«, erklärt Benny.

»Egal. Reuter schickt die Polizei direkt zu ihrem Haus. Also los.«

Die Adresse habe ich mir gemerkt, als ich Nina am Tag meiner Wiederaufnahme in der Suchtklinik gefolgt bin. Bad Krozingen, ein kleiner Kurort mit circa 16.000 Einwohnern in der Nähe von Freiburg. Sich zu verfahren, ist kaum möglich, denke ich. Benny biegt links in das Neubaugebiet.

»Hier, das dritte Haus«, erkläre ich. Benny parkt an der Straße. Die Garage ist verschlossen. Kein Mensch zu sehen. Mit unsicheren Schritten gehe ich über den Kies, die breite Einfahrt entlang, bis zum Haus. Fünf Stufen bis zum Eingang, eingerahmt von einem schmiedeeisernen Handlauf. Vor der Tür Blumen, gepflanzt in eine Schale, und über dem Vordach ein Windrad.

»Bitte warten Sie vor Ort auf die Beamten, Herr Dr. Volkmann.« Reuter!

»Nur weil du so ein unsagbarer Schlappschwanz bist, könnte die Frau sterben!« Vater!

»Sollten wir nicht besser an der Straße auf die Polizisten warten?«, fragt Benny. Natürlich wäre das vernünftig. Bestimmt hat er recht. Meine Hände zittern, meine Oberschenkelmuskulatur gibt nach.

»Schon … Aber wer weiß, wann die kommen.«

»Ja, und wenn du dich täuschst? Du warst heute Nacht unter Drogen.« Benny verunsichert mich.

Ein Teil von mir, der Hasenfuß, wie Vater sagen würde, wäre wahrscheinlich in der Klinik bei Reuter geblieben. Der andere Teil ist Arzt, und hier geht es um ein Menschenleben … oder? Benny geht zwei Stufen nach unten, dreht sich um und schaut mich an. »Komm, wir gehen wieder zum Auto zurück.« *Auch ein Hasenfuß, wir sind eben verwandt.* Ich überlege kurz und drücke dann auf die Klingel.

Was erwartest du? Dass Nina öffnet und dich direkt zu dieser gefesselten Frau führt?

Ich weiß es nicht.

Wieder drücke ich auf die Klingel. Benny bleibt stehen.

»Niemand zu Hause, komm jetzt. Die Polizei ist bestimmt gleich da.« Damit gebe ich mich nicht zufrieden. Ich gehe die fünf Stufen runter und links am Haus vorbei über die Wiese.

»Was willst du denn da?«, ruft mir Benny hinterher, als ich auf eine Terrasse trete. Die Fensterfront zieht sich über die gesamte Hausbreite. Die Glas-Schiebetür ist geschlossen.

Was hast du denn gedacht? Dass extra für den Herrn Doktor alles offen steht?

»Jan«, höre ich. Benny ist mir gefolgt und kommt auf mich zu. »Da ist niemand, komm jetzt.« *Der ist ja schlimmer als ich.* Ich trete näher an das Glas, schirme das Licht mit meinen Händen ab und schaue ins ausladende Wohnzimmer. Eine weiße Sofalandschaft. Tisch, Regale, Sessel, alles in Weiß gehalten. Wie in ihrer Praxis, erinnere ich

mich. Alles clean, sauber und steril. Keine Bilder an der Wand, keine Deko, nur eine einsame weiße Kerze auf dem Tisch. Wieder ein Déjà-vu. Doch das kann nicht sein, ich war noch nie in diesem Haus.
Tatsächlich ist niemand zu sehen. Kurz überlege ich, wie schon in der Villa in Freiburg Herden, einen Stein ins Glas zu werfen. Heißt es nicht ›Gefahr im Verzug?‹ Sicher, aber das dürfen erstens nur Polizeibeamte, und zweitens, was ist, wenn mir die verabreichten Drogen doch etwas vorgegaukelt haben, was nicht existiert? Wenn mir mein Hirn, auch dadurch, dass ich unter Hypnose stand, wieder einen Streich gespielt hat? Wenn Nina so wie ich unter Hypnose gesetzt wurde? Ich bin hin und hergerissen.
Real, nicht real. Tatsachen oder Hirngespinst. Manchmal könnte ich mir selbst in den Allerwertesten treten. Ich schaue mich um und entdecke eine Steinreihe, die als Abgrenzung einiger Pflanzen genutzt wird.

»Ne, ne, ne, hör auf mit dem Scheiß«, sagt Benny und hält mich am Arm fest. Ich reiße mich los, gehe über die Wiese und nehme einen Stein auf. Gerade als ich meinen Arm hebe und mich in Position bringe, höre ich ein Auto, das direkt vor dem Haus über den Kies fährt. Benny nimmt mir den Stein ab, wirft ihn zurück auf die Wiese und zieht mich am Arm hinter sich her.

»Nina«, sage ich laut, als sie aus dem dunklen Mercedes aussteigt.

»Schon wieder Sie? Jetzt wird es mir aber zu bunt. Verschwinden Sie, oder ich rufe die Polizei.«

»Das brauchen Sie nicht, die kommt gleich von ganz allein«, erklärt Benny hämisch.

»Nina. Wir wurden hypnotisiert. Also ich und du wahrscheinlich auch. In deinem Haus wird eine Frau gefangen gehalten, wir müssen da rein.«

»Sie sind doch vollkommen wahnsinnig«, echauffiert sie sich.

Kein Zucken, keine Regung, nicht mal eine Unsicherheit ist ihr anzumerken. Doch Hypnose, denke ich. Sie hat keine Ahnung, wovon ich spreche. Befindet sich im selben Tunnel wie ich, vor der Sitzung gerade eben mit Reuter.

»Was für eine Hypnose? Mir reichts, ich rufe jetzt die Polizei!«

»Moment mal«, mischt sich Benny ein. »Irgendwas läuft hier schief.«

55

Die Frau

Jetzt wird er sein Werk beenden. Die Hoffnung auf Rettung, ausgehend von Chirurg Nr. 2, hat sich in dem Moment zerschlagen, als sich die gepolsterte Tür wieder geöffnet hat. Nr. 1, der brutale, selbstbewusste Chirurg, hat den Raum betreten. Mit sicheren, quietschenden Schritten. Einem Quietschen, das nur Gummisohlen auf einem glatten Boden verursachen. Sneaker, zum Beispiel. Das Blut in ihrem Mund ist mittlerweile getrocknet. Ihr wurde immer noch nichts angeboten. Nicht ein einziger Schluck Wasser. Wahrscheinlich wäre dies auch Verschwendung. Der Chirurg steht neben ihr und zieht eine Spritze auf. Ob dies eine Injektion für die Infusion oder ein Sedativum ist, weiß sie nicht. Woher auch? Er starrt sie an, mit seinen schwarzen Augen. Schwarz wie die Nacht, schwarz wie der Tod, schwarz wie die Erde, unter der sie bald begraben liegen wird.

Das Vitalmessgerät steht hinter ihr, aber sie könnte wetten, dass die Werte nicht mehr im Normbereich liegen. Wie lange kann ein Mensch ohne Wasser auskommen? Der menschliche Körper besteht zu etwa sechzig Prozent aus Wasser. Flüssigkeit ist wichtiger als Nahrung. Drei Tage, kommt ihr in den Sinn. Der Mensch kann drei Tage ohne Flüssigkeitszufuhr auskommen. Entweder hat sie zwischendurch etwas getrunken, woran sie sich nicht erinnern kann, oder sie ist noch keine drei Tage in Gefangenschaft. *Blödsinn!* Sie bekommt eine Infusion, fällt ihr ein, dadurch ist der Flüssigkeitshaushalt gesichert. Nur ihr Mund und ihre Kehle sind ausgetrocknet. Es kommt ihr vor, als wären bereits Jahre vergangen. Ohne Erinnerung an die Zeit davor spielt es auch keine Rolle. Der Chirurg ist aus ihrem Blickfeld verschwunden. Er steht hinter ihr und rammt die Spritze in ihren Kopf. Einmal, zweimal. Beim dritten Mal wird ihr übel, und beim vierten Einstich übergibt sie sich. Er sticht unbeirrt ein fünftes Mal zu. Nach ein paar Sekunden steht er neben ihr und putzt ihren Mund mit einer Art Schmirgelpapier ab. Wütend, er ist unsagbar wütend, denkt sie. Sofort ist er wieder verschwunden und macht sich an ihrem Schädel zu schaffen. Es muss sich um eine örtliche Betäubung gehandelt haben, aber wäre nicht auch das eine Verschwendung? Hatte er ihr die Kopfhaut nicht schon entfernt? Noch bevor das Ameisenkribbeln oder ein Brennen einsetzen kann, wie zuvor, macht er sich am Rollwagen zu schaffen. Sie hört, wie er ein bestimmtes medizinisches Instrument sucht. Es klirrt, als würde ein Besteckkasten ausgeräumt. Er scheint gefunden zu haben, wonach er gesucht hat. Jetzt ist es still. Kein Geräusch. Er wartet. Auf was? Bis die örtliche Betäubung wirkt? Alles in ihr zieht sich zusammen. Es ist, als stünde sie an einem Abgrund. Hunderte Meter tief, kurz vor dem Sprung.

56

Es muss sich nicht um die tatsächliche Person Nina handeln, die man in Ihren Erinnerungen unter Hypnose ausgetauscht und neu implantiert hat, hat Reuter gesagt. Eine wahllos ausgesuchte Person. Dazu sind Fotos schon ausreichend. Hier wollte jemand ganz bewusst von sich ablenken. Natürlich, derjenige musste schließlich damit rechnen, dass ich mich irgendwann daran erinnern kann.

Nicht Nina. Frau Dr. Müller hatte niemals Kontakt zu mir gehabt. Sie konnte vor der Polizei alles glaubhaft darstellen. Ihr Haus wurde durchsucht, mit ihrem Einverständnis, ganz freiwillig. Benny sucht die Toilette auf, und ich sitze hier auf einem der Sessel neben der Rezeption der Suchtklinik und grüble.

Auch wenn ich jetzt weiß, welches Spiel mit mir getrieben wurde, stehe ich bei den Fragen, wer und warum, wieder am Anfang. Daneben ist der Aufenthaltsort dieser unbekannten Frau, die ich heute Nacht unter Drogeneinfluss besucht habe, immer noch ein Rätsel. Mithilfe der

Aussage von Reuter glaubt mir die Polizei zumindest meine verwirrte Geschichte.

Keine Anhaltspunkte. Keine Spur, keine Idee. Wieder eine Situation, in der ich liebend gern zu einer Gabapentin greifen würde. Noch lieber zu einem schönen Gläschen Wein. *Nein!*

»Man muss immer gut zuhören, nicht wahr, Papa?«

»Ja, Max, warum fragst du?«

»Manchmal sind die Kleinigkeiten, die zwischen den Zeilen stehen, wichtiger als die Aussage selbst … oder so. Das hast du gesagt, oder?«

»Ja, mein Schatz, das stimmt.«

»Was bedeutet das? Ich habe eine … ist wichtiger als die Haselnuss selbst?«

»Wenn du so willst, ja. Denn dann könnte man sagen: Ich habe KEINE … Haselnuss, und die Bedeutung wäre eine völlig andere, eine positive.«

Theres fällt mir ein. Sofort springe ich auf. Normalerweise sieht man die Patientin ständig in der Klinik umherlaufen, nur eben jetzt nicht. Wahrscheinlich Therapietermine, eruiere ich, und schaue auf die Uhr. Mittagszeit. Ich mache mich auf den Weg zum Speisesaal. Nach ein paar Minuten sehe ich sie. Tatsächlich wackelt sie mir aus der Richtung der Therapieräume entgegen.

»Theres!«, rufe ich und winke ihr zu. Sie fährt sich durch die zerzausten Haare und setzt sofort ein Lächeln auf.

»Ja, Bub, meinsch net, dass wir mit dem Kaffee bis nach dem Esse warte sollte?«, sagt sie und stellt sich neben mich.

»Ja, natürlich, Theres. Ich muss etwas von dir wissen.«

»Was denn?«, fragt sie neugierig.

»Du hattest erwähnt, dass du meine Freundin, also meinen Kurschatten, erkennen könntest, oder?«

»Ja, klar kenn ich die, au ohne des OP-Outfit.«

»Du sagtest doch auch, dass sie in die Praxis von Frau Dr. Nina Müller gegangen sei.«

»Hei ja.«

»Kennst du Frau Dr. Müller?«

»Ja klar. Weisch, ich bin scho so lang in der Klinik, da muss eine geschtandene Frau, wie ich des bin, auch mal zum Frauearzt.«

»Aber Frau Dr. Müller ist nicht mein Kurschatten?«

»Mach ma kei Angscht, Bub. Was isch denn los?«

»Bitte, es ist wirklich wichtig.«

Theres nähert sich und flüstert: »Du weisch net, wer deine Freundin isch? Du hasch doch net wieder zur Flasche …? Gut, also. Deinen Kurschatte hab ich gerade unten bei den Therapieräumen gesehen. Die ist in den Gang zu den Abstellräumen gegangen. Dort darf aber nur des Personal hin, mir Patienten net«, sagt Theres und zwinkert mir zu.

Ich gehe im Untergeschoss an den Glasfronten vorbei. Theres sagte etwas von renovierungsbedürftigen Räumen, keine Zuschüsse von der Kommune und ich sollte keinen Schrecken bekommen, weil dort nur Gerümpel steht. Wahrscheinlich weiß die alte Dame über dieses Haus mehr als jeder, der hier arbeitet.
Ich muss an die Hypnose denken, an die Massage. Anne, nicht Nina. Als meine Frau schwanger wurde, hat sie ihr Medizinstudium abgebrochen, erinnere ich mich. Hat sich liebevoll um Max gekümmert und mir den Rücken freigehalten, damit ich mich meiner Karriere widmen kann. Ich habe ziemlich viele Fehler gemacht in unserer Beziehung, nicht nur alkoholisiert.

Geradeaus der Therapiekomplex. Die Gänge sind verzweigt. Links die Räume zur Elektro-, Magnetfeld- und Ergotherapie. Daneben Muskelaufbau, eine Trainingsfläche, die einem Fitnessstudio gleicht, nur kleiner. Rechts zur Massage, Lymphdrainage, Hydro- und Psychotherapie. Normalerweise wimmelt es hier von Patienten und Therapeuten, doch jetzt sind alle auf dem Weg in den Speisesaal oder haben sich schon dort versammelt. Mir kommt nur vereinzelt ein Nachzügler entgegen. In diesem Gebäude kann man sich verlaufen, was den meisten Patienten zu Beginn auch passiert. Nicht jeder hat eine Theres, die Klarheit in diesem Irrgarten vermittelt.

Auf der rechten Seite ein langer Gang, dessen Ende durch eine Biegung von hier aus nicht ersichtlich ist. An der Wand ein Schild: ›Lager! Keine Therapieräume. Zutritt nur für Personal‹. Ich gehe davon aus, dass sich hier diese mit Gerümpel vollgestopften Zimmer befinden, von denen Theres gesprochen hat. Die Türen gehen rechts und links von dem schmaler werdenden Gang ab, keine Beschriftung. Ich ziehe die erste Tür auf und weiche sofort einer Aluleiter aus, die mir entgegenkommt.

Tatsächlich ist dieser Raum voll mit alten Möbeln. Wahrscheinlich ausgetauschte, defekte Dinge aus den Patientenzimmern. Dort in der Ecke steht ein ähnlicher Schreibtisch wie in meinem Zimmer, nur in einem desolaten Zustand. Gestapelte Kisten, Lampen und Teppichreste.

Der Gang macht in der Mitte eine Biegung. Am Ende ist eine Glastür, ein Seitenausgang, von dem es viele in diesem Gebäude gibt. Einige sind verschlossen, durch manche kann man ins Freie gelangen, in den Park oder wie hier in den direkt angrenzenden Wald. Aber in das Gebäude hinein gelangt man nur mit einem Schlüssel oder über den Haupteingang bei der Rezeption. Gefühlt habe ich schon einhundert Türen geöffnet, jedes Mal mit dem gleichen Ergebnis. Hier ist niemand, kein Mensch.

Das hier ist der letzte Raum, den ich mir anschaue, beschließe ich, und ziehe die Tür auf. Regale an der Wand, gestapelte Kisten, etwas übersichtlicher. Ich gehe hinein, dann stolpere ich fast über eine Kiste, deren Deckel geöffnet ist. Verbandsmaterial, OP-Tücher, Kittel, Masken. Ich räume die Kiste aus und lege alles auf den Boden. Steril verpackte Kanülen … Dann trifft mich ein Schlag, als wäre ich mit dem Hinterkopf gegen eine Wand geknallt. Die Kiste vor meinen Augen verschwimmt und kommt mir entgegen.

57

Zuerst spüre ich einen stechenden Schmerz in meinem Hinterkopf. Einen Eispickel, der von innen gegen mein Gehirn gerammt wird und kurz davor ist, es zu spalten. Dann höre ich:

»… machen sollen, wenn die Polizei im Haus ist.«

Ich öffne die Augen. Verschwommen. Wahrscheinlich habe ich eine Gehirnerschütterung. Der Raum ist hell. Ich kneife die Lider zusammen. Mir ist schwindelig, alles dreht sich. Ich gehe davon aus, dass es sich um Blut handelt, das mir vom Hinterkopf über den Nacken rinnt. Meine Hände sind mit Kabelbinder an den Heizkörper gefesselt, ich sitze auf dem Boden. In der Mitte des Raumes, direkt vor mir steht ein ausladender, hydraulisch verstellbarer Stuhl.

»Normalerweise macht Reuter keine Ausnahmen. Wenn ein Patient seine Therapie abbricht, egal aus welchen Gründen, gibt es keine zweite Chance. Also war nicht damit zu rechnen, dass dieser Volkmann wieder zurück in die Suchtklinik kommt«, sagt ein Mann leise. Zwei Personen stehen auf der anderen Seite des Stuhls, neben einem Regal. Viel kann ich hier unten, von meiner Ecke aus, nicht erkennen. Einer der beiden muss eine kurze Hose tragen, seine Beine sind nackt. Der andere trägt eine lange weiße Hose unter dem grünen Kittel und schwarze Sneaker. *Schwarze Sneaker!*

»Was machen wir denn jetzt?«

»Haben Sie dich schon vernommen?«

»Nein.«

»Setz ihn wieder unter Hypnose, dann weiß er davon nichts mehr.«

»So einfach ist das nicht. Ich vermute, dass Reuter die gesetzten Trigger aufgelöst hat.« Thomas Müller. Jetzt kann ich seinen ruhigen, gleichbleibenden Singsang erkennen. Also doch. Der Spiegelbrillenmann.

Meine Sicht verbessert sich. Direkt vor mir auf dem Stuhl ein fixierter Schädel, nehme ich an, ein OP-Tuch hängt über dem Hinterkopf. Ein Mensch, die Frau? Das ist der Raum, in den ich heute Nacht unter Drogeneinfluss gebracht wurde, ganz sicher. Dieser Chirurg hat mich in ein Auto verfrachtet, wir sind gefahren, fällt mir ein. Das Gewitter, der Regen. Dadurch bin ich heute Vormittag erst auf die Idee gekommen, dass sich dieses Zimmer im Haus von Nina Müller befinden könnte. Die Fahrt war vermutlich reine Ablenkung, falls ich mich irgendwann an etwas erinnern sollte.

»Und was machen wir mit der Frau? Die muss verschwinden, und zwar schnell.«

»Das ist einfacher. Sie hat schließlich eine Amnesie und kennt weder ihren eigenen Namen noch hat sie dich gesehen. Nicht mal deine Augenfarbe könnte sie beschreiben. Schwarz, die Kontaktlinsen sind einfach nur schwarz. Wahrscheinlich hat sie ihr Gedächtnis bei dem Sturz aus dem Kofferraum, als sie mit dem Kopf auf diesen Stein geknallt ist, verloren. Auch im Wald ist sie mehrmals gegen Widerstände gestoßen, als ich sie in die Klinik geschleift habe.«

Die Frau. Wer ist diese Frau?

»Ich will, dass dieser Mistkerl wieder anfängt zu saufen. Ich will, dass er seine eigene Frau operiert.«

Anne! Anne ist die Frau, bei der ich heute Nacht war. Die genau jetzt für mich unerreichbar vor mir auf diesem Stuhl liegt.

Ich zerre an den Kabelbindern. Keine Chance. Die beiden sind so in ihr Gespräch vertieft, dass keiner Notiz von mir nimmt.

»Der Plan geht nicht mehr auf. Wir müssen jetzt die Spuren beseitigen und schauen, wie wir aus der Nummer unbeschadet rauskommen.«

»Er sollte von der Polizei verhaftet werden, nicht wir. Der feine Herr Dr. Jan Volkmann, dieses Arschloch. Er sollte an seiner Frau eine Gehirnoperation vornehmen. Schließlich habe ich sie lange genug dafür vorbereitet. Habe alle Instrumente ausprobiert und ihren Schädel rasiert. Aber der Herr Doktor macht ja nicht mal unter

Drogeneinfluss und Hypnose das, was man ihm sagt. Das Video wäre für die Polizei Beweis genug gewesen. Wie lange habe ich mich mit diesem Camcorder herumgeärgert, der wie der erste auch nicht richtig funktioniert hat. Immer wieder neue Einstellungen, dann hat er wieder nichts aufgenommen und ich musste von vorn beginnen. Dieser Neurochirurg muss eingesperrt werden. Im Knast oder in der Psychiatrie, das ist mir jetzt vollkommen egal, aber er soll leiden, sein Leben lang. Mit dem Wissen, dass er selbst der Mörder seiner geliebten Ex-Frau ist, dieser Alki. Aber doch nicht wir. Wir sind die Opfer«, sagt sie hysterisch.

Nina! Nina Müller und Thomas Müller, kein Zufall. Wie kann man so kalt und abgebrüht sein? Einen Menschen in den Wahnsinn treiben, mich. Mit den tiefen Gefühlen eines Menschen spielen, meinen. Sein Herz herausreißen, es zerquetschen – meins.
Wie kann man ohne mit der Wimper zu zucken alle Menschen manipulieren, belügen und selbst die Polizei so täuschen?
Spuren? Anne und ich sind Spuren?

»Beruhig dich, Nina. Nicht so laut.«

»Ach was, die Wände sind gut isoliert und die Tür gepolstert. In diesen Gang verirrt sich kaum jemand, und ich bin die Mieterin dieser Abstellkammer.«

»Wir hätten das gleich wie geplant in dieser Villa beenden sollen.«

»Dieser blöde Camcorder hat dort auch schon Zicken gemacht. Der Akku, ständig war er leer.

Dann dieser idiotische alte Nachbar, der jede halbe Stunde an die Tür geklopft hat. Wahrscheinlich hat er etwas mitbekommen und wusste, dass die Villa meiner Tante leerstand, seitdem sie im Heim lebt. Es war alles so gut vorbereitet. Wir mussten verschwinden, hatten nicht mal die Zeit, um aufzuräumen. Dann bin ich auch noch über diesen blöden roten Farbeimer gestolpert und musste aufpassen, dass ich nicht selbst hineintrete.« *Farbe, kein Blut, in das ich getreten bin.* »Da war der Volkmann aber schon unterwegs. Und dann nimmt der den Camcorder aus dem Keller auch noch mit, dieser Idiot, und wir mussten einen neuen besorgen.«

»Bestimmt hat dieser alte Nachbar der Presse einen Tipp gegeben. Immerhin stand die Beschreibung von Volkmann in der Zeitung und nicht unsere.«

»Spielt jetzt alles keine Rolle mehr. Die zwei hier müssen verschwinden.«

»Die Polizei hat heute Morgen unser Haus durchsucht, demnach ist es safe.«

»Und dann? Glaubst du, dass ich wieder ausrangierte Gynäkologenstühle irgendwohin verfrachte? Wir geben ihnen jetzt eine Injektion, mit der richtigen Dosierung. Spuren beseitigen.«

»Sie soll durch seine Hand sterben, so wie unser Sohn durch seine Hand gestorben ist. Nur weil dieses Arschloch besoffen operiert hat.«

Ihr Sohn? Ich habe… ? Ein Fehler, durch den Alkohol? Ich …?

»Nina. Unser Sohn hatte eine zwanzigprozentige Chance, das wussten wir vor der Operation.«

»Hätte er ihn nicht operiert, dann hätten wir wenigstens noch ein halbes oder sogar ein ganzes Jahr mit ihm verbringen können. Er hat unseren Sohn zu dieser OP überredet. Weißt du, wie viel Zeit das ist, ein halbes Jahr? Genau sechs Monate, 182,5 Tage, 4380 Stunden, die er uns geraubt, geklaut und vernichtet hat!«

Ich zucke zusammen, erinnere mich vage. Gesichter habe ich mir damals nicht mehr einprägen können, wollte keine ausgiebigen Gespräche mit Angehörigen führen und habe mich nicht wie vor meiner Sucht sonderlich lange mit den Angehörigen beschäftigt. Mein Magen krampft. Mir wird übel. Nina ist die Mutter dieses Patienten, ein junger Mann, der auf meinem Tisch, unter meinen Händen, verstorben ist, und Thomas Müller ist sein Vater. Nicht meine Schuld, hat der Chefarzt gesagt … Nicht meine Schuld. Eine zwanzigprozentige Chance, mehr nicht.

58

Ein wahnsinniger alkoholisierter Neurochirurg, der im Keller einer Villa irrsinnige Operationen durchführt. Oder in einer Abstellkammer im Untergeschoss der Suchtklinik. Eine Gehirnoperation an seiner eigenen Frau. Unter Alkohol- oder Drogeneinfluss. Ein Arzt, der psychisch krank ist, widersinnige Geschichten von einer Frau erzählt, von Nina, seiner angeblichen Lebensgefährtin. Von einer Entführung an der Tankstelle am St. Gotthard berichtet, die es nie gegeben hat. Dass er aus einem dreiwöchigen Urlaub zurückgekommen ist und doch nur eine Woche verschwunden war.

In ein Haus einziehen wollte, das er vor sechs Monaten selbst verkauft hat, Blut sieht, wo keines ist, und der sein verschwundenes Geld selbst von der Bank abgehoben hat. Dieser irrsinnige Arzt bin ich, Dr. Jan Volkmann.

Ich kann mich an die Fotos erinnern, die auf dem Regal in Nina Müllers Büro standen. Ein Mann, Vollbart und Brille. Eventuell Thomas Müller, heute rasiert und mit Kontaktlinsen. So genau habe ich nicht hingesehen.

Daneben ein gerahmtes Foto von zwei Kindern. Mädchen und Junge, unterschiedlich groß. Auf dem Bild nicht älter als sechs oder sieben Jahre alt, schätze ich. Ich kann den Schmerz seiner Eltern nachvollziehen, denn diesen verspüre auch ich. Max. Ich schätze, dass Nina Müller die treibende Kraft bei diesem durchtriebenen Plan war. Ein manifestiertes Trauma. Sie hat die Trauer, die Wut und den Schmerz gebündelt und auf mich übertragen. Der Verlust eines geliebten Menschen ist einfacher zu erdulden, wenn man einen Schuldigen hat, auf den man all dieses Leid projizieren kann.

Ich sollte schreien. Ich muss Anne helfen. *›Hasenfuß!‹ Vater.* Wenn ich nur klar denken könnte. Der Schwindel lässt nicht nach. Mein Schädel hämmert. Hinzu kommen diese unglaublichen Informationen.

»Der Plan war bis ins kleinste Detail durchdacht«, sagt eine dritte Stimme, gerade, als ich losschreien will. Ich habe nicht bemerkt, dass eine weitere Person im Raum steht, oder war ich ohnmächtig?

»Ja, aber jetzt müssen wir ihn ändern.« Thomas Müller.

»Hat er sein Handy dabei? Ich muss die Ortungsapp löschen.« Schritte nähern sich. Ich schließe die Augen. Hände greifen nach mir, ziehen meinen Oberkörper hoch und greifen in meine Hosentasche.

»Gibt es sonst noch Spuren, die du beseitigen musst?« Nina.

»Nein«, sagt die dritte Stimme, die sich genau neben mir befindet. »Den blutverschmierten Teppich habe ich, gleich nachdem ich ihn im A6 ausgetauscht habe, weggeworfen und den Eintrag ›Stegmüller‹ im Internet gelöscht, wie vereinbart.« Ich blinzele, sehe Umrisse verschwommen vor mir. Haare. Auf einer Seite blau, auf der anderen pink. Lotta!

»Wir haben eine sehr intelligente Tochter.«

Tochter? Lotta ist die Tochter von Nina und Thomas Müller? Das Mädchen auf dem Foto, neben dem Jungen, in Ninas Büro. Ich sehe das Foto genau vor mir.

Lotta verschiebt das Vitalmessgerät, jetzt kann ich seitlich einen Blick erhaschen. Annes Werte sind nicht gut. Blutdruckabfall, Herzrhythmus-Störungen. Wie lange liegt sie schon in diesem Raum? Ob jemand in der Klinik auf die Idee kommt, mich hier unten zu suchen? Nein, natürlich nicht. Benny? Er weiß nicht, wo ich bin. Ich hätte auf ihn warten sollen. Moment … Lotta und Benny? Nein, ich möchte diesen Gedanken nicht zu Ende bringen und schreie aus Leibeskräften: »Hilfe!«

»Ach, guck an, der feine Herr Doktor ist aufgewacht. Na, gut geschlafen?«, fragt Lotta.

»Bindet mich los. Ich muss meiner Frau helfen, sofort!«

»Der geht es gut, keine Sorge … Noch«, sagt Nina, schaut um die Ecke zu Anne, dann zu mir. »Außer, dass ihr Gesicht blutverschmiert ist und der Kiefer unnatürlich verschoben. Ich dachte, dass sie mich verarschen will, als sie ständig einen falschen Vornamen gesagt hat, da habe ich eben etwas nachgeholfen. Wir wussten ja noch nicht, dass sie eine Amnesie hat.«

»Du hättest heute Nacht diese Gehirnoperation durchführen sollen, ganz professionell für ein gutes Video. An deiner eigenen Frau, verstehst du? Genau so, wie du das bei meinem Zwillingsbruder gemacht hast, im November letzten Jahres. Genauer gesagt am Dienstag, den 3. November 2020. Du Arschloch!«, zischt Lotta und pfeffert mein Handy in die Ecke. »Hättest du mal diese Tablette genommen, die wir ausgetauscht haben, dann wäre die Spritze unnötig gewesen.«

»Es war kein Zufall, dass du ausgerechnet hier in der Klinik deine Therapie im April begonnen hast, sondern bestimmt Vorsehung. Ausgerechnet hier, wo Thomas und ich arbeiten. Dann ist der Plan entstanden. Nicht auszudenken, dass du ungeschoren davonkommst. Trocken und therapiert deinem Job weiterhin nachgehst, als wäre nichts gewesen, womöglich noch irgendwann befördert wirst. Dir mit der Kohle und vermutlich mit der Frau hier, die du trotz Scheidung immer noch liebst, wie wir unter Hypnose gehört haben, ein schönes Leben machst. Während wir an unserer Trauer ersticken. Hörst du? ERSTICKEN!«

»Losbinden!«, schreie ich verzweifelt.

»Scusi, Dottore, das ist nicht der Plan.« Giovanni, der Rezeptionist aus dem Beach-Hotel, erkenne ich, ist Thomas Müller. »Du hast mir die Arbeit mit dir leichtgemacht. Du hast unter Hypnose alles preisgegeben, ich kenne dich in- und auswendig. Wir hatten schließlich eine ganze Woche zusammen. Eine komplette Woche, die du in unserem Haus, als unser Gast verbringen durftest. Dein ganz persönlicher Urlaub. Selbst meine Frau durftest du einmal küssen. Wenn das keine Gastfreundschaft ist, weiß ich auch nicht.« *Der Kuss, von dem Theres gesprochen hat, auf dem Parkplatz der Klinik. Wahrscheinlich, als sie mich mitgenommen haben, freiwillig verschleppt, in ihr Haus. Das Haus von Nina und Thomas, daher das Déjà-vu. Daher habe ich mich unterbewusst an dieses ›fremde Haus‹ erinnert.* »An deinem Trauma, das du durch den Tod deiner Mutter und deinem übermächtigen Vater erlitten hast, konnte ich leider nicht arbeiten, dafür war keine Zeit, entschuldige. Deine Gefühle, die du immer noch deiner Ex-Frau gegenüber hegst, musste ich auf Nina projizieren. Deine Erlebnisse, zum Beispiel einen dreiwöchigen Urlaub in Rimini, den du irgendwann tatsächlich mit deiner Frau Anne verbracht hast. Restaurantbesuche, Gespräche… Natürlich musste ich auch dein Zeitgefühl etwas manipulieren. Zwei Monate mit Nina in Kirchzarten, du hast schon wieder in deinem Job als Neurochirurg gearbeitet und die Therapie erfolgreich abgeschlossen. Das alles hätte natürlich zeitlich nicht gepasst. Daher brauchte ich auch eine Woche, um mich intensiv mit dir und deinem

Unterbewusstsein zu befassen, um die Hypnose zu festigen. Und Lotta konnte sich ungestört um dein Handy kümmern. Aber genug. Wir haben keine Zeit mehr.«

Thomas nähert sich, beugt sich hinunter und rammt mir eine Spritze in den Oberarm. Plötzlich wird die Tür aufgerissen. Ich sehe uniformierte Beamte, die in den Raum stürmen, höre nicht mehr, was sie sagen. Dann wird es dunkel.

59

Eine alufarbene Zimmerdecke. In verschiedenen Abständen durchbrochen. Eine Lüftungsanlage, assoziiere ich. Ich liege in einem Bett, daneben ein Infusionsständer. Das Fenster rechts lässt viel Licht in diesen Raum. Ich drehe den Kopf. Schmerzen, der Eispickel. Links ein Wandschrank. Geradeaus ein Tisch und zwei Stühle an einer kahlen Wand. In der Ecke ein Fernseher. Ein Krankenhaus. Ein Einzelzimmer.
Anne!? Egal, wie ich hierhergekommen bin oder welche Diagnose mein behandelnder Arzt gestellt hat. Ich muss Anne finden und schlage sofort die Bettdecke zurück.

»Halt, stopp«, sagt jemand, nähert sich meinem Bett und deckt mich wieder zu. »Du hast eine schwere Gehirnerschütterung, Herr Doktor Volkmann, und wenn du so weitermachst, dann bist du bald drogenabhängig. Reichen zwei Spritzen dazu? Wobei die letzte Dosierung dich fast umgebracht hätte.« Benny.

»Ich muss zu Anne«, sage ich.

»Nichts musst du, nur liegen bleiben. Deiner Ex geht es den Umständen entsprechend gut. Sie wurde operiert und liegt im Aufwachraum.«

»Operiert? Was genau?«

»Die Kopfhaut. Diese Irre hat Anne tatsächlich skalpiert und ihren Kiefer zertrümmert. Mir wird schon schlecht, wenn ich nur darüber nachdenke. Oh Gott, mein Kopfkino ….«

»Ich muss zu ihr!«

»Nein, das geht jetzt nicht. Warte, bis sie wieder auf die Station verlegt wird.« Benny klopft auf seine Brust, als wäre er Tarzan »Ich habe dich gerettet, Bruderherz. Also … ähm, nicht allein. Diese Oma in der Suchtklinik …«

»Theres«, ergänze ich.

»Ja, genau. Du warst plötzlich verschwunden, als ich von der Toilette zurückgekommen bin. Ich habe dich gesucht. Theres kam gerade nach dem Essen aus dem Speisesaal und wusste, wo du hinwolltest. Dann habe ich Lotta da unten bei diesen Abstellräumen gesehen, die ja für mich eigentlich noch bei ihrem Weiterbildungskurs war. Ich wollte sie zuerst rufen, dann habe ich gesehen, dass sie sich mit dieser Frau Dr. Nina Müller unterhält, und das sehr intensiv. Diese Frau Doktor hat uns ja mal gründlich verarscht, als wir in ihrem Haus waren … und Lotta erst. Na ja jedenfalls habe ich dann lieber Verstärkung geholt, du kennst mich ja.« Benny grinst und zwinkert mir zu.

Mir fällt ein Stein vom Herzen, dass Benny nichts mit der Sache zu tun hat. »Lotta … die hat sich doch tatsächlich im Internet auf die Suche nach Verwandten von dir gemacht und mich so über diesen Eintrag der Laienspielgruppe gefunden. Hat sich an mich rangemacht, alles nur gespielt … Weiber!«

»Ach komm, du warst doch ziemlich stolz, dass sich so ein junges, hübsches Mädel für dich interessiert, oder?«

»Ja, schon. Mir hat sie erzählt, sie wäre fünfundzwanzig, dabei ist sie gerade erst zwanzig, diese Göre. Sie hat dein Handy nicht ausgetauscht, nur die Telefonkarte mit einer neuen Nummer, dir die SMS geschickt, und bei diesen anonymen Anrufen haben die drei Müllers sich abgewechselt. Jedenfalls ist Familie Müller geschlossen verhaftet worden. Sobald du gesundheitlich dazu in der Lage bist, wird dich die Polizei vernehmen, als Zeuge. Deinen Personalausweis und die EC-Karte hatte dieser Thomas Müller. Und von deiner Kohle haben sie auch nichts ausgegeben, das war wohl zweitrangig. Ist alles auf dem Konto von dieser Nina und wird dir wieder zurückerstattet.«

Ich höre nicht richtig zu. Meine Gedanken schweifen immer wieder zu Anne. Ob sie sich irgendwann wieder an ihr Leben erinnern kann? Ich werde sie dabei unterstützen, beschließe ich. Werde ihr Fotos und Videos zeigen und von unserem Sohn erzählen. *Max!*

Meine Macht ist gesplittert, als Max krank wurde. Ich war schwach und angreifbar.

Sein Geburtstag!

»Benny?«, unterbreche ich seinen euphorischen Redeschwall.

»Ja.«

»Warst du irgendwann auf dem Friedhof bei Max?«

Er nickt. »Ich habe ihn auch geliebt, diesen kleinen Wirbelwind. Er hatte doch Geburtstag. Und da habe ich ihm Blumen, eine Kerze und ein Spielzeugauto gebracht.« Bennys Augen werden glasig.

Selbst wenn aus Anne und mir kein Paar mehr werden kann, so ist es eventuell möglich, eine Freundschaft aufzubauen. Vielleicht, höchstwahrscheinlich, womöglich. Da sind sie wieder, die Vermutungen. Doch geht es nicht allen Menschen so? Keiner kennt seine Zukunft, sie ist nicht vorhersehbar. Keiner weiß, was ihn in seinem Leben erwarten wird, was auf ihn zukommt. Ob Positives wie die Liebe oder Negatives, wie Krankheiten oder gar der Verlust eines geliebten Menschen. Wir können uns Ziele stecken und die Hoffnung haben, diese zu erreichen. Doch mit Eventualitäten, die das Leben für uns bereithält, können wir nicht rechnen. Du hast nur eines: Die Macht über dich selbst, über dein Handeln, deine Gedanken und deinen Willen. Erst wenn diese Macht splittert, bist du schwach und angreifbar.

Nachwort

Selbstverständlich ist die Story ›Machtsplitter‹ reine Fiktion. Allerdings liegen meinem Psychothriller, so wie all meinen Büchern, Tatsachen zugrunde, die ich Ihnen nicht vorenthalten möchte.

Dr. Jan Volkmann ist unter anderem Namen real. Er ist im wahren Leben Professor der Neurochirurgie und Autor von medizinischen Fachbüchern. Er hatte tatsächlich einen Sohn, der an einem Gehirntumor erkrankt war. Trotz seiner herausragenden Fähigkeiten als Neurochirurg konnte der Professor seinem eigenen Sohn nicht helfen, da der Tumor inoperabel war. Seine Trauer konnte er weder verschmerzen noch verarbeiten. Er flüchtete in die Alkohol- und Medikamentensucht. Als ich durch Zufall auf ihn und sein Schicksal gestoßen bin, habe ich zum Thema Ärzte und Alkohol weiter recherchiert.

Ärzteblatt: Fast jeder vierte Arzt in Deutschland konsumiert Alkohol in gefährlichem Maße!

Schätzungen zufolge sind in Deutschland sieben bis acht Prozent der Ärzte suchtkrank. Für Nichtmediziner hingegen wird die Prävalenzrate auf drei Prozent geschätzt. Die Ursachen für das hohe Suchtrisiko bei Ärzten liegen hauptsächlich im Beruf selbst. Oft stellen sie zu hohe Anforderungen an sich. Einige setzen sich emotional unter Druck, weil ihnen die Schicksale der Patienten zu nahe gehen. Überbelastung und Scheitern sind so programmiert. Wenn dann der Stress durch zu hohes Arbeitsaufkommen (Unterbesetzung in Krankenhäusern), private Probleme oder wirtschaftliche Belastungen hinzukommen, ist der Alkohol und/oder eine Medikamentensucht ein Ventil.
Immer öfter liest man Schlagzeilen wie: »Das Skalpell in der Hand, Alkohol im Blut.«
»Von alkoholisiertem Chirurgen in den Rollstuhl operiert.«

Gerade die Berufsgruppe der Ärzte gesteht sich die Sucht oft nicht selbst ein. Angehörige, Kollegen und Patienten nehmen meist Abstand davon, den Betroffenen auf seine Sucht anzusprechen. Das Problem liegt am Denkverhalten, so die Ärztekammer Hamburg. Aufgrund des Medizinstudiums und des Wissens um die Folgen wird ein Arzt den Umgang mit Suchtmitteln bestimmt im Griff haben, so die Annahme. Fakt ist, dass Ärzte dadurch länger süchtig sind als Alkoholiker aus anderen Berufsgruppen. Hier kann der Unterschied bis zu zehn Jahren

betragen. Die Ärztekammer Hamburg spricht von »prolongierten Krankheitsverläufen mit katastrophalen sozialen und körperlichen Folgewirkungen.«
Aktuellen Studien zufolge bleiben etwa 50 Prozent der Alkoholiker nach Entzug und anschließender Therapie über einen Zeitraum von fünf Jahren trocken.
Alkoholiker sind natürlich in allen Berufs-, Altersgruppen und Gesellschaftsschichten anzutreffen. Die Gründe sind mannigfach. Rund 74.000 Tote werden jährlich allein dem Alkoholkonsum zugeschrieben.

Die Hypnose

Wenn man sich mit diesem Thema nicht im Detail beschäftigt, dann gelangt man zu einer vollkommen verfälschten Ansicht. Hypnose-Shows im TV, willenlose Zuschauer, die plötzlich ein Bein im Vierfüßler-Stand heben und bellen. Auch werden viele kuriose Artikel in einschlägigen Zeitschriften veröffentlicht, die das Bild eines gut ausgebildeten Hypnotherapeuten verfälschen und ins Lächerliche ziehen. Die Seiten im Netz sind voll von solchen Angeboten. Der Begriff Hypnotiseur ist nicht geschützt, jeder kann sich so nennen.
Hier gilt die Unterscheidung der Anwendung. Möglich ist es, wenn Hypnose zur Prävention, Burn-out-Prophylaxe, Entspannung, Geburtsvorbereitung, Selbsterfahrung oder Coaching angewandt wird.

Berufsrechtlich gesehen ist dies jedem möglich, setzt aber dennoch eine gewisse Kompetenz, zumindest eine gründliche Ausbildung diesbezüglich, voraus.

Bei seriösen und fachlich kompetenten Hypnotherapeuten wird in der Regel ein Studium in Psychologie, Medizin, Zahnmedizin oder Sozialwesen sowie eine psychotherapeutische und hypnotherapeutische Zusatzausbildung vorausgesetzt.
Bei einer Hypnose wird der Patient in Trance versetzt. Die Gedanken werden gebündelt und auf einen bestimmten Fokus gerichtet. Die Informationen in unserem Unterbewusstsein sind nicht aktiv abrufbar. Durch die Tiefenentspannung ist es erst möglich, Kontakt mit dem Unterbewusstsein aufzunehmen. Dort liegt der Bauplan unseres Selbst verankert. Unsere Werte, unser Wille, unsere Stärken und Schwächen sowie das Erlebte sind dort verborgen. Befindet sich der Klient/Patient in Trance, beginnt die eigentliche therapeutische Arbeit. Dies wird Regression genannt, das Zurückführen in ein anderes Lebensalter und bestimmte Situationen. Hier kann der Grund, der Ursprung z. B. für eine Sucht, gefunden und aufgelöst werden.
Die Hypnose ist ein mächtiges Instrument, das ein fachlich kompetenter Hypnotherapeut in Händen hält. Meine Recherchen hierzu haben ergeben, dass es tatsächlich möglich ist, gegen seinen Willen in Hypnose versetzt zu werden. *Gegen seinen Willen, aber niemals gegen*

seine Werte. Die Suggestion, was für den therapeutischen Kontext nützlich ist, kann durch erzeugte Halluzinationen, die alle Körperempfindungen betreffen, auch zum Gegenteiligen missbraucht werden. Experimente, die zu diesem Thema im kalten Krieg durchgeführt wurden, haben ergeben: Alles ist bei Einhaltung bestimmter Kriterien unter Hypnose möglich. Einer Frau wurde z. B. unter Hypnose suggeriert, dass sie ihre Hand auf eine heiße Herdplatte legen soll. In der Realität handelte es sich allerdings lediglich um ein Buch. Dennoch hatten sich in ihrer Handinnenfläche Brandblasen gebildet. Ein Mann war dem Ertrinken nahe, obwohl er in einem trockenen Raum neben seinem Therapeuten auf einem Sofa lag. Der Geist lenkt unseren Körper und dieser reagiert sofort. Wenn die Kompetenz des Hypnotherapeuten gegeben ist, dann wirkt die Hypnose – sofern das Bewusstsein des Patienten gesund funktioniert – tatsächlich bei allen Menschen.

Trigger

Das Wort Trigger kommt ursprünglich aus der Elektrotechnik und bedeutet: ›einen (Schalt)Vorgang auslösender Impuls‹.

Bei dem Begriff Trigger, Stimulus (Anker), psychologisch verwendet, bedeutet er nichts anderes: ein Hinweisreiz, ein auslösender Impuls. Dieser ruft bei den Betroffenen ein bestimmtes Gefühl oder eine Reaktion hervor. Auch hier im positiven wie im negativen Sinne.

Unter Hypnose können vorhandene Trigger aufgespürt und ersetzt, oder aber neue ›implantiert‹ werden.
Nicht verarbeitete Traumata werden im menschlichen Gehirn anders abgespeichert als ein ›normales Erlebnis‹. Das Gehirn hat keinen Zugriff auf die Gefühle, die der Betroffene in der Situation erlebt hat. Durch einen Trigger kann diese Sperre plötzlich aufgehoben werden. Heftige Flashbacks, Schweißausbrüche, Zittern bis hin zu Übelkeit und Ohnmacht können in diesem Moment die Folgen sein. Als Trigger können Bilder, das geschriebene Wort, Gerüche und Geräusche wirken. So ist es wie im Fall von Dr. Jan Volkmann möglich, neue Trigger unter Hypnose zu suggerieren und diese mit einer bestimmten Tonfrequenz (über z. B. einen anonymen Anruf) auszulösen.

Ihnen und Ihrer Familie wünsche ich alles Liebe und Gute.
Ihre Lena Sander

Danksagung

Natürlich bedanke ich mich zuerst bei Ihnen, meinen Leserinnen und Lesern. Bei all den Tatsachen geht es doch in erster Linie darum, Sie zu unterhalten. Danke, dass Sie sich für den Psychothriller ›Machtsplitter‹ entschieden haben und hoffentlich einige spannende Lesestunden damit verbringen konnten. Wenn Ihnen dieses Buch gefallen hat, schreiben Sie bitte eine Rezension. Das muss kein Roman sein – dafür bin ich zuständig. Ein paar Worte genügen und Sie helfen mir damit sehr.
Herzlichen Dank!

Mein großer Dank gilt der Lektorin Alexandra Gentara. ›Machtsplitter‹ war unser zweites gemeinsames Projekt. Dein Job verlangt Dir einiges ab. So kümmerst Du Dich nicht ›nur‹ um das Feilen und die Korrekturen des Manuskriptes, sondern auch darum, die Zweifel einer gewissen Autorin aus dem Weg zu räumen.

Leider kann ich nicht garantieren, dass dieses Spiel bei unserem dritten Streich nicht wieder von vorn beginnt. Danke für die wunderbare Zusammenarbeit.

Auch wenn es nicht immer einfach ist, die kreativen Ideen einer verschrobenen Autorin umzusetzen, schafft dies BreigauArt immer wieder hervorragend. Herzlichen Dank für das grandiose Cover und die passenden Grafiken.

Liebe Jessica Keup, ›Machtsplitter‹ ist nun das vierte Buch, bei dem du mich in der Funktion der ›medizinischen Rechercheabteilung‹ unterstützt. Herzlichen Dank für deine schnellen Reaktionen und die vielen Lacher, die wir während der Diskussion um das ›Schmatzen‹ hatten.

Nun komme ich zu meinen Beta-Lesern. Ihr seid das Herzstück, habt ›Machtsplitter‹ von Beginn an begleitet und mir Eure Fragen, Gedanken und Emotionen während des Lesens mitgeteilt. Daher geht ein großes Dankeschön an Euch:
(Alphabetische Nennung)
Alexandra Behr, Daggi Butz, Heidi Degens, Susanne Gohr, Steffi Haustein, Sonja Kadic, Jessica Keup, Beata Koch, Jessica Prager, Janina Reger und Viola Weber.

Weitere Bücher der Autorin

Schweig Still, Mädchen
Feedback
Stummer Schmerz
Phase 8.2
Memory Effekt
Exitus
Zersetzt

Kontakt zur Autorin

Mit Ihnen in Kontakt zu treten, würde mich sehr freuen. Gerne dürfen Sie über Facebook unter *Lena Sander* Verbindung mit mir aufnehmen oder mir eine E-Mail an **Sander-Lena@online.de** zusenden.

Facebook Fanpage: **www.facebook.com/lenasander01**
Homepage: **www.lena-sander.de**
Instagram: **www.instagram.com/lenasander89**

Printed in France by Amazon
Brétigny-sur-Orge, FR

30019163R00185